KB041150

더 뉴 게이트

11. 창해(滄海)의 물밑

THE NEW GATE

더 뉴 게이트

11. 창해(滄海)의 물밑

카자나미 시노기 지음
Illustration KeG
김진환 옮김

라루나

목차

「THE NEW GATE」 세계의 용어에 관해

● 능력치

LV: 레벨

HP: 히트 포인트

MP: 매직 포인트

STR: 힘

VIT: 체력

DEX: 기술

AGI: 민첩성

INT: 지력

LUC: 운

● 거리·무게

1세메르 = 1cm

1메르 = 1m

1케메르 = 1km

1구므 = 1g

1케구므 = 1kg

● 화폐

쥬르(J): 500년 뒤의 게임 세계에서 널리 통용되는 화폐.

제일(G): 게임 시대의 화폐. 쥬르보다 10억 배 이상의 가치가 있다.

쥬르 동화(銅貨) = 100J

쥬르 은화(銀貨) = 쥬르 동화 100닢 = 10,000J

쥬르 금화(金貨) = 쥬르 은화 100닢 = 1,000,000J

쥬르 백금화(白金貨) = 쥬르 금화 100닢 = 100,000,000J

● 육천의 길드하우스

1식 괴공방 데미에덴(통칭: 스튜디오) 『검은 대장장이』 신 담당

2식 강습함 세르슈토스(통칭: 쉽) 『하얀 요리사』 쿳쿠 담당

3식 구동 기지 미랄트레아(통칭: 베이스) 『금색 상인』 레드 담당

4식 수림전 팔미락(통칭: 슈라인) 『푸른 기술사(奇術士)』 카인 담당

5식 혼란 정원 로메눈(통칭: 가든) 『붉은 연금술사』 헤카테 담당

6식 천공성 라슈감(통칭: 캐슬) 『은색 소환사』 캐시미어 담당

아르노 투르

22세. 돌핀 타입의 인어. 해양 도시 바르바토스의 모험가 길드
에서 일하는 접수 여직원.

티에라 루센트

157세. 엘프, 「잡화점 달의 사당」의 종
업원. 강력한 저주에 걸린 흔적으로
머리카락 대부분이 까맣다.

필마 토르메이아

신의 서포트 캐릭터. 맏언니 같은 성격으로 파
티의 분위기 메이커.

카게로우

그루파지오 · 야데. 티에라
와 계약한 몬스터. 진짜 모
습은 늑대와 비슷한 거대한
야수.

유즈하

엘레멘트 테일. 신이 구해준 몬스터. 아기 여우
의 모습이지만 사람으로도 변신 가능하다.

슈바이드 에트락

521세. 하이 드래그닐. 게임 시절의 신의 서포트 캐릭터. 용황국 킬몬트의 초대 국왕.

슈니 라이자

521세. 하이 엘프. 신의 서포트 캐릭터. 500년 동안 신을 기다려왔다.

신

본작의 주인공. 21세. 하이 휴먼. 온라인 게임에서 이름을 떨친 최강 플레이어. 데스 게임 클리어 후 500년 뒤의 게임 세계로 차원 이동되었다.

주요 등장인물

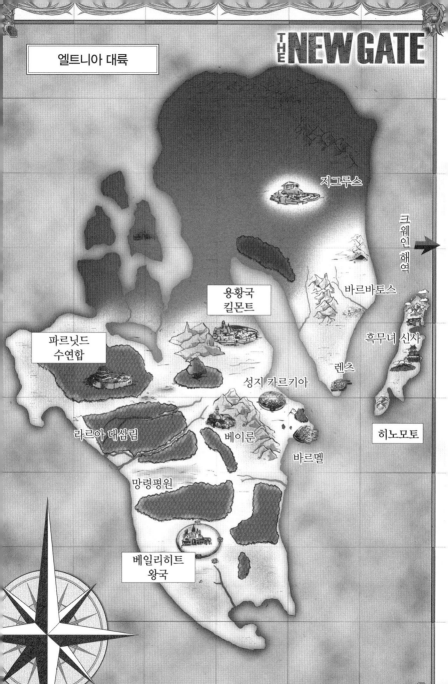

엘트니아 대륙

THE NEW GATE

지그루스

크웨인 해역

용황국
킬몬트

바르바토스

파르닛드
수연합

흑무녀 신사

렌츠

성지 카르키아

라르아 대삼림

베이룬

히노모토

바르멜

망령평원

베일리히트
왕국

해양 도시로 | Chapter 1

THE**NEW**
GATE

섬나라 히노모토에 위치한 『흑무녀 신사』의 길드하우스.

그곳 근처의 잡목림에 출현시킨 달의 사당에서 신은 자신의 과거를 이야기했다.

『영광의 낙일』 이전에 이 세계가 아직 게임으로만 존재했을 무렵, 무고한 사람들을 지키기 위해서라지만 PK— 무수한 살인을 저질렀다는 고백에 티에라는 숨을 멈추었다.

"옛날이야기야. 그냥 그런 일이 있었다는 것만 알아주면 돼."

그렇게 말하며 웃는 신에게 어두운 기색은 없었다.

분명 괜찮을 거야.

티에라는 그렇게 믿으며 고개를 끄덕이기로 했다.

"혹시 지난번 나에게 씐 게 신의 이야기에 나온 마리노 씨야?"

어젯밤 티에라는 카구라 같은 춤을 추었다. 그때 그녀에게 씐 인물은 신에 대한 강한 애정을 간직하고 있었다.

그 정도의 감정을 품을 만한 사람은 그리 많지 않았다.

"가능성은 있지만…… 모르겠어. 확인하기 전에 티에라가 원래대로 돌아왔으니까 말이야."

신도 티에라에게 과거 이야기를 해주면서 그 존재가 마리 노일지도 모른다고 생각했다.

"으으. 아무리 그래도 내 몸으로는 그런 행동을 자제해줬으면 좋겠어."

키스했던 상황을 떠올린 것이리라. 오른손으로 입가를 가리는 티에라의 얼굴이 살짝 홍조를 띠고 있었다.

"아…… 다음번엔 최대한 피할 수 있도록 노력해볼게."

아무리 다른 일에 정신이 팔려 있었다지만 티에라의 의사와 무관하게 입을 맞춘 것에 대해 신도 미안함을 느꼈다.

"뭐, 뭐, 나한테 씌었던 사람의 정체는 나도 궁금하니까 말이지. 유사시에는 그걸 알아내는 쪽을 우선시해도, 저기, 상관은 없어!"

신의 과거와 관련된 사람일지도 모른다는 말에 나름대로 배려를 해준 모양이다. 말과 태도가 전혀 어울리지 않았지만 신은 그렇게 생각하기로 했다.

"그렇게 말해주면 나야 솔직히 기쁘지. 하지만 또 비슷한 일이 벌어지는 건 싫지 않겠어?"

"걱정 안 해도 돼! 전에 무녀였을 때도 그런 위험에는 노출되어 있었으니까! 그, 그리고……."

티에라는 잠시 말을 끊더니 양손을 맞대고 시선을 불안하게 움직였다.

"그리고 뭐?"

"아, 아무것도 아냐. 별거 아니니까 신경 쓰지 마."

티에라는 무언가를 말하려는 듯이 우물거리다 결국 애매하게 말을 맺었다.

이미 해가 높이 떠서 정오가 가까웠다.

티에라는 아직도 살짝 달아오른 뺨을 손으로 식히며 말이 궁해진 것을 얼버무리듯 점심 먹자는 말을 꺼냈다.

"그래. 이제 슬슬 부르러 올 시간이네."

더 이상은 캐묻지 않는 것이 좋을 것 같았기에 신은 티에라의 말에 따르기로 했다.

두 사람은 의자에서 일어나 달의 사당 밖으로 나왔다. 그때 문득 앞장서던 티에라가 뒤를 돌아보았다.

"신, 힘든 이야기를 해줘서 고마워."

"고마워할 만한 일은 아냐. 재미없는 이야기였지?"

"그렇지 않아. 너에 대해 더 알게 돼서 좋았어."

티에라는 웃으며 대답했다.

그녀의 표정이 후회하지 않는다고 말하는 듯했다.

"실은 신이 봤다던 내 과거를 나도 옛날에 자주 꿈에서 보곤 했어."

"어머니에 대한 기억 말이야?"

"응. 신과 처음 만난 무렵에도 가끔 그런 꿈을 꿨어. 그런 날에는 지독한 두통까지 와서 하루 종일 우울했어."

달의 사당을 수납하고 『흑무녀 신사』의 길드하우스로 향하는 도중에 티에라가 하늘을 올려다보며 말했다.

"하지만 신이 그걸 준 뒤로는 한 번도 꾸지 않았어."

"그거라니?"

"여기, 이거 말이야."

티에라가 그렇게 말하며 웃옷 안쪽에서 꺼낸 것은 두 사람이 처음 만났을 때 신이 달의 사당에서 건넸던 제일 금화였다. 햇빛에 반사된 금색 동전이 반짝반짝 빛났다.

"이걸 손에 쥐고 있으면 마음이 편해지거든. 어쩌면 신의 마력이 깃든 건지도 몰라."

신이 유심히 바라보자 아이템 박스 내의 다른 물건들처럼 아우라가 보였다.

"그런 효과까진 없을 테지만 도움이 됐다니까 기쁘네. ─저기, 그거 안 잃어버리게 펜던트로 만들어줄까?"

제일 금화는 작은 주머니에 담겨 있었다.

이 세계에서는 상당한 귀중품이기도 했기에 항상 몸에 지니고 다니는 것이 좋을 거라고 신이 제안했다.

"나야 고맙지만 그래도 될까?"

"그 정도는 금방 끝나. 금속 가공은 내 전문이잖아."

"그러면 부탁할게."

신은 멈춰 서서 아이템 박스에서 오리할콘 주괴를 꺼내 점토 주무르듯이 모양을 바꾸더니 순식간에 체인을 만들어냈다.

그리고 티에라에게서 제일 금화를 건네받아 오리할콘으로 테두리를 만든 뒤 체인으로 고정해 즉석에서 펜던트를 완성했다.

"아, 체인은 더 길게 해줄 수 있어?"

"더? 어느 정도로?"

신은 티에라의 주문에 따라 체인을 늘려나갔다. 목에 걸기에는 조금 길어진 것 같았다.

"그렇게 길어도 괜찮겠어?"

펜던트를 목에 건 티에라에게 신이 물었다.

"괜찮아. 사람들 대부분은 가짜라고 생각할 테지만 눈썰미가 좋으면 진품인 걸 알아볼지도 모르잖아. 남들 눈에 띄지 않으려면 이 정도로 긴 게 딱 좋아. 봐봐. 이렇게 내려오면 가까이에서 들여다보지 않으면 안 보이지?"

티에라는 그렇게 말하면서 몸을 숙이고 앞섶을 잡아당겨 보였다.

그러면 안 된다는 것을 알면서도 신의 시선은 자연스레 티에라의 가슴에 고정되었다. 긴 체인에 이어진 제일 금화가 가슴골 사이에서 보일락 말락 했다.

"그, 그러네. 그래서 길게 해달란 거였구나."

"응, 그런…… 자, 잠깐! 이렇게 가까이 오면 모를 수가 없잖아?!"

티에라는 스스로 가슴을 보여주는 듯한 자세였음을 깨달았는지 황급히 몸을 뒤로 뺐다. 열기가 가라앉았던 뺨이 다시 붉게 달아올랐다.

상당히 당황했는지 혹시라도 보는 사람이 있나 주변을 두리번거리고 있었다.

"……저기, 고마워."

"아, 이 정도야 별것 아냐."

다시 걸어가다 보니 마침 슈니와 유즈하가 길드하우스를 향해 가는 것이 보였기에 불러 세워서 합류했다.

"쿠치나시 씨와 할 이야기는 끝난 건가요?"

"그래. 나중에 모두 모였을 때 이야기할게. 또 성가신 게 나타난 모양이야."

『흑무녀 신사』의 길드 마스터 쿠치나시에게서 전해 들은 『일곱 개의 원죄』의 적은 이벤트가 진행될수록 강력해진다. 어디에 있는지는 알 수 없지만 만약 찾아낸다면 빨리 쓰러뜨릴수록 좋았다.

이 일은 황금상회에도 조사를 부탁해두는 편이 좋을 것 같았기에 신은 메시지 카드를 보내기로 했다.

길드하우스에 도착하자 이미 필마와 슈바이드, 천하오검인 오오덴타 미츠요, 오니마루 쿠니츠나가 식당에 앉아 있었다.

"늦었네."

"기다리게 해서 미안. 이야기가 생각보다 길어져서 말이야."

신이 살짝 토라져 보이는 미츠요에게 사과했다. 눈치 빠르게 티에라와 단둘이 있게 해준 것이 아직도 고마웠던 것이다.

"흐음~."

"신 님, 신 님! 미츠요가 관심 없는 척해도 아까부터 신 님이 언제쯤 오나 살피면서 계속 안절부절못했사옵니다."

쿠니츠나는 흥미진진하다는 표정으로 즐겁게 말했다.

"잠깐, 쿠니츠나?! 갑자기 무슨 쓸데없는 소리를 하는 거야?!"

"뭐 어떻사옵니까. 항상 까칠한 미츠요가 그렇게 허둥거리는 꼴을 또 언제 보겠사옵니까?"

"너, 너!"

미츠요는 정곡을 찔렸는지 쿠니츠나를 노려보면서도 신 쪽을 힐끔거렸다.

"……왜."

"아무것도 아냐. 일단 밥부터 먹자."

미츠요의 뺨은 왠지 모르게 상기되어 있었다. 그녀가 노려보는 것이 무섭지는 않았지만 섣불리 건드리는 것도 위험할 것 같아서 신은 굳이 추궁하지 않기로 했다.

"다들 지금부터 계획이 있어? 쿠치나시 씨에게 조금 신경 쓰이는 이야기를 들어서 모두에게 알려주고 싶거든."

신이 『일곱 개의 원죄』에 대해 이야기하려고 하자 모두가 동의했다.

식사를 끝낸 일행은 그대로 신에게 배정된 객실로 향했다.

"—『일곱 개의 원죄』로군요. 가만히 놔둘 수는 없겠지만 몬스터가 발견될 때까지는 손쓸 방법이 없을 텐데요."

"나도 같은 의견이야. 500년 전에도 플레이어들은 엄청난 인원을 투입해서 몬스터를 겨우 찾아냈어. 그런데 열 명도 되지 않는 우리들이 무슨 수로 해결하겠어?"

신의 이야기를 들은 슈니가 진지한 표정으로 말하자 필마가 어깨를 으쓱해 보이며 덧붙였다.

황금상회에 이미 연락해두었다고 이야기하자 조사 결과를 기다리자는 의견에 모두가 동의했다.

"이 세계에는 그런 존재도 있는 거구나."

미츠요가 감탄한 듯이 말하자 신이 밝게 대답했다.

"우리도 최종 형태는 본 적이 없지만 말이지. 후지에 남은 사람들의 전투력이면 최종 형태로 무리 지어 공격해오지 않는 이상 괜찮을 거야."

"뭐, 천하오검이 모여 있으면 어지간한 상대가 아닌 이상 질 일은 없어."

미츠요를 비롯한 천하오검은 게임상에서 카구츠치 같은 보스 몬스터와 동등하게 취급되었다. 따라서 능력치는 물론이고 HP도 플레이어와 비교할 수 없는 수준이었다.

플레이어의 상한치인 9999를 훨씬 상회하기 때문에 천하오검 전원이 싸운다면 상대가 레이드급의 몬스터라도 얼마든지 해치울 수 있다.

　게다가 쿠니츠나와 도지기리 야스츠나까지 부활한 지금이라면 후지의 수비는 완벽하다고 할 수 있었다.

　"내일 특별한 문제가 없으면 바로 후지로 돌아가자. 한시라도 빨리 천하오검 전원이 모여야 좋을 테니까."

　"아…… 응."

　기운 없어 보이는 미츠요가 조금 신경 쓰였지만 일단 용무는 끝났기에 다들 뿔뿔이 흩어졌다.

　그 뒤로는 특별한 이벤트도 없었고 신은 저녁 식사를 마친 뒤에 전에 티에라와 만났던 작은 정원에서 『카쿠라』를 혼자 휘두르고 있었다. 수련 뒤에는 바로 욕실에 갈 수 있도록 『흑무녀 신사』에서 제공해준 유카타를 입은 상태였다.

　"전에 싸웠을 때보다 조금은 나아진 것 같네."

　신은 『카쿠라』를 땅에 꽂아두고 목소리가 들린 쪽을 돌아보았다. 수련에 집중하고 있었지만 미츠요가 접근하는 것을 이미 감지한 터였다.

　"휴우. 그렇게 말해주니 노력한 보람이 있군."

　어두운 통로에서 달빛 아래로 나온 미츠요는 어깨와 몸통의 방어구를 벗고 짧은 치마의 기모노 같은 복장을 하고 있었다.

　"내일은 후지로 돌아갈 거지?"

　"그래. 여기서 더 이상 할 일이 있을 것 같지는 않으니까 말이야."

　던전 공략 뒤에도 이곳에 머무른 것은 경계를 위해서가 아니었다. 『시체의 역계(磔界)』 던전의 마기는 확실히 정화되었기에 문제가 발생할 가능성은 전무하다고 할 수 있었다.

　"그렇구나. 저기, 그러면 마지막으로 한 가지만 부탁해도 될까?"

　"부탁?"

　일부러 신이 혼자일 때 말을 걸어온 것을 보면 슈니나 다른 동료들에게 들키고 싶지 않은 내용 같았다.

　"나를 사용해줬으면 해. 형식적인 동작만으로도 충분해."

　"그 말은 『오오덴타 미츠요』라는 무기를 휘두르면 된다는 거야?"

　"그래, 맞아. ─안심해. 그것 때문에 우리에게 무슨 일이 생기는 건 아니니까."

　신의 마음을 읽어냈는지, 미츠요는 곤란한 듯 웃으며 대답했다.

　미츠요의 본체는 카구츠치의 소유였지만 의식이 옮겨온 『오오덴타 미츠요 · 진타(眞打)』의 주인은 신이었다. 따라서 미츠요의 요구에 응해줄 수는 있었다.

　"알았어. 그 정도야 쉬운 일이지."

　신은 낮에도 비슷한 말을 한 것 같다고 생각하며 일본도로 변화한 『오오덴타 미츠요』를 손에 들었다.

칼집에서 뽑힌 검신이 달빛을 반사하며 반짝거렸다.

신은 칼집을 유카타 허리띠에 꽂아두고 양손으로 검을 잡으며 자세를 잡았다.

"흡!"

중단 자세에서 대각선 베기, 대각선 올려 베기, 옆으로 후려치기, 찌르기까지.

예전에 게임 내에서 한 플레이어에게 배운 틀에 사에구사 저택에서 카린에게 배운 동작을 도입했다. 물론 배웠다고 해봐야 기초 수준이었기에 아직도 독자적으로 익힌 부분이 많았다.

공기를 가르는 소리와 신의 입에서 새어 나오는 숨소리 외에는 아무것도 들리지 않았다.

그렇게 10분 정도가 지났을 때였다.

미츠요의 심화─무기 형태로 변신하면 목소리가 나오지 않기 때문에 머릿속에 직접 목소리가 들린다─가 신을 제지하면서 움직임이 멈추었다.

"충분해. 고마워."

사람 형태로 돌아온 미츠요가 쓸쓸하게 웃었다.

"방금 그건 무슨 특별한 의미라도 있었던 거야?"

"그건 아냐. 말했잖아. 우리에게 무슨 일이 생기는 건 아니라고."

하지만 미츠요에게는 충분한 의미가 있었던 것처럼 만족스러운 표정을 짓고 있었다.

"한 번이라도 좋으니까 너의 무기로 쓰이고 싶었어. 방금 전 행위에 의미를 부여한다면 단지 그 정도야."

"나야 천하오검을 사용하는 게 불만스러울 리는 없지만 말이지."

"알아. 강한 애착을 가진 칼을 이미 갖고 있잖아. 난 무기니까 그렇게나 소중히 다뤄준다는 게 조금 부러워."

미츠요는 거기까지 말한 뒤 이제 가서 쉬겠다며 자신의 방으로 돌아갔다.

홀로 남은 신은 복잡한 심경으로 하늘을 올려다보았다.

✝

다음 날 『시체의 역계』 던전에 특별한 변화가 없고 마기도 발생하지 않는 것이 확인되자 신 일행은 『흑무녀 신사』의 길드하우스에서 후지를 향해 떠났다.

"이만 가볼게요. 무슨 일이 생기면 채팅으로 알려주세요."

"그래. 되도록 우리가 직접 해결할 테지만 어쩔 수 없는 상황이 오면 부탁할게."

전달할 사항은 이미 전부 전달했기에 작별 인사는 짧았다.

신 일행을 배웅해준 것은 『흑무녀 신사』의 멤버들 중에서도 쿠치나시처럼 특히 친한 사람들이었다.

"가는 길 조심하세요. 또 뵐 날을 기다리겠습니다."

"……우리 언니를 구해준 건 고마워. 하지만 언니를 넘볼 생각은 마!"

아쉬워하는 린도 코토네와 달리 동생인 스즈네는 신을 무섭게 쏘아보았다.

"마지막까지 저러네……."

스즈네는 신과 코토네가 가까워지는 것을 마지막까지 용납하지 않았다.

스즈네도 내심 많이 고마워한다고 코토네가 귀띔했지만 그래도 안 되는 건 안 되는 모양이었다.

슈니와 티에라도 아먀를 비롯한 무녀들과 작별 인사를 나누었다.

무녀들에게 직접 무예를 지도한 슈바이드 주위에는 가장 많은 무녀들이 모여 있었다.

"굉장한 인기로군."

"슈바이드 군은 솔로니까 한번 잘 해보려는 아이들도 있어."

"정말로요?"

"정말이지, 그럼. 이러니저러니 해도 결혼이 쉽지 않은 건 이쪽 세계도 마찬가지거든."

어중간한 상대에게는 시집보낼 수 없다며 쿠치나시는 작게 한숨을 쉬었다. 신도 이상한 데서 현실 세계와 닮아 있다는 생각에 묘한 기분이 들었다.

『신 군이 코토네를 데려가주면 나도 마음이 놓일 텐데. 야심 많은 남자들이 끈질기게 구혼해오거든.』

『좀 봐주세요. 이래 봬도 아직 원래 세계로 돌아가는 걸 포기한 건 아니라고요. 게다가 설령 이곳에서 뼈를 묻게 되더라도 슈니가 있잖아요.』

『널 많이 좋아하는 것 같더라. 항상 신 군을 눈으로 좇는 걸 보고 금방 알았어.』

채팅 모드로 이야기를 나누면서 이번에는 신이 한숨을 쉬었다.

『아마 그건 일부러 그러는 걸 거예요.』

신은 쿠치나시에게 그렇게 설명했다. 처음 만나는 상대 앞에서 그 정도로 노골적으로 행동한 데에는 이유가 있을 것이다.

"자, 이러고 있으면 한참 길어질 것 같으니까 이제 슬슬 가자!"

슈바이드에게 열렬한 시선을 보내는 무녀들에게는 미안한 일이지만 신은 앞장서서 마차에 탑승했다.

그리고 다른 이들이 모두 올라탄 것을 확인한 뒤 카게로우에게 지시를 내렸다.

마차가 천천히 앞으로 나아가기 시작하더니 금세 속도가 빨라졌다.

처음 『흑무녀 신사』를 방문할 때와는 달리 물자 운반용으로 정비된 도로를 달리고 있었기에 쿠치나시와 무녀들의 모습이 순식간에 깨알만 해졌다.

"잘 지내요~!!"

코토네의 목소리를 들으며 마차는 후지로 향했다.

후지까지 가는 여정은 지극히 평화로웠다.

몬스터는 카게로우가 두려워 접근하지 않았고 도적들도 쿠죠 가문에 소속된 사무라이들이 토벌 중이었기에 마주칠 일이 없었다.

중간에 큰 도시에 들러 식량을 구입한 것 외에는 옆길로 새지도 않고 후지를 향해 맹렬히 달려갔다. 그 덕분에 스쳐 지나가는 여행자와 상인들이 놀란 것은 덤이었다.

"벌써 도착했사옵니까. 즐거운 시간일수록 빨리 지나가는 것 같사옵니다."

아오키가하라 앞에서 마차를 내린 쿠니츠나가 후지를 올려다보며 말했다.

"그렇게나 빨랐는걸. 어쩔 수 없어."

미츠요는 쿠니츠나의 말에 맞장구를 치며 수납되는 마차를 아쉽게 바라보았다.

의인화된 무기인 미츠요와 쿠니츠나는 땅에 속박된 존재들이다. 원래라면 이런 식으로 여행을 할 기회를 좀처럼 얻기 힘들었다.

"그러고 보니 전에는 여기서 습격을 당했었지."

잠자코 걸어가는 것도 어색하다 싶어서 신은 카린과 함께 행동할 때의 이야기를 꺼냈다.

"그런 일이 있었군요. 도망친 자객은 로쿠하라 가문의 사람이었나요?"

"아마 그렇겠지. 하지만 그때 무모한 일을 벌이던 녀석들은 이제 전부 얌전해졌으니까 굳이 궁금해할 필요는 없을 것 같아."

신의 이야기가 끝날 무렵에 일행은 아오키가하라를 빠져나와 후지에 들어서고 있었다. 안개는 여전했지만 나아가는 데 문제될 것은 없었다.

굳이 전투를 벌일 이유도 없었기에 마주치는 몬스터들을 피하면서 금세 카구츠치가 있는 사당에 도착할 수 있었다.

"야치, 다녀왔어."

고개를 돌려 이쪽을 바라보는 여덟 머리 오로치에게 미츠요가 말을 건넸다.

오로치는 그 말뜻을 알아들었는지 '어서 와'라고 말하듯이 '샤샤' 하고 대답했다.

"흐음, 무사히 돌아왔군."

신 일행의 기척을 감지했는지 사당 안쪽에서 미카즈키 무네치카가 나왔다.

"오랜만이옵니다, 무네치카. ―왠지 살짝 예뻐진 것 같사옵니다?"

쿠니츠나는 무네치카의 모습을 보고 위화감을 느낀 모양이었다.

"미츠요와 마찬가지다. 지금의 나는 진타(眞打)로 옮겨 왔거든."

본인이 설명하자 이미 미츠요에게서 이야기를 들었던 쿠니츠나는 쉽게 납득했다.

"난 미츠요처럼 더 귀여워지는 줄로만 알았는데, 이렇게 미모가 더 뛰어나게 될 수도 있사옵니까? 그래서 미츠요가 살짝 불만스러웠나 보옵니다."

"외모가 성장하는 것뿐인 줄 알았는데 갑옷의 형태까지 바뀌었으니 말이지. 미츠요는 더 귀여워졌다고 츠네츠구와 야스츠나도 칭찬하곤 했다."

"칭찬은 무슨, 재미있어한 거지."

쿠니츠나와 무네치카의 대화를 듣고 미츠요가 퉁명스럽게 끼어들었다. 고개를 홱 돌리면서 뒤로 묶은 머리카락이 살짝 흔들렸다.

"그렇진 않다. 본체가 무기라 해도 나 역시 여인의 몸. 겉모습을 꾸미는 즐거움을 모르는 건 아냐. 나도 귀여워지는 것에는 조금 흥미가 있다."

"하지만 그런 머리 모양을 하면 미츠요처럼 건강한 귀여움보다는 여인의 관능미가 더욱 부각될 것 같사옵니다. 목덜미 같은 부분이 말이옵니다."

무네치카는 진심으로 한 말이었지만 쿠니츠나가 정확한 지적을 했다.

겉모습이 어른스러울수록 보이는 인상이 크게 달라졌던 것이다.

"크으, 부정할 수 없어……."

목 뒤에서 손으로 머리를 살짝 모으는 것만으로도 갑옷 차림이라는 것을 잊을 만큼의 섹시함이 묻어나는 무네치카를 보며 미츠요는 어깨를 축 늘어뜨렸다.

"―뭔가 즐거워 보이네."

"그렇구려. 동료가 무사히 돌아왔으니 들뜨는 것도 당연할 것이오."

미츠요와 무네치카, 쿠니츠나가 서로 거침없이 말하는 것을 보며 필마와 슈바이드가 흐뭇한 표정을 지었다.

무네치카가 나오고 몇 분 뒤에 이번에는 카구츠치를 비롯한 나머지 인원이 모습을 보였다.

"삐약!"

"쿠우!"

쥬즈마루 츠네츠구의 머리 위에서 아기 카구츠치가 날개를 펼치며 울자 신의 머리 위에서 유즈하가 꼬리를 들며 대답했다. 두 신수는 각각 츠네츠구와 신의 머리 위에서 내려오더니

삐약삐약, 쿠우쿠우 하고 알아들을 수 없는 대화를 시작했다.

신과 츠네츠구는 얼굴을 마주보며 쓴웃음을 지었다.

"여러분, 이번에 쿠니츠나를 구해주셔서 정말 감사드립니다."

그런 와중에 진지하게 감사 인사를 한 사람은 야스츠나뿐이었다.

"그러면 저희가 할 일은 이제 끝난 거군요."

"네. 하지만 저를 구해주신 분은 신 공이십니다. 저의 힘이 필요하시다면 언제든 달려가겠습니다."

천성이 올곧은 것이리라. 그의 표정은 진지하기 이를 데 없었다.

"……잠깐, 야스츠나. 혼자 앞서나가기 있어?"

"맞아. 그건 안 되지."

미츠요와 무네치카가 어느새 야스츠나 뒤에 서 있었다. 각자 한 손으로 야스츠나의 어깨를 붙잡고 삐걱거리는 소리가 날 정도로 힘을 주고 있었다.

"아니, 난 그런 뜻으로 한 말이 아니다만……."

신체적인 타격을 입지는 않았는지 야스츠나가 살짝 곤란한 표정으로 대답했다.

"무슨 일이 생기면 연락할게. ……메시지 카드를 보낼 수 있는지 한번 시험해보자."

천하오검은 몬스터 혹은 무기로 분류되는 존재였다.

메시지 카드는 이 세계의 주민들에게도 사용 가능했지만 의인화된 상대에게 쓸 수 있는지는 아직 몰랐기에 즉시 시험해보기로 했다.

내용 없는 메시지를 보내자 특별한 문제없이 상대에게 수신되었다.

"그렇군. 이것만 있으면 언제든 연락할 수 있겠어."

감탄하듯 말하는 무네치카 옆에서 미츠요는 분하다는 듯이 말했다.

"크윽, 왜 우리에게는 생산 스킬이 없는 거야?!"

"이거야 원, 매번 놀라게 해주는 양반일세그려. ―그런데 신 공. 이렇게나 많이 신세를 지고 꺼낼 말은 아니지만 늙은 이의 청을 하나 들어주지 않겠는가?"

"들어줄 수 있을지는 모르겠지만, 뭐죠?"

신은 츠네츠구에게 되물었다.

"아니, 나도 진타 무기라는 게 되어보고 싶어서 말일세. 무네치카와 미츠요가 변한 모습을 보니 흥미가 생겨서 말이지."

"음, 확실히 그렇겠군. 우리는 사람들처럼 겉모습이 바뀌지 않으니까. 하지만 더 이상 신 공에게 무리한 부탁을 할 수는……."

진타 무기에 대해서는 야스츠나도 관심이 있는 모양이었다. 다만 방금 신에게 감사 인사를 한 입장이었기에 츠네츠구 옆에서 곤란해하는 표정을 짓고 있었다.

"그렇군요. 그렇게까지 힘든 일은 아니니까 괜찮습니다. 이 곳은 영맥이 지나는 장소이기도 하니까 방어력을 강화해둬서 나쁠 건 없겠죠."

신도 그들이 어떻게 변할지 궁금했기에 두 사람의 청을 받아들이기로 했다.

그렇다면 자신도 부탁한다며 쿠니츠나가 나섰기에 셋을 함께 만들어주기로 했다.

이미 오후 5시를 넘긴 시각이었다. 산의 정상에서는 햇빛이 강해 알기 힘들지만 해가 이미 낮게 기울고 있었다.

"그러면 저는 저녁 식사 준비를 해둘게요."

"아, 저도 도울게요."

슈니와 티에라에게 식사 준비를 부탁한 뒤에 신은 대장간으로 향했다.

이미 『미카즈키 무네치카』와 『오오덴타 미츠요』를 강화해봤기에 요령 같은 것은 파악하고 있었다. 그래서 작업은 1시간도 걸리지 않아 종료되었다.

대장간을 나와 거실로 이어지는 통로를 걸어가자 거실 앞 5메르 정도 되는 곳에 슈니가 서 있었다.

"무사히 끝났나요?"

"그래. 갖고 있던 무기는 전부 진타로 만들었어."

"수고하셨습니다. 저희도 이것저것 많이 준비했어요."

"준비라니?"

슈니가 왠지 모르게 수줍어하며 신을 바라보고 있었다. 준비라는 말을 듣고도 신은 딱히 짚이는 부분이 없었다. 특이한 점이라면 슈니의 뺨이 붉게 상기된 것 정도였다.

신이 식사 전에 무슨 일이라도 있었나 생각했을 때 슈니가 천천히 입을 열었다.

"시, 식사부터 하실래요? 목욕부터 하실래요? 아, 아니면, 저기…… 저, 저를……."

거기까지 말하다 말고 슈니는 양손으로 얼굴을 가리며 그 자리에 주저앉고 말았다. 어지간히 부끄러웠던 모양이다. 은발 사이로 보이는 긴 귀가 새빨갛게 물들어 있었다.

"어~?! 잠깐, 슈니! 거기까지 말한 김에 끝까지 다 해버려야지!"

"무리예요! 제가 먼저 유혹하다니, 그런 상스러운 행동을 할 수 있을 리가 없잖아요?!"

슈니가 주저앉아 버린 뒤에 은폐 스킬로 숨어 있던 필마가 모습을 드러냈다. 힘겹게 반박하는 슈니의 얼굴은 사과처럼 새빨갰다.

"너희들 대체 뭐 하는 거야……."

신도 필마가 있다는 건 이미 알고 있었기에 설명하라는 눈빛을 보냈다.

"전에 캐시미어 님과 헤카테 님에게 들었거든. 이게 신이 살던 세계에서 아내가 남편을 맞이하는 정식 예절이라면서?

남편을 격려하면서 자손 번영까지 생각한 좋은 인사말이네!"

"부끄러워하는 슈니에게는 미안하지만 그건 정식 예절이 아냐……. 하는 사람들도 있긴 하지만."

신은 남편과 아내라는 말이 나오지 않도록 주의하면서 필마의 말을 수정했다.

만화에서나 나오는 장면이라고 말하고 싶었지만, 신도 부모님이 그렇게 말하는 것을 본 적이 있다 보니 단호히 부정할 수만은 없었다.

"그랬어? 하지만 헤카테 님하고 캐시미어 님이 그런 식으로 집에서 남편을 맞아보고 싶다고 말한 건 사실인데?"

"그건 나도 들은 적 있어. 헤카테 씨는 한창 결혼하고 싶어 하는 시기였으니까."

정모에서 만났을 때도 그런 주제의 이야기가 나왔던 것이 확실히 기억났다.

미성년자가 절반인 『육천』 멤버 중에서 유일한 성인 여성이 던 헤카테는 취직과 동시에 폐인 생활을 벗어났다.

신은 현실 세계의 헤카테를 착실히 일하는 성인 여성으로 기억하고 있었다.

날씬한 체형에 눈 밑에 난 점이 매력적인 미인이었다. 성격도 나쁘지 않았기에 어째서 남자 친구가 없는지 신기하게 생각하곤 했다.

"뭐, 헤카테 씨에 대한 건 그렇다 치고 말이지. 필마, 슈니한테 너무 장난치지 말라고."

"장난치는 거 아냐. 조금은 옆에서 도와주지 않으면 관계에 진전이 없어서 그렇지."

"이봐, 그런 소리를 꼭 여기서 해야겠어?"

필마도 슈바이드처럼 신과 슈니를 빨리 맺어주고 싶은 모양이었다. 슈바이드와 다른 부분이라면 상당히 직접적으로 행동한다는 점이었다.

"어쩔 수 없잖아. 네가 사라져버린 뒤에 후회해도 소용없는 걸."

"⋯⋯그래, 들었나 보군."

신이 원래 세계로 돌아갈 방법을 찾는다는 사실을 필마는 알고 있는 것 같았다.

"뭐, 애초에 돌아갈 단서조차 못 찾고 있는 상황이지만 말이지."

"그럴수록 지금 뭐든 해봐야지. 방법을 찾아내면 쨍이잖아."

신을 바라보는 필마에게서는 평소의 가벼운 분위기를 찾아볼 수 없었다.

"필마, 그 이상은—."

"미안하지만 이 일에 관해서는 신보다 슈니를 우선할 수밖에 없어. 왜 그런지는 알지?"

슈니의 말을 가로막으면서 필마가 물었다. 물론 신도 그녀의 말뜻을 모르는 것은 아니었다.

서포트 캐릭터 넘버2, 필마 토르메이아.

그녀는 틀림없는 신의 서포트 캐릭터지만 원래는 슈니를 지원하는 역할로 설정되었다.

그리고 그것이 이 세계에서도 필마에게 영향을 끼치는 것 같았다.

"다시금 잘 이해했어."

"그렇다면—."

"필마!"

이번에는 슈니가 필마의 말을 가로막았다. 강한 어투의 외침이었기에 필마도 움직임을 멈추었다.

"죄송해요, 신. 필마는 제가 잘 타이를게요."

"잠깐, 슈니. 넌 그걸로 만족—."

끝까지 물러서지 않는 필마의 입에 손가락을 갖다 대며 슈니는 미소 지었다.

"저는 괜찮아요. 그리고 포기할 생각도 없고요."

"……휴우, 알았어. 지금은 얌전히 물러날게."

신의 앞에서 분명히 선언하는 슈니를 보며 필마는 어깨를 살짝 으쓱하며 고개를 끄덕였다.

"하지만……."

다음 순간, 필마는 슈니의 허를 찔러 가벼운 발놀림으로 신에게 접근해 귓가에 입을 갖다 댔다.

"지금 제안에 응한다면 나도 딸려올 텐데?"

그리고 그렇게 중얼거리며 신의 뺨에 입을 맞췄다.

"아니, 이봐!"

"필마?!"

"슈니도 이 정도는 할 줄 알아야 해~."

필마는 말이 끝나기도 전에 거실을 향해 달려가 버렸다.

꼭 이렇게까지 해야 하는 걸까? 신은 자신의 뺨을 어루만 지며 필마의 뒷모습을 바라보았다.

"슈, 슈니 씨? 눈빛이 무섭습니다만."

신이 가만히 자신을 바라보는 시선을 느끼며 움츠러들자 슈니가 말없이 그에게 다가왔다.

"……."

그리고 천천히 신의 얼굴을 양손으로 붙잡더니 그대로 입 을 맞추었다.

입술에 느껴진 압력이 환상처럼 느껴질 만큼 입술이 살짝 맞닿은 정도의 부드러운 키스였다.

"이 정도는…… 저도 할 수 있어요."

어지간히 긴장했던 것이리라. 입맞춤을 끝낸 슈니는 스위 치가 켜진 것처럼 얼굴이 새빨갛게 달아올라 있었다.

"시, 식사부터 하죠! 다들 기다리고 있어요!!"

부끄러움을 견디지 못한 슈니는 그 말만을 남긴 채 필마처 럼 거실로 달려가 버렸다.

"……대체 뭐 하자는 건지 모르겠네."

슈니를 생각해주는 필마의 마음, 그리고 자신을 향한 슈니의 감정을 모르는 것은 아니었다. 하지만 신은 아직 원래 세계로 귀환하는 것을 포기할 수 없었다.

"그것만 아니면 당장이라도 OK 할 수 있는데 말이지."

돌아가자— 그렇게 말하며 죽은 마리노의 말이 신의 마음에 깊이 새겨져 있었다.

신 자신도 원래 세계에 대한 미련이 남아 있다.

티에라에게 과거 이야기를 했기 때문인지도 모르지만, 자신이 태어나고 자란 세계는 그리 쉽게 버릴 수 없다는 것을 강하게 실감하는 중이었다.

"가볼까."

신은 작게 한숨을 쉬며 거실로 향했다.

†

"이것이 진타로군요."

"헤에, 미츠요와 무네치카가 득의양양할 만했사옵니다."

"흐음……."

식사를 마치고 완성된 진타 무기를 건네받은 야스츠나, 쿠니츠나, 츠네츠구의 반응은 다들 제각각이었다.

기쁨과 감탄을 드러낸 야스츠나, 쿠니츠나와 달리 츠네츠구는 떨떠름한 표정을 짓고 있었다.

"저기, 츠네츠구는 왜 그러는 거야?"

"으음, 아무래도 난 여기로 의식을 옮겨갈 수 없는 것 같아서 말일세."

츠네츠구의 말에 따르면, 재이벤트에서 얻은 복각판 무기는 그릇으로서의 용량이 턱없이 부족하다.

"복각판으로는 안 되는 건가."

지금까지의 경위를 생각하면 아예 새로 만들거나 게임 이벤트 때 얻었던 무기에만 의식을 옮겨갈 수 있는 모양이었다.

"아무리 그래도 그런 걸 한 번 더 만드는 건 사양하고 싶은데."

『쥬즈마루』제작이 불가능한 것은 아니지만 그럴 경우『도지기리 야스츠나』를 만들 때와 같은 시행착오를 똑같이 되풀이해야만 했다.

무기의 제작 레시피는 제각각 다르기 때문에, 천하오검 중 하나를 제작해냈다고 나머지 넷도 쉽게 만들 수 있게 되는 것은 아니었다.

"아니, 여기까지 해줬으면 됐네. 나도 염치는 있으이."

츠네츠구는 온몸으로 아쉬움을 드러내면서도 일단은 납득한 것 같았다.

"오오, 나는 이렇게 바뀌는 건가!"

"난 예상대로 무네치카와 비슷한 것 같사옵니다."

어깨를 힘없이 늘어뜨리는 츠네츠구 옆에서 진타 무기로 옮겨간 야스츠나와 쿠니츠나가 기쁨을 드러냈다.

야스츠나는 마른 몸에 더욱 근육이 붙었고 얼굴 생김새도 더욱 날카로워졌다. 기술을 갈고닦고 많은 경험까지 쌓은 젊은 장수를 연상시키는 모습이었다.

쿠니츠나는 무네치카와 마찬가지로 미모가 더욱 눈부시게 변해 있었다. 다른 점이라면 머리카락의 윤기나 피부색보다도 몸의 굴곡이 더욱 강조되어 여성스러운 몸매가 된 부분이었다.

"아쉽구먼……."

기뻐하는 두 사람을 보고 츠네츠구는 어깨를 더욱 늘어뜨렸다.

"무네치카도 그렇고 쿠니츠나도 그렇고, 나랑 지금 장난하는 거야?!"

그리고 이미 진타 무기로 옮겨갔던 미츠요는 우는 건지 화내는 건지 모를 고함을 쳤다.

"신!! 한 번 더 해. 한 번 더 날 강화해! 그렇게 하면, 그렇게만 하면 나도 저 두 사람처럼 될 거라고오오!"

그녀는 자신만 다르게 변했다는 사실을 받아들이지 못하고 신에게 달려들었다.

"모, 못하는 건, 아니, 지만…… 어이쿠. 네가 바라는 것과 오히려 정반대의 결과가 나올 수도 있다고. 저 두 사람하고는 변화 방식이 명백히 다르잖아."

멱살을 잡혀 흔들리던 신은 간신히 미츠요의 손을 떼어내
며 말했다.

"그, 그럴 리가……."

"아니, 실제로 드워프처럼 몸집이 작으면서 강한 녀석들도
있잖아."

참고로 모든 드워프가 작은 것은 아니다. NPC들만 다른 종
족들에 비해 작게 설정되었을 뿐이다. 다만 일반적인 견지에
서 보자면 신의 말도 전혀 틀리다고 할 수 없었다.

"왜? 어째서 나만……."

"이것만큼은 나도 딱히 해줄 말이 없어."

초기 상태를 보면 미츠요는 무네치카, 쿠니츠나와 외모 설
정이 달랐다. 신은 그것이 영향을 끼쳤을지도 모른다고 생각
했지만 분명하진 않았기에 확답은 피했다.

"포기하게나. 난 진타가 되지도 못했잖은가."

"알아. 그냥 잠깐 투정 부려본 거야."

미츠요는 토라진 듯 말하며 크게 심호흡을 했다.

마음을 다잡은 것이리라. 한숨 돌린 뒤의 미츠요는 방금 전
과 달리 침착했다.

"자네가 우리 외의 누군가에게 투정을 부릴 줄은 몰랐구
먼."

"……무슨 말이 하고 싶은 거야?"

미츠요가 섬뜩한 미소로 묻자 츠네츠구는 놀리듯 웃으며 대답했다.

"감정 표현이 풍부해졌단 말일세. 뭐, 그렇게 무서운 표정 말게나. 늙은이의 헛소리이니."

"하지만 정말로 진타를 빌려도 되는 건가? 다시 제작할 수 있다지만 신에게는 귀중한 물건일 텐데."

화제를 바꾸며 말을 꺼낸 무네치카에게 신은 아이템 카드 다발을 두 묶음 꺼내 보였다.

"괜찮아. 우리 입장에서도 도움을 받을 수 있는 사람이 많을수록 좋잖아. 그리고 마기에 대한 대책으로 이걸 줄게."

카드 다발을 받아 든 무네치카는 카드에 새겨진 무늬를 봐도 어떤 아이템인지 알 수 없어서 고개를 갸웃거렸다.

"이건 뭐지?"

"이쪽은 장비 아이템이고 이쪽은 소모 아이템이야. 사용법은 간단해. 장비 아이템은 그냥 장비하면 되고, 소모 아이템은 마기에 닿게 하면 돼."

신이 건네준 것은 일정량 이하의 마기를 무효화하거나 쌓인 마기를 없애는 아이템이었다. 소모 아이템 쪽이 효과는 컸지만 당연히 1회용이었다. 장비 아이템은 소모 아이템보다 효과가 낮지만 지속 시간은 비교가 안 될 정도였다.

일장일단이 있는 두 아이템을 잘 병용하면 어지간히 강한 마기가 아닌 이상 대처할 수 있었다.

"끝까지 도움만 받는 것 같아서 미안하군."

"신경 쓸 것 없어. 이곳이 함락되면 나도 곤란하니까 말이지. 그리고 유즈하의 친구…… 라고 해도 될지 모르겠지만, 카구츠치에게 무슨 일이 생기면 유즈하가 슬퍼할 거야."

신이 그렇게 말하며 돌아보자 테이블 위에서 아기 카구츠치와 유즈하가 장난을 치고 있었다.

"그런데 카구츠치의 힘은 이제 돌아온 거야?"

"아아, 수정으로 변한 본체가 있었잖아. 너희가 쿠니츠나를 찾으러 가고 얼마 안 돼서 그 수정이 녹아버렸다. 예전의 아기 새 모습이 의식만 분리된 분신 같은 존재였다면 지금은 저게 본체다."

유즈하와 마찬가지로 겉모습을 어느 정도 바꿀 수 있다고 한다. 다만 인간 형태는 불가능했다.

"저 모습이 나름대로 마음에 든 것 같더군. 사람에게 안기면 마음이 편안해진다던데."

"그러고 보니 유즈하도 비슷한 소릴 했었어. 원래 몸이 거대하다 보니 그런 경험을 못 해봤던 거겠지."

성장한 유즈하도 결국 아기 여우의 모습을 제일 마음에 들어 했다. 잘 때도 신의 이불 속에 파고 들어와 몸을 둥글게 말고 있을 때가 자주 있었다.

게임에서도 플레이어들과 자주 접했기 때문인지 사람을 잘 따르는 것이다.

"삐약!"

"음, 그렇군……. 신, 카구츠치가 할 말이 있다고 한다. 동료들과 함께 모여주지 않겠나?"

카구츠치는 무네치카의 어깨 위에 앉아 작게 울었다.

신 일행이 모두 모이자 일단 밖으로 나오라고 재촉했다.

모두가 바깥으로 나오자 아기 새 모습의 카구츠치가 무네치카의 어깨에서 날아올랐다. 그와 동시에 작은 몸이 거대한 황금 화염으로 변화했다.

"원래의 카구츠치로군."

황금 불꽃이 차츰 부리와 날개를 이루었고 몇 초 만에 거대한 새의 모습으로 바뀌었다.

요란한 불똥이 반짝거리며 허공에 흩날렸지만 전혀 뜨겁게 느껴지진 않았다.

"이번 일은 신세를 졌다."

카구츠치의 입에서 모습에 걸맞은 중후한 목소리가 흘러나왔다. 묵직한 울림에서 신수로서의 위엄이 느껴졌다.

"보답으로 내 신염(神炎)의 가호를 내려주겠다."

카구츠치의 말과 동시에 황금색 불꽃이 신 일행을 뒤덮었다. 그것 역시 전혀 뜨겁지 않았고 불과 몇 초 만에 사라져버렸다.

신의 메뉴 화면 속의 칭호 항목에 『NEW!』라는 글자가 표시되었다.

사고 조작으로 칭호 항목을 열자 『신염의 가호』라는 칭호가 추가되어 있었다.

일정량 이상의 화염 속성 대미지를 경감하고 일정량 이하는 무효화하는 효과였다.

구체적으로 말하자면 슈니 정도의 마법 공격이 아니라면 제대로 된 대미지를 입지 않게 된 셈이었다. 대부분의 화염 공격을 무효화한다고 해도 될 정도로 강력한 가호였다.

"그래도 되는…… 겁니까?"

신은 자신도 모르게 반말로 이야기할 뻔했지만 아무래도 지금의 카구츠치에게는 적절하지 않은 것 같아 즉시 고쳐 말했다.

카구츠치는 별로 신경 쓰는 기색도 없이 "괜찮다"라고만 말한 뒤 아기 새의 모습으로 돌아왔다.

"삐약삐약."

아기 새 상태로 날개를 작게 파닥거리며 고개를 끄덕이는 동작은 '괜찮으니까 받아둬'라고 말하는 것 같았다.

"알았어. 그러면 고맙게 받을게."

카구츠치의 용건은 그것뿐이었고 일행은 달의 사당으로 돌아왔다.

다음 날 아침이 밝자 산을 내려가게 되었다.

"다시 한번 말하지만 정말 큰 신세를 졌다. 또 언제든 찾아와 주길 바란다."

"꼭 다시 와야 해! 꼭이야!"

"미츠요가 폭발해버리기 전에 와주시옵소서."

"조심해서 가십시오."

"우리가 걱정할 필요는 없겠지만 말일세."

"삐약!"

무네치카, 미츠요, 쿠니츠나, 야스츠나, 츠네츠구, 카구츠치의 배웅을 받으며 신 일행은 후지를 내려왔다.

다음 목적지는 엘트니아 대륙으로 배를 띄우는 항구 도시였다.

아오키가하라를 빠져나온 뒤에는 마차를 꺼내 카게로우와 함께 가도를 달렸다.

후지로 향할 때와는 달리 최대한 주목을 끌지 않도록 상인이나 여행자, 모험자 집단과 마주칠 때마다 평범한 마차 수준으로 속도를 떨어뜨렸다.

후지의 인근 마을에서 가도를 폭주하는 수수께끼의 마차에 대한 소문이 들렸기 때문이다.

쿠니츠나를 찾으러 갈 때도 상당한 속도를 냈기 때문에 소문이 널리 퍼진 모양이었다.

다행인 점이라면 현재의 목격 증언으로는 신 일행이 향하는 항구 도시와 반대 방향에 출몰한다고 여겨지는 것 같았다. 환영 마법으로 카게로우를 평범한 말처럼 보이게 하면 특별히 주목받을 일은 없었다.

✝

"항구 도시답게 물고기가 엄청 많군."

목적지에 거의 도착한 신 일행은 숲에 숨어 마차를 카드화하고 걸어서 도시로 들어갔다.

어디를 걸어도 신선한 생선을 판매하는 가게가 많이 보였다. 현실 세계에서 자주 보던 생선부터 이 세계에서만 볼 수 있는 몬스터 물고기까지 다양한 상품이 진열되어 있었다.

"2주면 꽤 오래 기다려야겠네."

도항자용 선박 일정을 전해 듣고 티에라가 한숨을 쉬었다. 바로 어제 마지막 배가 출발했기에 다음 배가 출항할 때까지는 일정이 비어 있다고 한다.

급한 여행은 아니었지만 별다른 오락거리도 없는 항구 도시에서 2주나 머무는 것은 의미가 없었기에 계속해서 엘트니아 대륙행 상선을 찾기로 했다.

1시간 정도 선원들을 찾아다니며 문의한 끝에 이틀 뒤에 출항하는 배가 있다는 말을 듣고 즉시 태워줄 수 없냐고 교섭을 시작했다.

처음에는 여유가 없다고 거절했지만 항해 중에 호위 역할도 맡겠다고 하자 결국 승낙을 해주었다.

신과 티에라는 아직 모험가 랭크가 낮지만 슈바이드는 A랭크의 모험가 카드를 갖고 있었다.

이것은 슈바이드가 정체를 숨기고 활동하기 위한 두 번째 신분증이었다. 모험가 길드가 그에게 진 빚이 많았기에 특례로 만들어주었다고 한다.

"우리들만으로는 안 태워줬을지도 모르겠군."

"맞아. 신은 D이고 난 아예 F잖아. 스승님은 카드에 C로 나와 있지만 전부 별 도움 안 되는 일행이라고 생각했을 거야."

티에라는 바르멜 방어전의 사후 정리 때 F등급으로 승격했다.

더욱 높여줘야 한다는 의견도 있었지만 적진을 꿰뚫었던 활의 위력이 그녀 혼자만의 힘이 아니었기 때문에 한 단계만 오르게 되었다.

신의 경우는 워낙 엄청난 공적인 만큼 길드 내에서도 긴 논의가 이어졌다. 당시에는 아무래도 큰 논쟁이 벌어진 것 같았기에 결과만 나중에 듣자고 생각하며 킬몬트로 출발하려 했던 것이다.

바로 그때 교회와 관련된 사건이 일어났기 때문에 결국 지금도 신이 무슨 랭크인지는 아무도 몰랐다.

"바다는 육지보다도 위험 요소가 많으니까 말이지. 나도 처음 바다에서 싸웠을 때는 요령이 전혀 달라서 힘들었어."

호위 의뢰의 경우에도 바다는 육지보다 몇 단계 높은 랭크가 부여된다.

"A랭크 모험가에 파티 멤버 전원이 스킬 계승자라면 호위로는 충분하겠죠."

슈니의 말처럼 지금은 티에라도 스킬 보유자였다. 신이 가르친 【애널라이즈】 외에도 공격용, 보조용 스킬을 발현한 상태였다.

티에라는 활을 사용할 수 있고 슈바이드, 슈니, 신은 스킬로 수상전 및 수중전이 가능하다는 점을 활용해 교섭한 결과, 미리 승선한 전속 호위들과의 역할 분담도 원만히 이루어졌다.

배의 방어 수단은 기본적으로 원거리 공격이 주를 이룬다. 하지만 신 일행이라면 유사시에 미끼가 되어 배에서 적을 멀리 떨어뜨리고 다른 이들이 저격하는 전법을 사용할 수도 있었다.

배와 자신들의 안전을 생각했을 때 나쁘지 않은 방법이었기에 다른 호위들도 반대하지 않았다.

"이번엔 평화로운 여행이 될 것 같은데."

출발까지 남은 이틀의 시간을 다른 호위들과의 전투 연계 확인과 관광으로 보낸 뒤, 배에 탑승한 신 일행은 수평선을 바라보고 있었다. 게일 서펜트 같은 몬스터에게 습격당하는 일이 흔하지는 않기에 항해는 지극히 순조로웠다.

"이 근처 바다는 해적이나 몬스터도 적으니까 말이지. 위험한 일이 생기면 너희에게 기대해도 되겠지?"

이 배의 전속 호위인 모험가 알라르가 신에게 말을 건넸다. 짧게 자른 붉은 머리에 야성미 넘치는 얼굴의 남자였다.

신은 신참 모험가가 건방 떠는 것처럼 보이지 않도록 최대한 공손한 말투로 대답했다.

"맡겨주세요. 랭크는 낮지만 해상 전투는 몇 번 경험했거든요."

"믿음직스럽군. 하지만 바다에서는 우리가 생각지도 못한 일이 벌어지는 법이야. 선원들 사이에서는 이 근처에 유령선이 나타난다는 소문이 돌던데."

"유령선이오?"

알라르의 말투는 살짝 겁을 주어 놀래주려는 듯했다.

하지만 신은 그것을 농담으로 흘려들을 수 없었다. 게임 시절에는 지역 보스로 진짜 유령선이 출현하는 해역이 존재했기 때문이다.

신이 겁주지 말라고 받아치자 알라르는 히죽 웃으며 가버렸다.

"배라면……."

신은 문득 『육천』의 길드하우스 중 한 곳인 2식 강습함 세르슈토스를 떠올렸다.

황금상회도 아직 발견하지 못했다고 들었기에 어쩌면 지금쯤 바다 위 어딘가를 계속 떠돌고 있는지도 몰랐다.

그런 신의 생각을 아는지 모르는지, 배는 커다란 돛으로 바람을 받아내며 넓은 바다 위를 거침없이 나아갔다.

날씨는 계속 맑았고 쾌청한 하늘 아래에 유령선이나 세르슈토스는 그림자조차 보이지 않았다.

항해는 순조롭게 이어졌고 출항으로부터 이틀 뒤에 신 일행은 다시 육지에 내려섰다.

"여기가 해양 도시 바르바토스인가. 해적들의 도시 같은 이름이군."

"듣기로는 지열을 이용한 온수 수영장이 유명하다던데?"

이별을 아쉬워하듯 배를 향해 손을 흔들던 필마가 선장에게 전해 들은 정보를 알려주었다.

"수영장이라고? 보통은 해수욕을 즐겨야 맞을 텐데."

바다에는 위험한 몬스터가 다수 서식하는 데다 그중에는 육지로 올라오는 유형도 있었다.

굳이 바다를 분리하는 식으로 벽이나 그물을 설치하는 것보다는 육지에 시설을 만드는 편이 안전 유지 관리가 쉬운 셈이다.

그래서 이곳 해양 도시에는 따로 해변이 존재하지 않는다고 한다.

"모처럼 왔으니까 시간이 남으면 가보자. 호수나 바다처럼 몬스터를 걱정할 일이 없으니까 분명 즐거울 거야."

"그래. 가끔씩은 복잡한 생각을 다 잊어버리고 노는 것도 괜찮겠지."

필마가 『계의 물방울』에 갇히기 전에는 오락거리를 즐길 여유가 거의 없었다고 한다.

신도 이 세계에 온 뒤로는 본격적으로 놀아본 적이 거의 없었기에 흥미가 동했다.

"그러면 일단 수영복부터 골라야겠네. 아, 그 전에 식사부터 할까?"

이미 오후 1시를 넘긴 시각이었다. 점심은 바르바토스에서 먹을 예정이었기에 아침 식사 이후로 지금까지 먹은 것이 없었다.

한껏 들뜬 필마를 진정시키며 신 일행은 음식점을 찾기로 했다.

"─그래서, 여기라는 거야?"

"네. 쿳쿠 님의 부하인 조지, 케리토리, 벨, 셸이 이곳에 있을 거예요. 하지만…… 이건 예상 밖이네요."

신이 엘트니아 대륙으로 향하면서 이곳 바르바토스에 들른 것은 『육천』의 멤버인 쿳쿠의 홈인 『시우옥(時雨屋)』이 있기 때문이었다. 지금도 여전히 요리점으로 영업 중인 것 같았다.

쿳쿠의 부하들 중 장수 종족인 네 명은 아직도 현역이고 바르바토스 밖에서 찾아오는 손님도 많다는 이야기를 배에서 알라르에게 들은 적이 있었다.

그리고 소문대로 신 일행 앞에 기다리는 손님들이 장사진을 이루었다. 사람들은 남녀노소와 종족을 가리지 않고 질서 정연하게 일렬로 서 있었다.

"이건 한 시간 기다리는 정도로는 어림도 없을 것 같은데."

"메시지를 보내볼게요. 어떻게든 반응은 해오겠죠."

슈니가 줄을 바라보던 신에게 말했다.

잠시 지나자 가게 문이 열리며 두 소녀가 뛰쳐나왔다. 둘 다 똑같은 얼굴에 꼬부라진 뿔과 피막으로 이루어진 날개, 그리고 옷 밑으로는 비늘에 덮인 꼬리를 갖고 있었다.

그녀들이 바로 벨과 셸이었다. 양쪽 모두 빨간 눈이었지만 벨은 오른쪽으로 묶은 은발, 셸은 왼쪽으로 묶은 흑발이라는 점이 달랐다.

"여전히 저런 모습이군."

신이 그렇게 말한 것은 벨이 일본식 조리복을, 셸이 메이드복을 입고 있었기 때문이다.

그것을 보면 가게 안의 나머지 두 사람도 각각 셰프복과 기모노를 입고 있을 것 같았다.

"슈니 발견!"

"필마 발견!"

벨과 셸이 신 일행이 있는 곳을 가리키며 우렁차게 외쳤다. 슈니라는 이름이 나왔지만 변장 중인 덕분에 그녀를 알아보는 사람은 없었다.

"슈바이드 발견!"

"신 니―."

"거기 두 사람, 너무 호들갑 떨지 마세요."

신의 이름을 부르려던 찰나에 슈니가 끼어들었다. 그러자 둘은 마치 뱀 앞에 선 개구리처럼 움직임을 딱 멈추었다.

다른 일행들은 생각했다. 슈니는 지금 화가 난 것이라고.

"호들갑 떨지 말라고 케리토리에게 보낸 메시지에 적어두었을 텐데요."

"죄, 죄송합니다~!"

이야기를 다 듣기도 전에 뛰쳐나온 것이리라. 둘은 사과와 동시에 우르르 가게 안으로 돌아갔다.

"뭐랄까, 이런 호들갑도 오랜만이라 그립네."

"사람들 앞에서 이름을 부르는 건 아무리 그래도 곤란하잖아요."

벨과 셀의 행동으로 인해 신 일행은 약간이지만 주변의 시선을 받고 있었다.

이렇게 된 이상 나중에 다시 오는 편이 좋을 거라 신이 생각했을 때 슈니가 가게 뒤편으로 돌아가자고 말을 꺼냈다.

아무래도 케리토리가 답장을 보낸 모양이었다.

일단 가게에서 멀어진 뒤에 인적이 적은 길을 우회해서 걸어갔다. 일행이 시우옥 뒤편에 도착하자 그곳에는 한 여성이

서 있었다.

바로 슈니와 메시지를 주고받은 케리토리였다.

흑발을 뒤로 묶고 활동성을 중시한 기모노의 소매를 걷어 올린 모습이었다. 녹색 눈동자는 신이 기억하던 대로 따뜻한 빛을 띠고 있었다.

"오래 기다리셨습니다. 벨과 셸이 폐를 끼친 것 같아 송구합니다."

"신경 쓸 것 없어. 여전한 것 같아서 안심이 되던걸."

신 일행은 케리토리를 따라 시우옥에 들어섰다. 그들이 안내받은 곳은 특별 손님용 개인실이었다.

마침 식재료가 떨어졌는지 영업이 끝난 상태였다. 가게 안에는 아직 식사 중인 손님들만 남아 있을 뿐이었다.

"금방 준비할 테니 잠시만 기다려주십시오."

점심을 시우옥에서 먹으려 했다고 말하자 케리토리는 맡겨만 달라며 의욕적으로 대답했다. 종업원용 식재료가 아직 남아 있는 모양이었다.

"물입니다."

"물수건입니다."

케리토리와 엇갈리며 들어온 것은 벨과 셸이었다.

슈니 앞에 서자 잠시 우물쭈물했지만 괜찮다는 말에 미소를 지으며 오늘의 메뉴를 알려주었다.

"그러고 보니 조지는 요리 중이었지?"

"조지는 요리에 집중하고 있어요!"

"한번 집중하면 무슨 일이 생겨도 안 움직여요!"

신의 질문에 벨과 셸은 못 말린다는 듯한 표정으로 대답했다.

"불러올까요?"

"아니, 인사를 해두고 싶었을 뿐이야. 어차피 나중에 만날 테니 그때 하지 뭐."

이구동성으로 말하는 벨과 셸에게 신은 고개를 가로저어 보였다. 요리를 중단시키면서까지 부를 생각은 없었다.

예전에 시우옥의 조리장은 당연히 쿳쿠였다.

조지는 케리토리와 함께 부조리장의 역할을 맡고 있었다. 두 사람의 요리 실력은 거의 호각이었고 전투력의 경우 육전에서는 케리토리, 해전에서는 조지가 앞섰다.

종업원인 벨과 셸은 요리 기술이 미숙하지만 전투력은 조지와 케리토리보다 위였다.

"잘 먹었습니다."

식사가 끝나자 기다렸다는 듯이 조지와 케리토리가 들어왔다.

기모노를 입은 케리토리 옆에 마른 근육질 몸매를 셰프복으로 감싼 조지가 나란히 섰다. 얼핏 보면 같은 가게에서 일하는 사람처럼 보이지 않았다.

포용력이 느껴지는 케리토리와 달리 조지는 붉은 단발이

어울리는 와일드한 스타일이었다. 요리사보다는 모험가가 훨씬 잘 어울려 보였다.

"요리 실력이 올라간 건가?"

"그렇게 생각하셨다면 정진해온 보람이 있네요."

케리토리는 미소를 지으며 고개를 끄덕였다.

시우옥에 자주 왔던 것은 아니지만 신이 기억하는 맛보다 몇 단계 진보한 것처럼 느껴졌다.

"그래서 오늘은 어떤 용건으로 오셨습니까?"

조지가 입을 열었다.

외모와 어울리는 낮은 목소리였다. 갈색 눈동자는 노려보는 것처럼 날카로웠다.

"모처럼 왔으니까 인사를 하고 싶었을 뿐이야. 이렇게 개인실까지 준비해줘서 고마워."

"아니요. 쿳쿠 님의 친구분을 소홀히 대접할 수야 없죠."

하지만 조지의 표정은 '왜 갑자기 들이닥쳐서 귀찮게 해?'라고 말하는 것만 같았다.

원래 그런 얼굴이라는 것을 모르는 사람이 보면 심기가 불편하다고 착각할 수밖에 없었다.

"……하나만 묻겠습니다. 신 공은 그 소문을 듣고 온 게 아닙니까?"

"이봐, 조지. 신 님 앞에서 무슨 무례야?"

"아니, 괜찮아. 그보다도 그 소문이라는 게 뭔데 그래?"

신은 조지를 타이르는 케리토리를 진정시키며 물었다.

"바르바토스 연안에 있는 크웨인 해역에서 거대한 배를 봤다는 선원이 있어요. 그 남자는 엘프였고 세르슈토스를 알고 있었죠."

"그래서 그 거대한 배가 세르슈토스였다는 거야?"

"네."

조지는 날카로운 눈빛으로 신을 바라보고 있었다.

그의 눈에는 세르슈토스— 주인인 쿳쿠의 길드하우스를 반드시 찾아내겠다는 강한 의지가 담겨 있었다.

"예정을 바꿔야겠군. 당시 상황을 자세히 가르쳐줘. 할 수 있다면 우리가 확보할게."

신은 알라르가 말한 유령선이 어쩌면 그 배일지도 모른다고 생각했다.

이야기를 들어보니 그 엘프는 이미 바르바토스를 떠났다고 한다.

몇 년 전에 세르슈토스를 봤다고 시우옥에 알려주러 왔던 것이다.

"그 엘프는 누군가의 서포트 캐릭터였어?"

"아니요. 신 공이 알아듣기 쉽게 말하자면 평범한 NPC입니다. 예전에 엘크루스 항구에서 일한 적이 있어서 그곳에서 몇 번 본 세르슈토스의 위용을 기억하고 있었다는군요."

"확실히 엘크루스에 몇 번 정박한 적이 있었지. 그렇다면 잘못 봤을 가능성은 낮겠는데."

엘크루스는 게임 시절에 항구 도시로 번영했던 홈타운이었다. 크고 작은 다양한 배 외에 선박 타입의 길드하우스도 정박할 수 있었다.

『육천』멤버들은 각자 자신의 길드하우스나 홈에서 직접 순간이동이 가능했기에 굳이 항구에 정박할 필요가 없었다. 보급을 담당하는 전문 서포트 캐릭터도 따로 있어서 물자가 부족해질 일도 없었다.

하지만 역시 배는 항구에 있어야 한다는 생각에 종종 정박하곤 했다.

세르슈토스의 거대함과 호화로움을 자랑하고 싶었던 것도 이유 중 하나였다.

"크웨인 해역이라는 곳은 구체적으로 어디쯤이야?"

"바르바토스에서 히노모토 위를 통과하듯 나아간 곳에 있다고 어부나 교역함 선원들에게 들었습니다. 봉쇄된 지역은 아니지만 위험 수역으로 지정되어 길드에서는 출입을 금하고 있습니다."

조지는 얼굴을 살짝 찡그리며 말했다.

조지의 심기가 불편한 것은 크웨인 해역에 대한 출입 허가를 요청했지만 거절당했기 때문이라고 케리토리가 설명해주었다.

"왜 위험 수역으로 지정된 거지?"

"크웨인 해역은 세 개의 커다란 해류에 둘러싸여 삼각형을 이룬다고 합니다. 그리고 삼각형의 각 꼭짓점 부분을 소굴 삼아 해역을 수호하는 몬스터들이 있습니다. 몇 년 전까지는 해역에 들어오려는 자들을 위협해서 쫓아내는 정도였지만 지금은 아예 배까지 부숴버린다는군요. 예전에는 파도도 잠잠했지만 요즘은 대형선을 전복시킬 만큼 엄청난 폭풍이 몰아친다고 합니다."

조지의 이야기를 이어받은 케리토리가 뺨에 손을 갖다 대며 한숨을 쉬었다.

폭풍만 해도 성가신데 거기에 몬스터까지 더해진다면 길드가 조사 대신 봉쇄를 선택할 수밖에 없었던 것도 이해가 되었다.

크웨인 해역을 수호하는 몬스터는 세 마리였다.

북서쪽에는 20메르의 다리와 마법 보석이 달린 오징어 『마스큐더』.

남동쪽에는 칼날 같은 지느러미와 온몸에 독침이 돋아난 상어 『에오리오스』.

남서쪽에는 강철처럼 단단한 체모와 겹눈, 그리고 게의 집게발을 가진 바다뱀 『게젤드란』.

이 몬스터들이 자신의 부하들을 거느리고 서로의 영역을 침범하고 있었기에, 크웨인 해역에 들어갔다가 살아 돌아온 사람은 거의 없다고 케리토리가 말을 이어나갔다.

세르슈토스를 본 엘프도 배가 폭풍에 전복되어 밀물에 휩쓸리는 도중에 우연히 크웨인 해역에 들어섰다고 한다. 본인도 이미 죽음을 각오하고 있었다.

하지만 세르슈토스를 목격한 뒤에 기력이 다해 바다에 잠겼다가 정신이 들어 보니 배의 파편과 함께 바르바토스 근해에 떠 있었다고 한다.

그리고 근처를 지나던 배에 구조되어 목숨을 건졌다.

"그건 아무리 봐도 뭔가가 있는 것 같은데."

"네. 바다라는 점을 생각하면 아마도 비스트, 인어나 어인(魚人)이겠죠."

신도 케리토리의 추측에 동의했다.

【THE NEW GATE】에서는 외관이 사람에 가까우면 인어, 물고기에 가까우면 어인이라고 부른다.

양쪽 모두 비스트의 아종으로 수중전에 특화되었으며 무제한의 잠수 능력과 수중에서의 전 능력치 10퍼센트 강화가 특징이었다. 대신 지상에서는 전 능력치가 10퍼센트 저하된다.

물에 움직임을 방해받지 않기 때문에 바다에서는 그 누구도 따라올 수 없을 만큼 강했다.

게임 시절에는 무한 잠수 능력을 활용해 상대를 익사시키는 플레이어들도 있었다.

호칭과 능력치가 변화하는 경우도 있어서 비스트 중에서도 특수한 위치에 놓인 존재였다.

"그 엘프의 이야기를 들어보면 그 접근 제한이라는 게 벽 같은 것으로 막히진 않은 거지? 몰래 들어갈 순 없는 거야?"

"가능할 겁니다. 다만 내부를 조사하려면 어느 정도 규모가 있는 배가 필요할 테니 길드 몰래 가는 건 어렵겠지요."

케리토리와 조지는 조사용 배를 조달하지 못해 허가를 받지 못했다고 한다.

신도 게임에서 폭풍 치는 바다를 체험한 적이 있었다.

이 세계에서는 마법 부여를 해두지 않으면 대형 선박도 전복될 정도의 큰 파도가 당연한 듯이 발생한다. 웬만한 배로는 어림도 없었다.

"그렇다면 미리 허가를 받아두는 편이 좋겠군. 허가가 나오는 조건은 알고 있어?"

"일정 규모 이상의 선박을 보유하고 A랭크 이상의 모험자가 동행하면서 수중전용 장비를 갖춰야 한다고 합니다. 물론 사망이나 부상에 대한 보상은 받을 수 없습니다. 그 해역에 가는 것 자체가 자살행위나 다름없으니까요."

"뭐, 그럴 테지."

케리토리의 말에 신도 동의했다.

크웨인 해역에는 삼해마(三海魔) 외에도 많은 몬스터들이 출몰한다. 신은 조지와 케리토리가 알려준 정보만 듣고도 그곳을 조사하는 일이 얼마나 성가실지 상상이 되었다.

바다에서는 때때로 육지와 비교도 안 될 숫자의 몬스터들이 출현할 때가 있다.

발밑은 불안정하고 적의 공격은 360도 전 방위에서 들이닥친다.

덤으로 적이 수중에 있기 때문에 이쪽의 공격 수단은 제한될 수밖에 없다.

게임 시절에는 육지에서 이름을 날리던 플레이어가 바다에 나가자마자 사망해 마을로 귀환했다는 이야기를 자주 듣곤 했다.

삼해마 자체가 레벨 800대의 강력한 몬스터였기에 부하들도 그에 어울리는 능력치를 갖고 있었다.

전투보다는 요리나 기타 생산 스킬에 중점을 두고 육성된 조지와 케리토리는 살아서 돌아오기 힘들 것이다.

"일단 우리에게 부족한 건 배로군."

"신 공은 배를 구할 방법이 있으십니까?"

조지가 기대하는 눈빛으로 물었다.

"아니 그게, 부품은 있거든. 조립할 장소만 확보할 수 있으면 마련할 수 있어."

세르슈토스는 마도 전함 중에서도 특히 거대하고 강력했다. 【THE NEW GATE】 내에서도 손에 꼽히는 초노급(超弩級) 전함이었다.

정비용 부품의 숫자도 엄청났고 그 대부분은 대장장이인 신의 작품이었다.

따라서 시험 제작품이나 예비 부품을 포함한 막대한 숫자의 선박용 아이템이 신의 아이템 박스 안에 잠들어 있는 셈이다.

박스 안에는 배의 크기에 따라 폴더로 구분되어 부품이 보관되어 있었다. 같은 규모의 배라면 부품을 교환해 커스터마이징할 수도 있었다.

"역시 신 님이네요! 바로 준비할게요!"

케리토리는 크게 기뻐하며 당장이라도 달려나갈 기세였다.

"그렇게 쉽게 장소를 준비할 수 있겠어? 아무리 그래도 이 근처에서 작업할 수는 없을 텐데."

게임이라면 항구의 관리소에 가서 등록만 하면 끝이지만 현실 세계는 그렇지 않았다.

"지인이 운영하는 조선소에 선박 건조를 의뢰해두었거든요. 주인장에게는 미안하지만 일단 그곳을 빌리기로 하죠."

"그래도 괜찮겠어? 그 뭐냐, 인간관계 면에서 말이야."

신도 장소만 있다면 당장이라도 작업을 시작하고 싶었다. 하지만 대뜸 찾아가서 의뢰했던 배가 이제 필요 없어졌다고 말하는 것은 너무 무례하지 않은가.

"괜찮을 겁니다. 그 양반은 자신의 기술을 높이기 위해서라면 사소한 일에는 얽매이지 않으니까요. 오히려 신 공이 만드는 배를 보고 기술을 훔치려 들겠지요."

자신의 배가 필요 없다면 그것을 대신할 배를 보여달라―

조지는 상대방이 그렇게 나올 거라고 이야기했다.

"그렇다면 지금 즉시 안내해주겠어? 빨리 준비해서 크웨인 해역에 가보고 싶어."

두 사람은 신의 말에 고개를 끄덕이며 자리에서 일어났다.

조지와 케리토리는 벨과 셸에게 설거지를 맡긴 뒤 신 일행을 데리고 큰길로 나아갔다.

두 요리사는 옷을 갈아입지 않은 상태였다. 두 사람이 입는 옷에는 본인의 몸과 장비의 청결이 항상 유지되는 마법이 부여되어 있었다.

전투에는 도움이 되지 않더라도 그 기능만큼은 양보할 수 없다는 쿳쿠의 말에 캐시미어, 헤카테와 합동으로 옷을 제작했던 기억이 신은 무척이나 그립게 느껴졌다.

†

"이곳입니다."

"역시 조선소답게 엄청 크군."

신 일행이 찾아간 곳은 항구 끝 쪽에 위치한 조선소였다. 끝 쪽이라 해도 다른 조선소에 뒤처지는 규모는 아니었다.

조지의 뒤를 따라 도크 안에 들어서자 갤리온함 두 척이 공중에 고정되어 있었다.

그 옆에 현재 건조 중인 배가 보였다. 그것이 시우옥에서 의뢰한 선박 같았다.

작업원들이 조지를 발견하더니 조금 멀리 떨어져 있던 몸집이 큰 남자를 불렀다.

그리고 키는 작지만 몸의 폭이 일반인보다 두 배는 되어 보이는 근육질의 남자가 그들에게 다가왔다.

"오오, 조지잖아. 지난번에 부탁한 배가 완성되려면 아직 멀었는데?"

허물없이 말하는 것을 보면 친한 사이인 것 같았다.

신은 그가 간부급 조선공일 거라고 생각했다.

"오늘은 그 배에 관해 할 말이 있어서 왔다. 이쪽은 신 공, 예전부터 알고 지내던 모험가다. 이 사람은 이곳 고드 조선소의 소장 겸 조선공인 지그마 고드. 다들 아재라고 부르지."

조지가 두 사람을 서로 소개했다.

사람들 앞에서는 편하게 대해달라고 말해두었기에 조지의 소개는 무뚝뚝하게 느껴지기도 했다.

그런 조지를 보며 케리토리 혼자 안절부절못하고 있었다.

"케리토리, 진정해요."

"아무리 그래도 조지가 너무 무례하게 이야기하는 것 아닐까요?"

"괜찮아요. 신은 그런 것에 구애되는 사람이 아닌걸요."

슈니가 설명해주는 사이에도 조지와 지그마의 대화가 이어졌다.

조지가 배의 제작을 중지해달라고 하자 지그마의 시선이 신을 향했다.

"여기서 할 이야기는 아닌 것 같군. 자세한 이야기는 안에서 듣지. 따라와."

갑작스러운 이야기였지만 지그마는 냉정했다.

신 일행은 거침없이 걸어가는 지그마를 따라서 사무소 안쪽의 개인실로 들어갔다.

그곳에서 직원이 마실 것을 갖다 주자 지그마가 먼저 입을 열었다.

"그래서 왜 배가 필요 없어진 거지? 배가 필요한 이유는 나도 알아. 그걸 만드는 데 얼마나 집착하는지도 잘 알고. 대신할 배를 찾기가 그리 쉽진 않을 텐데."

배를 구하는 것뿐이라면 돈만으로도 해결된다. 하지만 크웨인 해역은 폭풍우가 심한 위험한 장소였다. 단지 크기만 한 배라면 침몰당하러 가는 것이나 마찬가지였다.

"너희라면 포기할 리가 없지. 아무래도 저기 있는 형씨와 관련이 있는 것 같은데."

"그래. 배는 여기 있는 신 공이 준비할 거다."

"호오?"

지그마의 시선이 다시금 신을 향했다. 신이라는 인간의 본질을 꿰뚫어 보려는 것처럼 강렬한 눈빛이었다.

"네. 건조 중인 배가 있는 공간을 빌리고자 합니다."

"자재는 있나? 길드가 규정한 규모의 배를 만들려면 자재만 해도 엄청날 텐데."

"부품은 이미 준비되었습니다. 조립하기에 마땅한 장소가 없어서 말이죠."

신은 그렇게 말하며 한 장의 카드를 테이블 위에 놓았다.

"아이템 카드로군. 확실히 이거라면 자재를 운반 못 할 걱정은 없겠는걸. 하지만 배를 만드는 건 부품만 있다고 해결되는 게 아냐. 그건 어떻게 할 거지?"

배를 한 척 제작하려면 그만큼 많은 인원이 필요했다.

부품이나 도구는 아이템 카드로 갖춰져 있다 해도 신 일행은 고작 다섯 명에 불과했다. 그중 세 명은 여성이었기에 일손이 부족하지 않냐는 지그마의 지적도 당연했다.

"공공연하게 떠들어대고 싶진 않지만 스킬의 힘으로 어떻게든 해결할 생각입니다."

"……그렇군. 당신, 스킬 계승자였군?"

지그마는 납득했다는 듯이 고개를 끄덕였다.

스킬의 힘은 때때로 사람의 생각을 초월하는 힘을 발휘한다. 어마어마하게 무거운 물체를 어린아이도 들 수 있는 카드로 만드는 아이템 박스 역시 그중 하나였다.

일반인이 보면 상식을 벗어난 힘이었기에 그것을 계승한 사람만이 할 수 있는 말이라고 이해한 것 같았다.

지그마는 기술자인 동시에 경영자이기도 했다. 일방적인

계약 해지지만 비용은 전액 지불하겠다고 조지가 말하자 일단은 납득해주었다.

"뭐, 회사 입장에선 받을 돈만 받으면 불만은 없지."

"그렇게 보이지는 않는데 말이지."

하지만 조지가 지적한 대로 표정은 여전히 불편해 보였다.

"어쩔 수 없는 것 아닌가? 난 선박 제조에 인생을 건 사람이야. 지금 만드는 배는 자재, 기술 할 것 없이 일절 타협하지 않았다고. 틀림없이 내 인생의 최고 걸작이 될 거라고 단언할 수 있단 말이다."

그만큼 자신이 있는 것이리라. 단호하게 말하는 지그마의 표정에 오만함은 없었다.

"하지만 말이야, 조지 네 얼굴에서는 내 작품보다 훨씬 엄청난 녀석을 저기 있는 형씨가 만들어낼 거라는 확신이 보인단 말이야. 내 실력을 잘 아는 네가 그렇게까지 신뢰하는 사람이 있다면 그 실력이 궁금할 수밖에 없지 않겠냐고."

"여전하군. 나는 신 공, 이 사람이라면 틀림없다고 생각한다."

조지가 신을 돌아보며 말했다. 스킬을 사용하는 모습을 그에게도 보여달라는 눈빛이었다.

지그마가 자신의 기술에 긍지를 가진 기술자라는 사실은 지금까지의 태도와 제작 중인 배의 품질만 봐도 알 수 있었다. 일방적으로 계약을 파기했다는 미안함도 있었지만, 그보다는 같은 기술자로서 지그마에게는 보여줘도 되겠다는 생각에 신은 결단을 내렸다.

"……보고 들은 모든 것을 누구에게도 발설하지 않을 것, 그리고 나에 대해 누구에게도 이야기하지 않을 것. 이 두 가지만 지켜주신다면 괜찮겠죠."

"알겠어. 여기서 보고 들은 건 무덤까지 가져가지. 훔칠 수 있는 기술은 훔쳐도 되겠나?"

"할 수만 있다면 얼마든지요. 보면서 참고하는 것까지 막을 생각은 없습니다."

"말 한번 잘하는군. 이거 잔뜩 기대되는데?"

그냥 눈으로 보는 것만으로 스킬을 완전히 자신의 것으로 만들 수는 없었다. 완성된 배를 참고로 설계하는 것 정도는 괜찮을 것 같았다.

한편 지그마는 입꼬리를 치켜 올리며 찡그린 얼굴로 고개를 끄덕였다. 기술자의 자존심에 불이 붙은 모양이었다.

도크 내에는 칸막이가 따로 없었기에 조립 작업은 다른 작업원들이 퇴근한 뒤에 시작하기로 했다.

신 일행은 일단 시우옥으로 돌아가겠다는 조지, 케리토리와 작별한 뒤에 남은 시간을 이용해 길드에 가기로 했다.

"쉽게 허가가 나오면 편할 텐데 말이지."

신은 힘들 거라고 생각하면서 중얼거렸다. 그의 중얼거림에 바르바토스 거리를 구경하던 필마가 대답했다.

"조지의 이야기를 들어보면 힘들지 않을까? 자살행위나 다름없다고 생각하면서 호락호락 보내주지는 않을 거 아냐."

"그 녀석들은 시우옥의 현 소유자가 아니오. 그걸 고려하면 길드나 국가에서 소중한 인재를 헛되이 잃지 않으려 했던 것일 수도 있소이다."

"아마도 그렇겠죠. 그 네 사람이 없으면 시우옥은 단순한 조형물이 되어버릴 테니까요."

배가 있어도 허가가 날 가능성이 낮다고 슈바이드가 설명했다. 슈니도 같은 의견인 듯했다.

홈은 기본적으로 소유자가 내부에 있거나 함께 행동할 때만 안으로 들어갈 수 있었다. 신의 홈인 달의 사당 역시 마찬가지였다. 현재 슈니를 비롯한 서포트 캐릭터를 제외하면 무인 상태인 달의 사당에 들어갈 수 있는 건 티에라, 유즈하, 카게로우 정도였다.

유즈하는 신과 계약되어 있었고 티에라는 슈니가 그녀를 보호하면서 달의 사당 소속으로 등록해두었다. 카게로우는 유즈하와 같은 경우다.

만약 조지와 케리토리, 벨, 셸이 모두 사망한다면 이 세계에서 시우옥에 들어갈 수 있는 사람은 신뿐이었다. 같은 『육천』 멤버로서 특별 허가를 받았기 때문이다.

바르바토스에서 그들이 어떤 위치인지는 알 수 없지만 그래도 쉽게 위험한 장소로 보내지는 않을 것 같았다.

"뭐, 밑져야 본전이라잖아. 우선 이 근처에 출몰하는 몬스터 정보부터 수집해보자."

상대할 몬스터를 미리 아는 것만으로도 충분한 무기가 된다. 접근 허가는 나중에 받아도 된다고 생각하던 신에게 계속 잠자코 있던 티에라가 말을 꺼냈다.

"저기, 신. 해상 전투면 전에 폭풍우 속에서 게일 서펜트와 싸우던 상황과 비슷하게 생각하면 되는 거야?"

"글쎄…… 크게 다르진 않겠지만 경우에 따라서는 수중전을 하게 될지도 몰라. 세르슈토스가 침몰할 일은 없겠지만 잠수 기능이 있으니까 말이지. 오작동이 일어나서 바닷속으로 가라앉아 버리면 회수를 위해서는 잠수가 필요할 거야."

신이라면 무슨 장비든 수중용으로 변화시킬 수 있었다.

파티 멤버들의 장비를 이미 전부 개조해두었다는 생각을 했을 때, 얼마 전 티에라가 새로운 장비를 갖추었다는 사실이 떠올랐다.

"그렇군. 또 한 번 {그걸} 해야겠네."

"이번에는 이상한 거 하지 마."

"오해를 불러일으킬 말은 하지 말라고……. 디자인은 랜덤이야. 난 오히려 티에라가 그걸 뽑은 걸 보고 깜짝 놀랐다니까."

그것은 언젠가 장비에 수중 적응 효과를 부여할 때 벌어진 해프닝이었다.

매우 희귀하긴 했지만 여성이 입기에는 약간, 아니 상당히 노출이 심한 디자인이었다.

좀처럼 출현하지 않는다는 점에서, 그리고 그것을 직접 입은 모습을 보기 힘들다는 점에서 이중으로 희귀했다고 할 수 있었다.

"내가 더 놀랐어! 그건 대체 뭐였던 거야?! 아무리 물속에 들어간다지만 그런…… 그런 걸 입고 밖을 돌아다니면 완전히 노출광이잖아!"

당시를 떠올린 티에라가 빨개진 얼굴로 말을 쏟아냈다.

"진정해! 목소리가 너무 커!"

때마침 주위에 사람이 적긴 했지만 모두의 시선이 한꺼번에 집중된 것을 보고 신은 일행을 재촉해 그 자리를 황급히 벗어났다.

슈바이드가 걸어가면서 물었다.

"신. 티에라 공과 무슨 일이라도 있었던 것이오? 공공장소에서 그렇게나 감정을 드러내는 것을 보니 보통 일은 아닌 것 같소만."

"장비에 수중 적응 속성을 부여할 때가 생각나서 말이야. 옷이나 갑옷이 수영복으로 바뀌잖아. 그런데 그때 상당히 아찔한 디자인이 나와버렸거든."

신은 보는 입장에서는 눈호강이었다고 생각하면서도 입 밖으로 낼 수는 없었다.

"음, 확실히 그렇소이다. 남성용에 비해 여성용은 종류가 많으니까 말이오. 상당히 기발한 모양도 많았다고 기억하오."

"그건 가끔씩 알몸보다 부끄러운 게 나오기도 하잖아. 나 때도 엄청난 게 나왔었는데. 사실은 그렇게 의도한 것 아냐 ~?"

"누가 의도했다고 그래. 의도할 수 있다면 처음부터 지금 디자인으로 만들었을 거라고."

필마가 짓궂게 말하자 신은 말도 안 된다는 표정으로 단언했다. 그러지 않았다면 등 뒤로 느껴지는 슈니의 시선이 더욱 살벌해졌을 것이다.

"슈니 때는 우리 같은 일이 없었다고 들었는데?"

"우연이라니까 그래, 우연."

티에라와 필마 때는 노출이 심한 디자인이었지만 슈니 때는 한 번에 지금의 수영복이 나와서 바로 사용하기로 결정했던 것이다.

하지만 그것은 슈니에게 어떤 디자인이든 잘 어울리기 때문인지도 몰랐다.

"어쩔 수 없잖아. 그게 제일 잘 어울리는 것 같았다고."

슈니를 덜 중요하게 생각하는 것은 아니라고 신은 단호히 말했다. 그것은 거짓말이 아니었다.

"그렇다는데?"

제일 잘 어울린다는 발언에 주목한 필마가 히죽거리며 뒤에서 걸어오던 슈니에게 말했다.

"저는 아무 말도 안 했는데요."

슈니는 고개를 홱 돌렸지만 귀가 움찔거리는 것을 보면 전혀 싫지만은 않아 보였다.

"훗, 계획대로네."

"이 녀석, 일부러 그랬군."

히죽 웃는 필마를 보자 신은 어이가 없었다.

"장비 이야기는 그쯤 해두시오. 저기 길드가 보이오."

슈바이드의 말에 신이 앞을 돌아보자 베일리히트나 파르닛드에서 보았던 것과 비슷한 디자인의 건물이 보였다. 간판도 달려 있는 것을 보면 틀림없는 길드 건물이었다.

"그러고 보니 필마는 모험가 길드에 등록해두었어?"

"응? 등록 안 했는데? 내가 활동하던 시기는 『영광의 낙일』의 혼란에서 회복된 직후여서 길드처럼 대륙 전체에서 활동하는 조직이 없었는걸."

"그러면 이참에 등록해두자. 신분증으로도 쓸 수 있으니까 말이지."

현재의 신 일행에게 길드 카드는 그 정도의 가치밖에 없었다.

보유한 제작 재료를 팔면 돈이 부족할 일은 없었고 굳이 랭크를 올릴 필요도 없었다. 정보 수집이 필요할 때도 슈바이드가 이미 A랭크였기에 다른 멤버가 굳이 랭크를 올리지 않아도 되었다.

"내부 배치도 똑같군."

길드 내부는 오른쪽이 접수 카운터, 왼쪽이 주점, 중앙에 의뢰서가 붙은 게시판이 위치한 익숙한 구조였다.

다른 점이 있다면 길드 내 모험가들의 장비나 인종 정도였다. 바다와 인접한 탓인지 인어와 어인이 종종 눈에 들어왔다.

바다 밑에서 건져 올리기라도 했는지, 희귀, 고유 등급으로 분류되는 장비도 몇 개씩 보였다.

"모험가 길드 바르바토스 지부에 오신 것을 환영합니다. 용건을 말씀해주시겠습니까?"

접수 데스크에는 엷은 청색 머리카락의 여성이 서 있었다.

"여기 있는 제 동료의 모험가 등록을 부탁드릴게요."

신 일행도 길드의 규정을 잘 알았기에 설명은 넘어가고 등록 수속이 시작되었다.

"─이걸로 등록은 끝났습니다. 카드 발급은 내일 이후부터 가능합니다."

카드가 나올 때까지 하루가 걸리는 것은 여전한 것 같았다.

"등록하는 김에 한 가지 묻고 싶은 게 있는데요. 크웨인 해역에 대한 접근 허가는 머지않아 배를 구할 수 있다는 사실만으로는 받을 수 없는 겁니까?"

"크웨인 해역에 대한 접근 허가…… 말씀이신가요?"

그에 대해 문의하는 사람이 거의 없는 것이리라. 신의 이야기를 들은 접수 여직원은 무슨 소리인지 모르겠다는 표정을 짓고 있었다.

"네. 그곳에 가려면 길드나 국가에서 허가를 받아야 한다고 들었는데요. 어떤가요?"

"잠시만 기다려주시겠어요? …… 직원이 실제 선박을 확인하기 전까지는 허가를 내드릴 수 없겠네요. 예전에 신고한 것보다 작은 배를 타고 해역으로 향하다가 행방불명이 된 분이 계셨습니다."

접수 여직원은 규정이 적힌 용지를 보며 답변해주었다. 해당 사례는 신청자의 배가 출발하는 것을 목격한 어부들의 증언으로 발각되었다고 한다.

"알겠습니다. 그러면 배를 확보한 다음에 다시 오겠습니다."

"미리 신청만 해두실 수도 있는데, 어떻게 하시겠습니까? 배에 관한 사항은 직원의 확인이 끝난 뒤에 기입해도 되기 때문에 관련 처리가 조금은 빨라집니다."

"그런가요? 그렇다면 미리 해두죠."

빨리 끝날수록 좋다는 생각에 신은 신청서에 필요한 항목을 기입해나갔다.

"성함이…… 신 님이시군요. 길드 카드를 함께 보여주시겠어요?"

신이 작성한 신청서를 건네자 접수 여직원은 이름과 길드 카드를 번갈아 보며 확인했다.

"D랭크…… 이신가요? 그렇다면 배가 준비되더라도 허가가 나오지 않을 텐데요."

"파티 멤버 중에 A랭크가 있습니다. 그렇다면 문제없겠죠?"

"그러시다면 확실히 문제는 없습니다만……. 실례지만 신님이 해당 파티의 리더 맞으십니까?"

"네."

"확인을 위해 파티 멤버의 랭크를 여쭤봐도 되겠습니까?"

A랭크가 존재하는데도 D랭크 모험가가 리더를 맡고 있다는 점이 의아했던 것이리라.

모험가들 중에는 경험을 쌓게 해주기 위해 일부러 저랭크 멤버에게 리더를 맡기는 경우도 있었다. 하지만 크웨인 해역처럼 위험한 곳으로 향할 때는 굳이 미숙한 자에게 리더를 맡길 이유가 없었다.

"C 한 명에 F 한 명입니다. 그리고 파트너 몬스터가 두 마리 있고요. 상황에 따라 나중에 몇 명이 더 늘어날 수도 있습니다."

시우옥 식구들도 따라올 테지만 모험가로 등록되어 있는지는 확실치 않았기에 애매하게 말해두었다.

"감사합니다. 허가를 받기 위한 조건은 알고 계신가요?"

"네. A랭크 이상의 모험가, 일정 규모 이상의 선박, 그리고 수중용 장비가 필요하다고 들었습니다."

신은 조지에게 전해 들었던 조건을 이야기했다.

"네. 정확합니다. 장비 쪽은 갖춰져 있나요?"

"인원수만큼 준비해뒀습니다. 그것도 확인이 필요합니까?"

"불편을 끼쳐드려 죄송하지만 엄연한 규칙이니 협조를 부탁드립니다. 여러분의 실력을 의심하는 건 아닙니다. 하지만 저희로서도 우수한 모험가의 손실을 최대한 막아야 하니까요."

"괜찮습니다. 저희도 죽으러 가는 게 아니라는 걸 알아주셨으면 하네요."

신이 준비한 배와 장비라면 폭풍우 치는 바다 정도는 별것 아니었다. 게다가 이 정도 멤버들이라면 어지간한 일이 일어나지 않는 이상 부상조차 나오기 힘든 포진이었다.

하지만 그 사실을 길드에 밝힐 생각은 없었다.

신이 가진 기술은 이 세계에서는 오버 테크놀로지였다. 섣불리 공개했다간 소동의 원인이 될 수도 있었다.

그래서 신은 배를 보여줄 때도 위장을 해두어야겠다고 생각했다.

"혹시 가능하다면 먼저 크웨인 해역의 몬스터 정보만이라도 얻고 싶은데요."

지역마다 편차는 있지만 보통 모험가들이 가져온 몬스터에 관한 정보를 길드에서 전부 기록해두었다. 대처법 숙지 여부에 따라 생존율이 크게 달라지기 때문이다.

목숨을 거는 직업인 만큼 모험가들은 몬스터의 정보를 항상 신경 써야만 했다.

"그거라면 자료실에서 열람이 가능합니다."

관람할 수 있는 자료는 랭크마다 다르지만 위험한 던전이나 출입 금지 지역의 몬스터 외에는 기본적으로 전부 공개되어 있었다.

크웨인 해역의 몬스터는 다른 지역에서도 서식하는 경우가 많아서 삼해마를 제외하면 신 일행도 정보를 찾아볼 수 있었다.

"감사합니다."

"그러면 배의 준비가 끝나신 뒤에 다시 한번 창구로 와주세요. 만약 제가 없을 때는 아르노 투르에게 접수했다고 말씀해주시면 바로 처리해드리도록 조치해놓겠습니다."

"알겠습니다. 그러면 또 오겠─."

"아, 죄송합니다. 신 님께는 다른 용무가 또 있었네요."

다른 일행과 함께 자료실로 가려던 참에 아르노가 그를 불러 세웠다.

"아직도 뭐가 남았나요?"

"지명 의뢰가 열 건 정도 들어와 있습니다."

"지명 의뢰라고요? 죄송하지만 이제부터 할 일이 있어 맡을 수 없습니다."

"알겠습니다. 의뢰에 응하지 않으시겠다고 하니 의뢰서에 서명을 부탁드립니다. 저쪽 부스에서 기다려주십시오. 서류를 가져다 드리겠습니다."

아르노가 가리킨 것은 접수처 옆의 작은 공간이었다. 다른 일행들에게 기다리라고 말한 뒤에 신은 마련된 소파에 앉았다.

"오래 기다리셨습니다. 여기 의뢰서가 있습니다."

신은 의뢰서를 받아 들고 의뢰에 응할 수 없음을 나타내는 부분에 하나씩 서명했다.

서명을 하면서 의뢰인 이름을 슬며시 확인해보니 베일리히트 왕국이나 바르멜 같은 낯익은 지명이 보였다.

"이걸로 전부 서명했습니다."

"……네. 다 되셨네요."

아르노가 서류를 확인하고 고개를 끄덕였다.

"하지만 이렇게 거절해도 괜찮으시겠어요? 이런 지명 의뢰를 통해 귀중한 인맥을 얻을 수도 있을 텐데요."

안정된 생활을 위해 귀족이나 큰 상인과 전속 계약을 맺고 모험가를 그만두는 사람도 적지 않다고 아르노는 설명했다.

"따로 목적이 있어서 모험가를 하는 거라, 그걸 이룰 때까지는 어딘가에 속할 생각이 없거든요."

"그런가요. A랭크인 분은 역시 다른 모험가들과 다르시네요."

아르노가 그렇게 말하며 웃자 신은 의아함을 느꼈다.

"저기, 그건 저희 파티 멤버를 말하시는 거죠?"

"아니요, 신 님에 대해 말씀드린 겁니다. 방금 하신 신청을 처리할 때 확인했습니다. 신 님은 바르멜 방어전의 공적을 인정받아 A랭크로 승격되셨습니다."

오랜 논쟁이 이어졌던 신의 승격은 A랭크로 결론이 난 모양이었다.

슈바이드만 있어도 자료 열람이 가능했기에 신 일행에게는 큰 의미가 없는 일이었지만 이미 각지에 전달되었다고 한다.

"D랭크인 척했으면서 사실은 A랭크라니, 신 님도 짓궂으시네요. 저도 길드 카드를 확인하면서 꽤 놀랐습니다."

D에서 단숨에 A까지 올라서는 모험가는 그리 많지 않다. 아르노는 혹시 자신이 잘못 본 게 아닌가 싶어 다른 직원들에게도 확인했다고 한다.

"저도 지금 막 알았거든요."

"신이라는 이름의 모험가가 드물진 않지만 설마 바르멜 방어전의 주인공이셨을 줄이야. 『참추(斬鎚)의 신』이라는 별명은 바르바토스에서도 유명합니다."

"아…… 별명까지요."

그 별명의 확산이 내키지 않았던 신은 다른 '신'들 사이로 숨고 싶은 기분이었다.

"그 정도의 공적을 세우셨으니 정당한 평가를 받는 게 당연합니다. 그런데 잘됐네요. 이제 조금은 안심하고 보내드릴 수 있겠습니다. 자기가 담당했던 모험가가 돌아오지 않으면 정신적인 타격이 크거든요."

"괜찮습니다. 이래 봬도 A랭크라고 하니까 빠르게 다녀오죠. 크웨인 해역에 가는 것도 몬스터 사냥을 위해서는 아니거든요."

신 일행의 목적은 세르슈토스의 확보였다.

만약 삼해마의 영역에서 세르슈토스를 발견한다면 전투가 벌어질 가능성도 있었다. 하지만 접촉한다 해도 반드시 쓰러뜨릴 필요는 없었다.

삼해마의 세력은 서로 균형을 이루고 있었기에 영역 유지를 우선시하느라 다른 곳으로 이동할 리가 없었다. 섣불리 한쪽을 쓰러뜨렸다가 나머지 두 마리가 항구나 배를 습격하게 되면 오히려 더 위험해진다.

"괜찮으시다면 목적을 여쭤봐도 될까요?"

"네, 물론이죠. 명확한 목적이 정해진 건 아니지만 굳이 말하자면 모험이겠죠."

"모험…… 말인가요?"

쓸데없는 억측을 불러일으킬 필요는 없었기에 신은 미리 생각해두었던 말을 꺼냈다.

"사람들이 들어가지 않는 미지의 해역. 그곳에 무엇이 있을지 알고 싶어 하는 게 모험가의 본능 아닐까요? 말하자면 로 망을 좇는 거죠."

"로망……이군요."

"뭐, 그냥 무모한 바보라고 할 수도 있겠지만요."

실제로 지금도 미탐색 영역으로 불리는 미지의 지역이 각 지에 남아 있었다. 이것은 파르닛드에서 자료를 조사할 때 우 연히 알게 된 사실이었다.

모험가 중에는 그런 지역에 들어가 귀중한 아이템이나 유 적 등을 찾아내는 일을 생업으로 삼는 자들도 있었다. 신 일 행도 그런 부류의 사람들인 척하기로 한 것이다.

"아니요. 그런 분들 덕분에 개척된 장소가 적지 않은걸요. 바보라고 생각하는 사람은 아무도 없을 겁니다."

"그렇게 말씀해주시니 조금은 의욕이 생기네요."

"잘 아실 테지만 해상 전투는 육지와 요령이 다릅니다. 몬 스터도 특수하지만 바다라는 환경은 그 안에 빠지는 것만으 로도 사람의 움직임을 제한하죠. 호흡만 못 해도 살 수 없고 해류에 휩쓸려 방향을 잃어버리면 그대로 죽음을 기다리는 수밖에 없습니다. 부디 방심은 말아주세요."

"……꼭 명심해두겠습니다."

항구 도시의 길드에서 일하는 만큼 바다의 무서움을 잘 아 는 것이리라. 아르누의 말과 표정에서 신 일행을 진심으로 걱 정하는 것이 느껴졌다.

"제가 주제 넘는 말을 한 것 같네요. 용서하세요."

"아니요. 저희의 안전을 생각해서 한 말씀이라는 건 잘 압니다. 바다의 위험성은 저희도 숙지하고 있으니까 더욱 조심하죠."

신은 그렇게 말한 뒤 이번에야말로 다른 일행과 합류해서 자료실로 향했다.

자료실에서 쿠웨인 해역이나 그 주변에서 출현하는 몬스터의 정보를 모아 알고 있는 사실과 대조해보았다.

접근 금지 구역인 탓에 정보 자체가 적었지만 아는 범위 내에서는 게임 시절의 정보와 크게 다르지 않았다.

"문제는 삼해마가 흉악하게 변했다는 점이겠군. 위협해오지 않는다면 조금은 편할 텐데 말이야."

길드를 나와 조선소로 걸어가면서 신은 한숨을 쉬었다.

게임 시절이었다면 삼해마로 불리는 몬스터들은 플레이어가 건드리기 전에는 먼저 공격하지 않을 것이다.

하지만 시우옥 식구들이 수집한 정보에 따르면, 지금은 눈에 띄는 상대를 마구잡이로 공격한다.

"대미지를 줘도 도망치지 않는 경우엔 어떻게 할까요?"

슈니의 질문에 신은 턱에 손을 갖다 대며 생각에 잠겼다.

"움직임을 봉쇄하면 무사히 도망칠 수 있지만 수중에서는 상대가 더 빠르니까 말이지."

삼해마는 강력한 몬스터였기에 상태 이상 공격을 걸어도

효과가 미미했다.

【마비】나 【혼란】 같은 상태 이상으로 아군의 모습을 혼동시키기는 어려웠다.

"바인드 계열 마법으로 움직임을 봉쇄하거나 힘으로 밀어붙이는 수밖에 없겠지."

번개 속성의 공격을 계속 퍼부어서 억지로 적의 제어를 흐트러뜨린다면 더 이상 추적해오진 않을 것이다.

구속이나 상태 이상에 걸리지 않는다면 대미지를 줘서 움직임을 둔하게 만드는 방법뿐이었다.

"미끼 같은 걸 던져서 주의를 끌 순 없을까?"

"상대가 워낙 커야 말이지……."

필마가 말하는 미끼 작전은 신도 이미 생각해보았다. 그러나 삼해마는 신 일행과 비교도 안 될 만큼 몸이 거대했다.

주의를 끌 만한 미끼가 얼마나 커야 할지는 예상하기도 쉽지 않았다.

아이템 카드로 변환하면 질량은 문제가 되지 않지만 그 정도의 미끼를 확보하는 것 자체가 지극히 어려운 일이었다. 달의 사당의 생성기를 사용한다 해도 특수한 마력이 깃든 식재료를 미끼로 쓰기는 아까웠다.

"그보다도 미끼를 실체화하는 사이에 나까지 잡아먹히지 않을까?"

그것이 가장 큰 걱정이었다. 아이템을 제대로 꺼내기도 전에 한입에 삼켜지면 죽도 밥도 안 되는 것이다.

"······신이라면 괜찮을 거야."

"물론 HP야 괜찮겠지만! 정신적으로 괜찮지 않다고!"

몬스터의 배를 뚫고 나오는 것은 상상조차 하기 싫었다. 필마의 의견은 당연히 받아들여지지 않았다.

"어쨌든 지금은 배부터 만들어야겠군······."

신은 피곤한 듯 한숨을 쉬며 결론을 뒤로 미루었다.

백은의 마도 전함 | Chapter 2

신 일행이 조선소에 도착한 것은 통상 작업이 종료되기 직전이었다. 작업장을 들여다보자 작업원들이 뒷정리를 시작하고 있었다.

"오오. 왔군."

일행을 바로 발견한 지그마가 다가왔다.

"안녕하세요. 조지와 케리토리는요?"

"이미 와 있네. 안에 있는데 불러다 줄까?"

"아니요, 저희가 가겠습니다. 작업원분들이 퇴근할 때까지는 아직 시간이 걸릴 것 같으니까요."

"그것도 그렇군."

지난번에 안내받았던 방으로 들어가자 지그마의 말대로 이미 시우옥 식구들이 모여 있었다.

가벼운 잡담을 나누며 기다리다가 작업원들이 모두 퇴근한 것을 확인하고 신 일행은 작업장으로 나왔다.

"제작하시던 배는 어떻게 하셨나요?"

"조지가 카드화했네. 폐기하기는 아까우니까 말이야."

자재를 헛되이 버릴 생각은 없는 것 같았다.

"그러면 바로 시작하죠."

신은 지그마의 말에 고개를 끄덕이고 아이템 박스의 부품 항목에서 필요한 것들을 선택해나갔다. 지그마의 눈에는 신이 검지로 공중에 무언가를 적는 것처럼 보였으리라.

"그러면 잠깐이니까 눈은 깜빡하지 말아주세요."

"그래."

신이 스킬을 발동하려 하자 머릿속에서 배의 완성도가 그려졌다. 게임에서는 메뉴 화면이 전환되어 표시되던 그림이었다.

부품이 부족하거나 더 들어갔을 때는 그 부분이 붉게 표시되지만 머릿속에 그려진 완성도에는 붉은색이 전혀 없었다.

"【크리에이션(창조)】!"

신이 키 커맨드를 발동하자 아이템 카드가 공중을 질주하며 빛나기 시작했다. 빛은 독자적인 의지를 가진 것처럼 형태를 바꾸며 배의 모양을 이루어갔다.

"이, 이건 대체……?!"

지그마의 입에서 경악에 찬 목소리가 흘러나왔다. 부품이 순식간에 조립되는 스킬을 연상한 것이리라.

눈앞에서 빛이 형태를 바꾸는 광경은 스킬에 대해 잘 모르는 사람에게 충격적일 게 틀림없었다.

빛이 변화를 시작하고 몇 초 뒤, 대형 크루저와 비슷한 배가 완성되어 있었다.

"주요 목적은 탐색이니까 기동력과 방어력을 중시해봤어."

플레이어가 만드는 배는 사용하는 부품에 따라 성능이 크게 바뀐다.

신이 고른 것은 악천후에도 기동력이 거의 떨어지지 않고 몬스터와의 불의의 접촉에도 견딜 방어력을 강화한 구성이었다.

외관상으로는 바다 위를 나아가는 배처럼 보이지만 잠수해서 바닷속을 나아가는 기능도 포함된 마도 선박이었다.

"이건 엄청나군…… 뭐가 어떻게 된 거지?"

"이건 필요한 부품을 갖춰서 단숨에 조립까지 끝내버리는 스킬입니다. 왜 빛이 변형하는 것처럼 보이는지는 사용자인 저도 모르지만요."

게임에서도 원래 그랬다고 말할 수는 없었다.

"만져봐도 되겠나?"

"네, 저도 이제부……터 점검해야 하니까요."

승낙을 받은 순간, 지그마는 먹이를 발견한 육식 동물처럼 맹렬히 달려갔다. 신의 말도 끝까지 듣지 않은 것 같았다.

"우오오오! 이 정도로 매끈한 가공이라니! 조금의 어긋남도 없는 균일함, 각 부품에 깃든 농밀한 마력, 게다가 그 모든 게 조화를 이루며 보다 강고하게 이어져 있다니이이이!!"

돌변한 지그마를 보며 신 일행은 잠시 할 말을 잃고 말았다.

그는 도크에 나타난 배에 뛰어들어 충혈된 눈으로 자재와 가공 기술을 분석하고 있었다. 배에 찰싹 달라붙어 꼼꼼하게 표면을 분석하는 모습은 마치 위험한 약이라도 복용한 것처럼 보였다.

"앗?! 내가 대체 무슨 짓을……."

그때 조지의 촙으로 지그마의 정신이 돌아왔다. 그러나 흥분을 억누를 수 없었는지, 이번에는 대체 어떻게 가공한 거냐고 신을 추궁하기 시작했다.

"좀 진정하라니까 그래."

"으악."

살짝 위력이 올라간 촙이 지그마의 뒤통수에 정통으로 명중했다. 조지는 더 이상 봐주지 않았다.

"아재라면 실물만 봐도 이게 어떤 건지 알 수 있을 텐데."

"크윽, 아깝구먼, 아까워. 내가 20년만 젊었어도 모든 것을 내던져서라도 제자로 받아달라고 했을 텐데."

지그마의 말은 모두가 진심으로 생각할 만큼 열정적이었다.

"그건 불가능하다. 신 공의 기술은 지금 세계의 상식 자체를 뛰어넘는 수준이니까."

"으으으, 그 말을 들으니 더욱 아쉽게 느껴지는구먼."

기술자의 피가 들끓는 모양이다. 지그마의 눈은 새 장난감을 받은 어린아이처럼 반짝이면서도 싸움에 임하는 전사처럼 뜨겁게 불타오르고 있었다.

"아무튼 배에 관한 건 이제 납득하셨습니까?"

"이걸 보고도 납득 못 하는 조선공은 바르바토스에 없겠지. 조지에게 자세한 설명을 듣지 못했다면 남는 부품을 모아 만든 배라는 걸 상상조차 하지 못했을 거야."

지그마는 배의 이곳저곳을 둘러보며 대답했다.

"그러면 저는 내부 설비를 확인할 테니 바깥쪽은 자유롭게 보셔도 괜찮습니다. 안으로는 들어오지 말아주세요. 침입자 요격용 마법으로 산산조각이 날 테니까요."

"쳇, 아쉽군."

탈것에 공통적으로 적용되는 기능으로, 제작자가 등록한 뒤에야 다른 멤버들의 출입이 가능했다.

의뢰를 받아 제작하는 경우에는 맨 처음 의뢰자를 등록해서 양도함으로써 소유주를 변경해야 했다.

"이걸로 쿡쿠 님의 길드하우스를 찾으러 갈 수 있겠네."

"그래…… 반드시 찾아내겠어."

"오래 걸렸어."

"힘들었어."

흥분하며 배를 관찰하는 지그마와 달리 케리토리, 조지, 벨, 셸은 조용히 기뻐하고 있었다.

엘프의 목격담을 들은 이후로 배의 자재를 모으고 실력 좋은 조선공을 찾아 교섭한 끝에 겨우 배의 건조에 착수했다.

하지만 그 자재들은 스킬 없이는 가공이 어려워서 완성까지 10년은 걸린다는 대답을 들어야만 했다고 한다. 그러니 이렇게 감개무량할 수밖에 없었으리라.

"기능 면에서도 문제는 없는 것 같아. 탑승할 인원의 등록도 끝났어. 내일 시운전을 해보고 정상적으로 움직이면 모레 출발하자."

설비 확인을 마친 신이 모두에게 알렸다.

"갈 준비를 해둘게요. 신 님이 만드셨으니까 이상이 있을 리 없잖아요."

"완벽하네."

"깔끔하네."

케리토리의 말에 벨과 셸도 엄지를 세워 보였다.

하지만 이 세계에 와서 처음 사용한 스킬이었기에 시운전을 할 때는 꼼꼼히 점검해야겠다고 신은 생각했다.

"내일까지 움직이지 않을 거면 그때까지 내가 관찰해봐도 되겠지?"

"네, 그건 마음대로 하세요."

"좋아. 내일은 너무 빨리 오지 말라고."

신 일행이 올 때까지 최대한 조사해볼 생각인 것이리라. 굳이 말하지 않더라도 지그마가 밤을 새울 것은 뻔했다.

"시운전은 내일 아홉 시 정도부터 하는 게 어때?"

"괜찮습니다. 오늘 중에 필요한 것들을 준비해두죠."

"해두죠!"

케리토리의 대답에 벨과 셸이 입을 모아 복창했다. 조지는 말없이 고개를 숙이고 있었다.

배를 보며 뭔가 적는 지그마에게 짧은 인사말을 건네고 신 일행은 조선소에서 나왔다.

신은 아직 숙소를 잡지 않았지만 케리토리의 소개 덕분에 바르바토스에서 1, 2위를 다툰다는 고급 여관에 체크인할 수 있었다. 주인이 시우옥의 팬이라고 한다.

숙박비를 지불할 여유는 충분했기에 남자와 여자로 나뉘어 객실 두 개를 빌리기로 했다.

"자, 그러면 빨리 해치우자."

저녁 식사를 마친 신 일행은 여자 객실에 모여 있었다.

고급 여관답게 방은 다섯 사람과 두 신수가 편히 쉴 수 있을 만큼 충분히 넓었다.

"티에라의 새로운 장비는 두 개 있는 거구나. 음~ 이쪽은 조금 수수하고, 이쪽은 평소에 입기에는 너무 요란한 느낌이네."

"일단 근접용하고 원거리용으로 나눠봤어요. 디자인은…… 확실히 약간 신경 쓰이긴 하지만요."

한쪽은 어두운 배색의 셔츠와 망토, 그리고 한쪽은 북유럽

신화의 발키리를 연상시키는 화려한 갑옷이었다.

필마의 말처럼 디자인만 보면 수수함과 화려함이 극단적인 대비를 이루는 것 같았다.

"궁희(弓姬) 시리즈는 어쩔 수 없다 쳐도 아지랑이 시리즈는 좀 더 예쁘게 만들면 안 돼? 여자아이니까 조금은 멋을 부려야지."

"그런데 이걸 예쁘게 만들 수 있는 거예요?"

"신이 도와주기만 하면 말이지."

그렇게 말하며 시선을 보내는 필마에게 신은 고개를 끄덕여 보였다.

티에라가 손에 든 궁희 시리즈의 디자인은 디폴트, 즉 초기 설정 상태였다. 그대로 사용해도 아무 문제는 없지만 디자인을 자유롭게 바꿀 수도 있었다.

게임 시절에는 생산직 유저들이 각자의 고유성을 드러내기 위해 최대한의 창의성과 배색으로 다양한 디자인을 고안해내곤 했다.

"그러면 바로 아이디어를 내보자. 일단 액세서리 말인데, 머리핀은 빨강보다 금색이 낫지 않아? 눈동자 색하고 맞추는 느낌으로—"

"그러면 셔츠 색도 더 옅게…… 아니, 이참에 흰색으로 바꾸고 식물이나 꽃 같은 문양을 넣는 건—"

"새카맣기만 한 망토도 별로 좋진 않은 것 같아요. 이번엔

과감하게—."

디자인을 예쁘게 만든다는 말에 필마뿐 아니라 슈니까지 끼어들었다. 신이 스킬로 허공에 출현시킨 새로운 디자인을 보고 세 사람은 이러쿵저러쿵 수정을 가했다.

"어, 어라? 왠지 점점 천이 줄어드는 것 같지 않아요? 바지가 짧아지는 것 같지 않아요? 노출이 심해지는 것 같지 않아요?!"

변화해가는 디자인을 본 티에라가 제동을 걸었지만 세 사람은 멈추지 않았다.

"이렇게 된 이상 제대로 입을 수 있는 옷이 나오길 기도하는 수밖에 없겠소이다."

슈바이드는 이제 글렀다는 듯이 고개를 가로저었다.

"크윽, 살벌한 분위기."

"그루."

유즈하와 카게로우는 지금부터 무슨 일이 펼쳐질지 몰라 긴장하고 있었다.

그렇게 30분 정도가 지났다. 티에라에겐 무척 조마조마하던 시간이 다른 일행의 "이제 됐잖아"라는 말로 끝을 맺었다.

"시험해봐."

신이 드디어 해냈다는 얼굴로 카드를 내밀었다. 그에 반해 티에라는 카드의 무늬를 보고 '이게 정말 아까 그 장비야?'라는 얼굴로 고개를 갸웃했다.

셔츠는 어깨 바깥쪽이 깨끗이 잘려나가 민소매가 되어 있었다.

색은 흰색으로 변경되어 가슴 주머니 위에 꽃을 연상시키는 문양이 옅은 녹색 선으로 그려져 있었다.

바지는 핫팬츠와 다름없는 길이로 짧아졌고 부츠는 숏 부츠로, 망토는 후드 달린 민소매 롱코트로 바뀌었다.

롱코트의 등 쪽에는 무광택의 은색 초승달 마크가 들어가 있었다. 이미 어디에서도 예전의 수수함은 찾아볼 수 없었다.

"응, 응! 잘 어울리네!"

"나쁘지 않네요."

"이 정도야 쉽지."

장비를 착용한 티에라를 보고 디자인을 고안해낸 세 사람이 만족스럽게 고개를 끄덕였다.

"이, 이건 확실히……."

방에 있던 거울로 자신의 모습을 확인한 티에라도 싫지는 않은 눈치였다.

"아, 그런데 모양이 예뻐진 건 알겠지만 흰색이나 금색은 너무 눈에 띄지 않을까요?"

전투용 장비임을 잊지 않은 티에라는 모습을 숨기기 위해서라면 원래 디자인이 낫지 않겠냐고 물었다.

그러자 신은 전투에 돌입하면 소재의 효과 때문에 적에게는 주위와 비슷한 색으로 보인다고 설명해주었다.

머리핀이 무광택이긴 해도 티에라의 눈동자 색에 맞춘 금색이라 눈에 띌 것 같았지만 이것도 셔츠와 같은 이유로 문제될 것은 없었다.

참고로 머리핀은 단순한 장식이 아니었고 적에게 발각되었을 때 그것을 사용자에게 알려주는 효과가 있었다.

"궁희 쪽은 그냥 이대로 써도 괜찮으려나?"

궁희 시리즈로 장비를 변경한 티에라를 보고 필마는 팔짱을 끼며 말했다. 원래 궁희 시리즈는 기본 디자인의 인기가 높았기 때문이다.

"바꾸려면 바꿀 수는 있는데."

하지만 필마는 고개를 가로저었다.

"갑옷 디자인은 잘 모르겠으니까 일단 이대로 가도 될 것 같아."

궁희 시리즈는 성능은 물론이고 외관도 화려했기에 변경하지 않기로 했다.

"그러면 이대로 수영복도 정해버릴까?"

"으윽, 그쪽도 남아 있었네요."

신은 새로운 장비 두 가지를 수중용으로 변환할 준비를 한 뒤에 티에라에게 말했다.

"왜 장비한 상태가 아니면 효과 부여가 안 되는 거야?"

궁희 시리즈를 장비하고 신의 앞에 선 티에라가 불만스럽게 말했다.

"나한테 물어보지 말라고."

수중 적응 효과 부여는 플레이어, NPC에 상관없이 대상 장비를 착용한 상태가 아니면 불가능했다. 경우에 따라서는 상당히 아슬아슬한 모습이 되기 때문에 아무리 아바타라도 부끄러울 수밖에 없다.

그래서 게임 시절에는 동성인 제작자에게 효과 부여를 부탁하는 경우가 대부분이었다.

"이제 이상한 건 안 할 거지?"

"그건 티에라의 운에 달렸어."

신은 그렇게 말하며 마법 부여를 시작했다. 티에라가 장비한 궁희 시리즈가 조용히 빛나며 형태가 바뀌었다.

빛이 사라지자 파랑과 녹색의 그러데이션이 들어간 원피스 수영복으로 바뀌어 있었다.

"이걸로 할게."

"괜찮겠어? 한 번 나온 디자인은 저장해둘 수 있으니까 다른 것들도 봐두는 게 어때?"

신은 바로 결정한 티에라에게 권유했지만 괜히 바꾸었다가 이상한 디자인이 나오면 곤란하다는 대답이 돌아왔다.

"그럼 다음 장비로 넘어가자. 뭐가 나올지 기대되는군."

아지랑이 시리즈로 장비를 변경한 티에라에게 신이 다시한번 효과 부여를 사용했다.

이번 수영복은 까만 파레오와 팬츠에 흰색 튜브톱의 조합으로, 예전에 티에라가 입어봤던 아마조네스 시리즈와 비슷한 디자인이었다.

"괜찮은데? 장비가 그대로 수영복으로 바뀐 느낌이잖아."

색조와 디자인이 새로워진 아지랑이 시리즈를 연상시켰다. 디폴트 상태에서 디자인을 변경하면 가끔씩 이런 경우가 생기곤 했다.

"나쁘진 않지만 천이 약간 적은 것 같아."

티에라도 신과 비슷한 인상을 받았는지 나쁘지 않은 반응이었다. 하지만 티에라의 말처럼 가슴을 덮은 튜브톱이 약간 작아 보이는 것도 사실이었다.

"고민한다고 달라지는 건 없으니까 다음 가볼까?"

신은 티에라의 말에 자연히 가슴 쪽으로 시선이 갔지만, 등 뒤에서 느껴지는 따가운 시선에 작업을 재촉했다.

"그래, 그러자."

티에라의 동의를 얻었기에 신은 다시 한번 효과 부여를 사용했다. 다음에 나타난 것은 까만색 핫팬츠와 흰색 비키니였다.

무슨 법칙이라도 있는 건지 이번에도 비키니의 면적이 작았다.

"신, 정말 아무것도 안 한 것 맞아?"

"신도 남자아이니까 섹시한 걸 좋아하는 거야 이해하지만……."

"신……."

티에라, 필마, 슈니의 각자 다른 반응을 보고 신은 온 힘을 다해 고개를 가로저었다.

"잠깐! 꼭 내가 일부러 그런 것처럼 말하는데, 천 크기를 조절할 수 있는 게 아니라고!"

그 뒤에도 몇 번 효과 부여를 반복했지만 결국 모든 디자인의 노출도는 비슷했다.

"기본 상태의 디자인을 바꿨기 때문이려나?"

"뭐, 원래 디자인과 비교하면 상당히 시원해졌으니까 말이지. 하지만 수영복에도 영향을 끼친다는 이야기는 들어본 적이 없는데?"

비슷한 일이 자주 생긴다면 이미 정보가 퍼졌을 것이다.

"원래 디자인으로 되돌리면 해결되지 않을까요?"

"안 돼, 슈니. 모처럼 예쁘게 바꿨는데 아깝잖아. 노출은 조금 심할지 모르지만 방어력은 똑같으니까 상관없잖아?"

방금 전에 개조한 아지랑이 시리즈를 기본 상태로 되돌리면 어떻겠냐고 슈니가 제안했지만 필마가 반대하고 나섰다.

수중 형태인 수영복은 겉보기와 달리 방어력이 그대로 유지되었다.

극단적인 예를 들자면, 알몸에서 중요한 부위만 간신히 가린 모습이라 해도 방어력은 조금도 떨어지지 않는 것이다.

필마는 겉모습만 바뀌는 것이니 살이 조금 노출되더라도

상관없다고 생각하는 듯했다.

"티에라는 어때? 시험해볼래?"

"음~ 뭐, 조금 부끄럽긴 하지만…… 모처럼 바꾼 거니까 이대로 쓸래."

"역시 티에라, 뭘 좀 안다니까."

고개를 연신 끄덕이는 필마를 보며 티에라는 쓴웃음을 지었다.

"이참에 우리 수영복도 디자인을 바꿔볼까?"

"필마, 내일은 놀러 가는 게 아니잖아요. 게다가 신도 수고스러울 테고요."

"신이라면 괜찮을 것 같은데."

"그야 이 정도라면 얼마든지 할 수 있지만 말이지."

효과 부여 자체는 MP도 거의 들지 않기 때문에 사용하는 부담은 없는 거나 마찬가지였다. 내일을 위해 따로 준비할 일도 거의 없었고 자기에는 이른 시간이었기에 하고 싶다면 반대할 이유는 없었다.

"슈바이드는 어때?"

"아니, 나는 사양하겠소. 굳이 바꿀 필요가 있을 것 같진 않소이다."

"……그런데 훈도시 아니었어?"

"그렇소."

정말 그걸로 괜찮겠냐는 뉘앙스가 담긴 필마의 질문에도

슈바이드는 별일 아니라는 듯이 고개를 끄덕였다.

슈바이드의 수영복은 빨강과 은색이 섞인 훈도시였다.

게임 시절에 디자인을 생각 없이 정했던 신은 이참에 바꾸는 것도 좋겠다고 생각했지만 본인은 별로 신경 쓰지 않는 모양이었다.

"본인이 괜찮다니까 억지로 권할 수도 없고. 이런 분위기에서는 슈니도 안 끼려고 할 테니까 수영복 패션쇼는 세르슈토스를 회수할 때까지 미뤄야겠네."

"무슨 말씀인가요?"

필마의 말에 두통이 온다는 듯이 슈니는 머리에 손을 갖다댔다.

"뭐긴 뭐겠어, 섹시한 수영복으로 신에게 뇌쇄적인 자태를 보여주자는 거지. 수영장에 간다는 이야기를 들었을 때부터 이때다 싶었거든."

"필마, 조금은 진지해지는 게 어때요?"

"난 지극히 진지해. 신을 이곳에 묶어두려면 기회를 잘 살려야지."

"그야 그럴지도 모르지만……."

"슈니의 몸매는 신이 직접 설정한 거잖아. 그걸 잘만 활용하면 유리한 방향으로 작용할 거야."

객실이 아무리 넓다 해도 안에 다섯 명이나 있다 보면 그렇게 멀게 느껴지는 것도 아니었다.

그런 곳에서 비밀 이야기를 하자는 건지, 아니면 일부러 들리게 이야기하는 건지 알 수 없는 노릇이었다.

적어도 방금 전까지 멀쩡히 대화를 나누던 신이 못 들을 리는 없었다.

티에라에게도 들렸던 것인지 빨개진 얼굴로 "수영복으로 뇌쇄적인 모습을⋯⋯"이라고 중얼거렸다.

슈바이드도 슈니와 필마의 대화를 들었는지 못 말린다는 표정을 짓고 있었다.

"오늘은 그만 자는 게 어떻소이까. 이대로라면 수습이 안 될 것 같소만."

"동감이야."

신은 필마가 마음대로 하게 내버려 두고 오늘은 빨리 쉬기로 했다.

✝

다음 날 평소보다 일찍 일어난 신은 건물 뒤편에서 수련을 하고 있었다.

신체 능력 파악을 위해 계속해온 이 수련 덕분에 최근에는 【리미트】를 해제한 상태에서도 어느 정도 위력을 조절할 수 있게 되었다.

전력으로 무기를 휘두르면 대참사가 벌어지기 때문에 주로 힘 조절에 중점을 두고 있었다.

"아침부터 열심히 하시는구려."

"일찍 누워서 그런지 눈이 빨리 떠져서 말이야."

『카쿠라』를 휘두르던 신에게 슈바이드가 말을 건넸다. 신과 마찬가지로 일찍 잠이 깬 것 같았다.

"사람들이 일어나려면 아직 시간이 있소. 잠시 대련을 하지 않겠소이까?"

"주변을 파괴하지 않는 정도라면 얼마든지."

두 사람은 【리미트】를 걸고 각자 훈련용 무기인 스펀지 블레이드, 스펀지 랜스를 장착한 뒤 마주보고 섰다.

먼저 움직인 것은 신이다. 소리도 없이 땅을 미끄러지며 슈바이드와의 거리를 좁혔다.

한편 슈바이드는 창을 힘껏 전방으로 찔렀다.

창과 도끼의 특성을 겸비한 할버드를 주무기로 사용하는 만큼 슈바이드의 찌르기는 빠르고 예리했다. 나무를 깎아 만든 흔한 창으로도 상당한 대미지를 줄 수 있는 공격이었다.

대미지를 입지 않는 것이 스펀지 시리즈의 특징이었지만 일반 무기였더라도 신은 돌진했을 것이다. 찌르기 공격을 피해내기만 하면 슈바이드의 바로 앞까지 단숨에 파고들 수 있었다.

"……능력치가 똑같아지니까 간격을 좁히기 힘들군."

비스듬히 파고드는 신의 얼굴 바로 옆을 스펀지 랜스가 스쳐 지나갔다. 하지만 거리를 좁히기도 전에 슈바이드가 창을 거두었다가 다시 한번 내찔렀다.

피할 것을 염두에 두고 창을 거두기 쉽게 공격한 것 같았다.

"500년 동안 헛되이 싸워온 것이 아니오. 단련을 게을리한 적은 없소."

슈바이드는 파티의 방패로서 경험이 풍부한 역전의 전사였다.

방어가 뛰어나다고 공격력이 떨어지는 것은 아니었다.

기본적으로 여러 명을 상대하면서 적의 공격을 자신에게만 집중시키는 역할이었다.

신도 그런 식의 전투를 해봤지만 주로 상대했던 것은 몬스터였다.

사람을 상대로 한 거리 조절이나 심리전은 슈바이드 쪽이 한 수 위였다.

"하지만 제대로 공격할 수 없는 건 나도 마찬가지요!"

슈바이드가 한층 강한 기백을 담아 스펀지 랜스를 내뻗었다.

정신없이 쏟아지는 공격을 신의 스펀지 블레이드가 전부 막아냈다. 신도 방어적으로 임하면 유효타를 맞을 일은 없었다.

목숨 건 싸움을 계속 해온 것은 신도 마찬가지였다. 일대일로 정면 대결을 펼친다면 예측력이 조금 떨어진다 해도 크게 밀리지는 않는다.

그대로 시간만 흘러가다가 여관 안에서 사람들이 움직이는 기척이 잦아지자 신이 제안했다.

"……이제 그만 식사나 할까?"

"……좋소. 더 이상 하면 눈에 띌 것 같구려."

주변을 지나는 사람들도 한두 명씩 보이고 있었다. 슈바이드는 아쉬워하면서 어쩔 수 없다는 듯이 무기를 거두었다.

두 사람이 무기를 정리하고 방으로 돌아오자 안에서 사람 모습의 유즈하가 팔짱을 낀 채 꼿꼿이 서 있었다.

"신, 유즈하만 놔두고 가버렸어!"

"기분 좋게 자고 있길래 그랬지. 깨우기가 미안해서 말이야."

"치잇~."

입술을 비죽 내밀며 불만을 드러냈지만 꼬리가 힘없이 처진 것을 보면 푹 잠든 자신을 신이 배려해주었음을 이해한 것 같았다.

신이 어떻게 대처할지 몰라 하자 결국 표정이 누그러지며 고개를 숙이고 말았다.

"……혼자 두고 가지 마."

유즈하가 신의 소맷자락을 붙잡으며 말했다. 신사 안에서 살던 시절을 떠올린 것 같았다. 힘이 조금씩 돌아오고는 있었지만 외톨이가 되는 두려움이 사라지지는 않았으리라.

"알았어. 다음엔 꼭 깨울게."

신이 그렇게 말하며 머리를 쓰다듬자 유즈하는 신의 손에 머리를 비비듯이 살짝 까치발을 들었다.

여우 모습일 때도 그렇지만 유즈하는 쓰다듬어주는 것을 좋아했다.

신도 그것을 알았기에 유즈하를 자주 쓰다듬곤 했다.

"흐음. 그 대단한 신수(神獸)도 이렇게 보니 평범한 어린아이 같소이다."

슈바이드가 쓴웃음을 지으며 말했다.

"유즈하에게도 여러 사정이 있는 거겠지. 애초에 약해지지 않았다면 내 계약수가 되어주지도 않았을 테고."

완전체 엘레멘트 테일은 신의 진짜 실력으로도 쉽게 상대할 수 없는 존재였다.

능력치가 올라간 지금이라면 예전과 비교가 안 될 수준으로 잘 싸울 수 있을 것이다. 하지만 이긴다고 장담할 수는 없었다.

"치잇, 유즈하는 신하고 같이 있을래."

유즈하는 신의 말이 마음에 들지 않았는지 신을 꼭 끌어안았다.

"신. 나도 방금 그 말은 좋지 않았다고 생각하오."

"으…… 맞아. 미안, 유즈하. 넌 내 단짝이야."

"쿠우!"

유즈하가 기쁜 듯 울며 꼬리를 좌우로 흔들었다. 신은 기분 맞춰주기가 참 쉽다는 생각을 했다.

그 뒤로는 아침 식사를 했고 잠시 시간을 때우다 시우옥 식구들과 합류해서 조선소로 향했다.

"……저 사람, 괜찮은 거야?"

조선소에 들어가자마자 신이 조지에게 물었다.

시야 한쪽에 필사적으로 깃털 펜을 움직이는 지그마가 보였기 때문이다.

"사장님! 이제 그만 쉬시라니까요!"

"손님이 오셨어요!"

"으으으으으! 좀 더, 조금만 더 시간으으으으으으으으을!!"

다른 작업을 하던 인부들이 말렸지만 눈에 핏발이 선 지그마는 들으려 하지 않았다.

"생각했던 것 이상으로 아재의 흥미를 끌었나 보네요."

조지의 말에 벨과 셸이 어깨를 으쓱했다.

"필사적이네."

"변태적이네."

"장인답다고 할 수도 있겠지만 말이지."

실력이 좋고 집착이 심한 장인은 때때로 괴짜 취급을 받기도 한다. 다른 이들보다 강한 열정을 자신의 작품이나 기술에 쏟아붓기 때문이다.

모두가 이제 충분하다 말해도 만족하지 않는다. 자신이 납득할 때까지 계속한다.

지그마 역시 그런 장인인 것 같았다.

"어쨌든 시운전이 끝나면 내일까지 또 시간이 있다고 말해 줘야겠어. 이대로 가다간 쓰러지겠어."

얼마나 집중했는지 지그마의 눈가에는 짙은 다크서클이 생겨났고 하룻밤을 새웠다는 것이 믿기지 않을 만큼 지쳐 보였다.

"감사합니다. 이대로 가다간 아무리 사장님이라도 쓰러지실 겁니다."

작업원들이 지그마를 재우기 위해 수면실로 끌고 가는 것을 지켜본 뒤, 신 일행은 부사장이라고 밝힌 여성에게서 감사 인사를 들었다.

여성의 이름은 밀레아 토루소. 하늘색의 머리카락과 눈동자를 가진 인어였다.

어제 신 일행이 왔을 때는 마침 다른 일이 있어 외출 중이었다고 한다.

"저희는 이제부터 저 배를 시운전할 예정입니다만, 지그마 씨에게서 이야기는 들으셨나요?"

"네. 언제든 괜찮습니다. 몇 시쯤 돌아오실 거죠?"

"늦은 오후쯤엔 돌아올 예정이지만, 뭐 상황에 따라 달라지겠죠. 적어도 해가 지기 전까지는 돌아오겠습니다."

"알겠습니다. 조심해서 다녀오세요."

신 일행은 밀레아와 다른 작업원들의 배웅을 받으며 배에 올라탔다.

신이 마력을 주입하자 그것을 신호로 동력원인 마도 엔진이 켜졌다. 배의 후방에 장착된 추진 장치가 바닷물을 밀어내며 배를 천천히 전진시켰다.

"자연의 바람도, 마법의 바람도 없이 나아가잖아."

"돛도 없는데 대체 어떻게 한 거지?"

"사장님이 그러셨던 것도 이제야 이해가 되네."

간부급 조선공들의 중얼거림을 뒤로하고 배는 항구를 빠져나와 넓은 바다에 도달했다.

"그러면 일단은 속도부터 보자. 다들 아무거나 꽉 붙잡아! 슬슬 본격적으로 달려볼 테니까!"

신은 주위에 배나 몬스터가 없는 것을 확인하고 마도 선박의 조종간을 쥐었다.

이 배에 구식 키 같은 것은 달려 있지 않았다. 신이 앉은 조종석에는 오른손으로 잡은 조종간과 페달, 그리고 몇 개의 버튼이 있을 뿐이었다.

이것을 본 플레이어들은 전투기 조종석 같다는 이야기를 자주 하곤 했다.

신이 오른발로 페달을 밟자 마도 엔진이 크게 으르렁거렸다. 선체가 마법으로 해수면에 고정되지 않았다면 그 자리에서 뒤집히고도 남을 출력이었다.

신 일행을 태운 배는 물수제비를 일으키는 조약돌처럼 바다 위를 미끄러져 나갔다.

"잠깐, 이거, 너무 흔들리잖아!"

갑자기 배가 엄청나게 흔들렸고 마도 선박에 익숙하지 않은 티에라는 난간에 필사적으로 매달렸다.

"턴!"

소나의 수중 탐색을 미니맵과 연동해서 주변 정보를 수집하면서 신은 배를 조종했다.

경주용 모터보트 못지않은 강렬한 방향 전환에 티에라의 비명이 더욱 커졌다. 보통 배였다면 전복 정도가 아니라 배 전체가 공중분해되었을 수준이었다.

"신, 이제 티에라가 한계예요."

"아, 너무 신나게 달렸나 보군."

신은 배의 속도를 늦추며 정지시켰다.

"……."

난간에 매달린 티에라는 창백하게 질린 얼굴로 말없이 입을 틀어막고 있었다. 카게로우가 걱정스럽게 그녀의 얼굴을 핥아주었다.

"이걸 마셔요. 조금은 기분이 나아질 거예요."

"고, 고맙습니다……."

다른 멤버들은 다들 익숙했기에 슈바이드는 아예 태연히

서서 밖을 바라보고 있을 정도였다.

"으음, 비룡과는 다른 정취가 있소이다."

"눈이 빙빙 돌아~."

"재~밌어~."

기분이 좋아 보이는 슈바이드 옆에서 흥분한 셸과 벨이 떠들었다.

놀이공원의 롤러코스터를 탄 것과 비슷한 기분이었으리라. 다리를 비틀거리면서도 속은 멀쩡해 보였다.

조지와 케리토리는 호들갑을 떨거나 흐트러지지도 않고 지극히 평안했다.

참고로 유즈하는 신의 머리 위에서 초롱초롱한 눈빛을 하고 있었다.

"다음은 잠수 간다."

신이 조종간을 앞으로 밀자 바다에 떠 있던 배가 서서히 수중으로 가라앉기 시작했다.

함교 위까지 바닷물에 덮이자 해수면 위로 내리쬐는 태양이 빛의 기둥이 되어 뻗어 내렸다.

"우와아……."

슈니의 간호를 받으며 수중 풍경을 바라보던 티에라가 감탄사를 내뱉었다. 쾌청한 날씨 덕분에 빛이 쏟아지는 바닷속에는 신비로운 풍경이 펼쳐져 있었다.

"잠수 능력도 문제없어."

신은 계기에 이상이 없는 것을 확인하고 밖을 내다보았다.

함교와 선체에 달린 유리는 마법으로 강화된 소재였기에 이대로 심해까지 내려간다 해도 수압에 견뎌낼 수 있었다.

따라서 만약 함교 밖에서 몬스터가 몸을 부딪쳐온다 해도 걱정할 일은 없었다.

"이거면 폭풍우 치는 바다도 나아갈 수 있겠네. 이 상태에서 밖으로 나갈 수 있는 기능도 있어?"

"그래. 무슨 일이 생길지 모르니까 말이지. 잠수 중에도 출입할 수 있는 기능은 만들어뒀어."

"그러면 잠깐 밖에 나가봐도 될까? 난 아직 수중 장비를 확인해보지 못했으니까 어떤 느낌일지 알아두고 싶어."

"알았어."

신은 메뉴와 연동된 화면을 조작해서 필마를 수중 발진용 해치 앞으로 전송했다. 메뉴의 일부가 전환되면서 필마의 모습이 표시되었다.

『물 들어간다?』

『오케이.』

장비를 수영복으로 변화시킨 필마에게 알린 후 주수(注水)가 시작되었다.

주수가 끝나자 해치가 열리며 필마가 밖으로 헤엄쳐 나갔다.

신처럼 【다이브(잠수)】 스킬을 갖고 있었기에 잠깐 잠수하는 정도라면 숨을 참을 수 있었다.

필마는 배 주변을 헤엄치며 수중에서의 감각을 확인했다. 잠시 지나자 그것도 끝났는지 유리 너머에서 손을 흔들고 있었다.

필마의 수영복은 붉은 천의 비키니였다. 면적이 상당히 작아서 슈니나 티에라라면 절대 입지 않을 만큼 노출이 심했다. 비키니에는 까만 선으로 불꽃 문양이 그려져 있었다.

빛이 내리쬐고는 있지만 바닷속은 어둑어둑했다. 필마의 붉은 수영복은 그런 바닷속에서도 선명하게 보였다.

필마는 반짝거리는 빛의 기둥 사이를 유유히 헤엄쳤다. 중력의 족쇄에서 벗어난 것처럼 우아한 모습이었다.

신성한 분위기마저 느껴지는 광경을 보며 티에라의 입에서 한숨이 흘러나왔다.

"예쁘다……."

"평소엔 안 그래 보여도 기량이 제법 뛰어나다오."

슈바이드도 아쉽다는 듯이 한숨을 쉬었다.

신이 서포트 캐릭터 중에서 겉모습에 가장 공을 들인 것은 슈니였다.

하지만 그렇다고 다른 서포트 캐릭터를 대충 만들었던 것은 아니다.

평소의 언동은 그렇다 쳐도 필마의 외모는 충분할 만큼 아름다웠다.

『슬슬 돌아와. 잠수 성능을 좀 더 시험한 다음에 일단 항구로 돌아갈 거야.』

『알았어……. 그보다 내 수영복 어때? 슈니보다 섹시하다고 생각하는데, 조금은 끌려?』

필마는 그렇게 말하며 가벼운 포즈와 함께 윙크를 했다. 덕분에 몇 초 전까지의 신비스러운 아름다움은 온데간데없이 사라졌다.

『그러네. 너무 아름다워서 넋을 잃을 뻔했습니다.』

신은 어처구니없다는 듯이 무미건조한 말투로 대답했다. 그러자 필마는 불만스럽다는 듯이 눈을 가늘게 떴다.

『우와, 책 읽는 줄 알았네.』

『바보짓 그만하고 빨리 돌아와.』

『네~.』

필마의 농담이 처음은 아니었기에 신은 가볍게 받아 넘겼다. 필마도 그것을 예상했는지 무척 가벼운 반응을 보였다.

"그러면 남은 시간은 좀 더 잠수해보고 끝내자."

신은 필마가 배 안으로 돌아온 것을 확인하고 해저로 향했다.

해수면의 빛이 점점 멀어지더니 이윽고 완전한 어둠에 휩싸였다.

비닷속의 어둠은 지상의 어둠과 전혀 다른 공포를 느끼게 한다.

장비가 없으면 호흡조차 쉽지 않은 무명(無明) 속, 하늘도 땅도 없는 불안정한 공간. 그것에 익숙하지 않은 사람은 지상의 어둠과 차원이 다른 스트레스에 노출된다.

"쿠우, 완전 깜깜해."

"조금 무서워."

처음 심해에 발을 들인 유즈하와 티에라는 배 안에서도 그 공포가 엿보이는 모양이었다.

유즈하는 신의 머리 위에서 정면을 바라보며 꼬리를 신의 목덜미에 감고 있었다.

티에라도 왼쪽 팔로 강아지 카게로우를 끌어안고 오른손은 신의 왼팔을 붙잡고 있었다.

그녀의 손에 힘이 잔뜩 들어가 있었다. 다른 일행들이 옆에 있고 배가 안전하다는 것을 알기 때문에 이 정도의 긴장으로 끝난 것인지도 몰랐다.

"괜찮아. 삼해마라도 이 배를 쉽게 부술 순 없어. 뭐, 나도 무섭긴 하지만 말이지. 솔직히 말해 수중 장비를 전부 갖추더라도 심해 스테이지에는 별로 가고 싶지 않아."

심해 스테이지에는 몬스터 외에도 심해 생물이 존재하기에 암흑 속에서 불쑥 나타나 엄청나게 놀라게 할 때가 많았다.

【암시(暗視)】 스킬을 갖고 있으면 조금은 나아지지만 일부 플레이어들은 심해 지역으로 간다는 말만 들어도 도망칠 정도였다.

그러나 그런 심해 스테이지는 요리사들에게 식재료의 보고라고 한다.

"방금 상어 같은 게 있었어!"

"저 정도 크기면 훌륭한 상어 지느러미를 얻을 수 있겠네. 하지만 맛은 어떠려나?"

벨과 케리토리가 눈앞을 가로지른 상어에 관해 이야기를 나누는가 하면―.

"대왕 오징어는 없을까? 한번 보고 싶어!"

"그건 건드리지 마. 쓰러뜨린다 해도 못 먹으니까."

셸의 말을 들은 조지가 해당 식재료의 형편없는 맛을 역설했다.

티에라가 비명을 지를 만큼 기괴한 심해 생물도 시우옥 식구들에게는 맛있느냐 맛없느냐의 차이로만 구분되는 것이다.

"역시 쿳쿠 님의 서포트 캐릭터답네요."

"그래. 저런 면은 쏙 빼닮았어."

그들을 지켜보던 슈니의 말에 신도 동의했다. 처음 심해 스테이지에 갔을 때도 쿳쿠만큼은 전혀 두려워하지 않았다.

신이 접근을 꺼리던 심해 생물들에게도 오히려 즐거워하며 다가갔던 것이 기억났다.

"자, 그러면 이제 항구로 돌아간다."

"요격용 장치는 시험해보지 않는 건가요?"

"돌아가는 도중에 몬스터가 나올 테니까 그때 확인하면 되지. 여기까지 오는 동안에도 꽤나 많은 무리가 보였잖아."

신은 슈니에게 대답하면서 배의 진로를 항구로 돌렸다.

이번에는 해상이 아닌 수중을 고속으로 이동하면서 진로상에 이따금씩 출현하는 몬스터 무리를 향해 돌진해보았다.

시험을 위해 의미 없이 몬스터를 죽일 생각은 없었기에, 어부들을 방해하거나 사람을 공격하는 몬스터들만을 골랐다.

"내 머릿속에 있던 배에 대한 개념이 붕괴되고 있어."

"예전엔 그냥 바다 위를 나아가는 것만으로 배가 손상되는 해역이 있었소. 그런 곳에서도 항해를 성공시키기 위해 만들어진 것이 이 마도 선박이오. 지금 시대를 살아가는 사람들에게는 믿기지 않는 기술일 거요."

티에라가 불쑥 중얼거린 말에 슈바이드가 과거를 추억하듯 대답했다.

"솔직히 말하면 이번 일은 별로 체험해보고 싶지 않았어요……."

지금의 세계에서는 불가능한 속도와 흔들림 때문에 티에라는 엄청난 뱃멀미를 경험했다. 슈니의 약 덕분에 멀미가 가라앉고는 있지만 트라우마가 조금씩 심어지고 있는 것이리라.

상식적인 속도로 나아갈 수도 있었지만 때로는 티에라가 경험한 것 이상의 속도로 도망쳐야 하는 상황이 올 수 있었기에, 미안하게 생각하면서도 이런 속도와 흔들림을 체험시킨 것이다.

"뱃멀미 약에 너무 의존하는 것도 별로 좋진 않겠지?"

"글쎄요. 필마의 말도 맞지만 이번에는 훈련할 시간도 없으니까 어쩔 수 없잖아요."

"죄송해요……."

"이번 일이 끝나면 특훈을 해야겠네요."

"역시 그렇게 가나요?!"

약점을 약점으로 남겨두지 않는 것이 슈니의 방침이었다.

"역시 노력가로군."

"지금 세계에선 스킬도 쉽게 성장하지 않는데 말이지."

슈니가 요리 스킬의 레벨을 9까지 올린 것을 아는 조지와 케리토리는 그녀의 반응을 보고 고개를 끄덕이며 납득한다는 반응을 보였다.

"난 아직 잘 모르겠는데, 지금 세계에서는 스킬의 성장이 느려진 거야?"

"통계를 낸 건 아니라서 단언할 수는 없지만 숙련도의 상승이 일정하지 않게 된 것 같아요. 저의 느낌으로는 느려진 것 같아요."

"저도 케리토리와 같은 의견입니다. 『영광의 낙일』 이전과 같은 행동을 해도 스킬에 축적되는 숙련도가 적다고 느껴집니다."

케리토리와 조지의 말에 바로 옆에 있던 벤과 셸도 맞장구를 쳤다.

원래보다 빠르게 올라가는 경우도 있다고 하지만 전체적으로는 느려진 모양이었다.

항상 스킬을 단련할 수 있는 것도 아니기에 스킬 레벨을 올리려면 게임 시절과 비교도 안 될 정도의 시간이 필요했다.

조지와 알고 지내는 한 로드는 특정 스킬 레벨이 5에서 6으로 오르기까지 70년 정도가 걸렸다고 한다.

그것이 사실이라면 스킬 레벨을 9까지 올린 슈니의 노력은 얼마나 대단한가.

게임 시절에 신이 최후의 던전으로 향할 때만 해도 슈니의 요리 스킬 레벨은 3이었다. 500년이라는 세월이 있었다지만 결코 쉬운 일은 아니다.

"그런데 잘도 거기까지 올릴 생각을 했네."

"……소일거리로 요리를 해온 것뿐이에요."

신이 감탄하듯 말하자 슈니는 겸손하게 대답했다. 그런 슈니의 뒤에서 필마가 히죽 웃었다.

"신이 돌아오면 직접 만든 요리를 대접하겠다고 얼마나 노력했는데!"

"필마?! 무슨 말을 하는 거예요?!"

"부끄러워할 것 없어. 맛있다는 말을 들으…… 으읍?!"

"거기까지만 하세요."

스킬을 올린 이유를 말해주려던 필마의 입을 슈니가 억지로 틀어막았다. 자신이 노력했다는 사실을 남들에게 알리고 싶지 않은 듯했다.

"아…… 저기, 그 뭐냐. 고마워."

"아, 아뇨! 아, 저기, 고맙다는 마음을 받지 못한다는 게 아니라, 그게…… 네."

자신을 위한 노력이었다는 말을 들으면 기쁘지 않을 수 없었다. 신이 감사를 표하자 슈니는 잠시 어쩔 줄 몰라 하다가 고개를 살짝 끄덕였다.

부끄러운 듯이 뺨을 붉힌 슈니는 소녀 같아서 귀여웠다.

"신. 이제 슬슬 배를 부상시키지 않으면 사람들의 눈에 띌 거요."

"아, 맞아. 그랬지."

슈바이드의 지적에 정신을 차린 신은 즉시 진행 방향을 바꾸었다.

신 일행이 항구에서 조선소 도크로 돌아오자 지그마가 꼿꼿이 서서 기다리고 있었다. 당장이라도 조사를 시작하려는지 한 손으로 집어 먹을 수 있는 식사와 메모지 같은 것들이 준비되어 있었다.

"내일은 이른 아침에 출발할 테니 조사는 그때까지만 해주세요."

"알았네. 바로 시작해도 되겠나?"

"또 무리하진 마시고요."

"괜찮아. 쓰러지면 더 이상 조사를 못 하잖나."

신은 정말 괜찮을지 걱정이었지만 그의 뒤에 밀레아가 서 있었기에 아무 말도 하지 않았다. 무슨 일이 생기면 그녀가 말려줄 테니까 말이다.

†

"지그마 씨. 죄송하지만 이제 시간이 됐습니다."

다음 날 아침 준비를 갖추고 조선소에 온 신이 배에 찰싹 달라붙은 지그마에게 통보했다.

조사 종료를 선고받은 지그마는 아쉬워하면서도 밀레아가 웃으며 어깨에 손을 얹자 몸을 크게 움찔하며 얌전히 물러났다. 두 사람 사이에는 회사 직책과 정반대의 상하 관계가 존재하는 것 같았다.

"길드에서 사람이 왔습니다!"

배의 규모를 확인하는 담당자가 온 것 같았다. 어제 길드를 방문해서 아르노에게 배가 준비된 사실을 알린 뒤였다.

"어라? 아르노 씨?"

작업원의 안내를 받으며 들어온 것은 접수 여직원인 아르노였다.

"좋은 아침입니다. 오늘은 배를 확인하러 찾아왔습니다."

"좋은 아침입니다. 아르노 씨가 조사 담당이셨군요. 조사를 받을 배는 저기 있습니다."

"저 혼자 온 건 아니지만 말이죠…… 그런데 돛이 안 보이네요."

아르노가 배의 형태를 보며 의아하다는 듯이 말했다. 이 세계에서는 아직도 범선이 일반적이었다.

"유적에서 발굴된 특수한 배거든요. 크웨인 해역은 일반적인 바다와 다르잖아요. 겉보기엔 낡은 것 같지만 항해에는 지장이 없습니다. 어제도 시험 삼아 근해까지 나갔다 왔어요."

배는 신의 환영 스킬로 유적에서 발굴되었을 것 같은 케케묵은 외형이었다.

"그건 나도 보장할 수 있어. 겉모습은 특이하지만 강도는 문제없네."

배를 직접 조사한 지그마가 확실하다고 못을 박았다.

"그렇군요. 지그마 님이 그렇게 말씀하신다면 괜찮겠죠. 저희도 길드의 규정을 충분히 충족하는 규모의 배니까 괜찮을 거라고 생각합니다. ─여기 허가증이 있습니다. 크웨인 해역을 경계하는 배가 가로막을 땐 이걸 보여주면 통과시켜줄 거예요. 경비함이 보이지 않으면 그냥 전진하시고요."

"감사합니다. 그러면 바로 출발해야 해서요."

"조심히 다녀오세요."

지그마와 아르노의 배웅을 받으며 일행은 배에 올라탔다. 들키면 곤란했기에 시우오 식구들은 먼저 탑승한 상태였다.

신은 마도 엔진을 켜고 배를 전진시켰다.

아르노의 놀라는 얼굴을 뒤로하고 배는 크웨인 해역으로 진로를 잡았다.

†

"이건······ 잘못 찾아올 여지가 없겠군. 딱 봐도 폭풍우 스테이지야."

바르바토스 항구를 나와 배를 가속한 신 일행은 목적지에 접어들고 있었다.

신은 게임 시절을 떠올렸다.

눈앞에서는 세찬 비와 높은 파도, 강한 바람이 그들을 기다렸다.

보이지 않는 벽으로 구분된 것처럼 일정한 범위 바깥에서는 온화한 바람이 불었고 파도도 낮았다. 자연 현상으로는 이런 상태가 나타날 리 없다.

"이거, 힘든 항해가 될 것 같군. 다들 각오는 됐어?"

신은 티에라가 슈니의 멀미약을 먹는 것을 확인하고 모두에게 말했다.

그리고 전원이 힘있게 고개를 끄덕이는 것을 본 뒤 페달을 밟았다.

주위에 경비함은 보이지 않았다. 신은 아르노가 말한 대로 전진하기로 했다.

잔잔한 물결에 흔들리던 배가 천천히 가속하면서 폭풍우 안으로 돌입했다.

"꺄앗?!"

그 순간 배가 위아래로 크게 요동쳤다. 미리 대비하던 티에라가 비명을 지를 만큼 엄청난 흔들림이었다.

위로 기울었을 때는 함교에 선 채로 하늘을 올려다볼 수 있었다.

아래로 기울 때는 해수면이 거의 정면으로 보였다.

엄청난 낙차에 순간적으로 공중에 붕 뜬 것 같은 착각까지 들었다.

"신! 앞! 앞!!"

티에라가 가리킨 곳에서 배보다도 높은 큰 파도가 밀려오고 있었다.

"이건 폭풍우 스테이지보다 더 심하군."

"잠수해서 나아가는 편이 좋지 않을까요?"

슈니가 크게 흔들리는 선내에서도 침착한 표정으로 물었다.

"나아가는 건 그게 더 편할 테지만 말이지. 엘프가 세르슈토스를 목격한 건 바다 위라고 했으니까 일단 해역의 중심까지는 바다 위로 가자. 에너지를 절약하고 싶었지만 어쩔 수 없지. 선체 안정 술식 기동!"

그러자 눈앞으로 밀어닥치던 큰 파도의 일부가 배의 크기만큼 갈라졌다. 동시에 주변의 거친 파도가 조금은 얌전해졌다.

"이게 어떻게 된 거야?"

"물, 흙, 바람 마법으로 주변 파도를 진정시켜서 진로를 확보한 거야. 마도 선박에는 대부분 탑재된 기능이지. 이게 있으니까 보통 배로는 도저히 항해할 수 없는 해역도 나아갈 수 있어."

"그렇게 편리한 기능이 있으면 처음부터 쓰라고……."

난간에 매달려 있던 티에라는 힘이 빠진 것처럼 숨을 크게 내쉬었다. 두 번째 항해에서 갑자기 사나운 바다에 나오는 건 역시 견디기 힘들었으리라.

그래도 흔들리는 함 내에서 넘어지지 않고 두 다리로 서 있는 것을 보면 흔들림에는 어느 정도 적응한 모양이었다.

"미안. 예전에 폭풍우 스테이지라는 비슷한 장소가 있었거든. 이곳의 폭풍이 어느 정도인지 확인해보고 싶었어."

신은 살짝 노려보는 티에라에게 사과한 뒤 전방을 주시했다.

"이대로 북동쪽으로 갈게. 소나와 미니맵으로 경계하겠지만 밖에서 무슨 변화가 생기면 누구든 바로 알려줘."

이따금씩 습격해오는 몬스터를 쓰러뜨리며 나아가자 어디선가 공기를 뒤흔드는 음색이 들려왔다.

"뭐지?"

"이 느낌은 마법의 노래 같네요."

제대로 들리지 않아 폭풍우 치는 바다를 살피던 신에게 슈니가 대답했다.

베일리히트 북쪽 숲에 쳐진 결계처럼 침입자의 정신에 간섭하여, 쫓아내는 대신 목적지에 도착할 수 없도록 교란하는 유형이었다.

"어떤 것 같아? 어딘가로 유도하는 것처럼 느껴지긴 하는데."

머리에 손을 대고 얼굴을 찡그리는 티에라에게 신이 물었다.

티에라는 노래의 영향을 받을 거라고 생각했지만 무녀라는 특수한 능력 덕분인지, 아니면 예전보다 강해졌기 때문인지 마법의 노래가 통하지 않는 것 같았다.

"본인이 의식하지 못하는 사이에 나아가는 방향을 옆으로 틀어놓으려는 것 같아. 저항하지 못했다면 아마 우리도 모르는 사이 해역 밖으로 빠져나갔을 거야."

"그렇구나. 무리시켜서 미안해. 이걸 장착해봐. 저항할 때의 부담이 사라질 거야."

신은 사과하면서 무광택의 은색 귀걸이를 내밀었다.

정신 간섭 스킬에 대한 저항력을 높이는 효과가 있었고 아지랑이 시리즈와 동시에 장비하더라도 서로 영향을 끼치지 않는 아이템이었다.

귀걸이를 한 티에라는 휴우 하고 한숨을 내쉬었다. 표정도 편안해 보였다.

"지금까지 안 들렸던 걸 보면 목적지에 가깝다는 거야. 이 해역에는 인어가 있군. 그것도 상당한 수야."

신은 마법의 노래의 효과 범위와 주위 상황을 통해 그렇게 추측했다.

마법의 노래는 노래에 관한 설화를 가진 일부 종족이 사용하면 보너스 효과가 붙는다. 인어 역시 그런 종족 중 하나였다.

사실 마법의 노래의 효과 범위는 이 정도로 넓지 않았다. 기껏해야 20메르 정도다. 단, 그것은 노래하는 사람이 한 명일 경우에 그렇다.

몇몇 스킬은 복수의 플레이어나 서포트 캐릭터가 함께 사용함으로써 효과 범위가 넓어지거나 효과가 강력해진다.

마법의 노래도 그런 유형의 스킬이었고 인원이 많으면 많을수록 효과 범위가 넓어진다.

개개인의 스킬 레벨이 낮더라도 많은 인원이 합창한다면 대량의 몬스터나 보스 몬스터를 상대해서도 충분한 위력을 발휘할 수 있었다.

"노랫소리가 들려오는 방향은 어느 쪽이야?"

"저쪽입니다."

신의 질문에 조지가 바로 대답했다. 눈을 감은 것을 보면 노랫소리의 방향을 찾고 있었던 듯했다.

"저도 그런 것 같아요."

옆에 있던 케리토리도 같은 의견이라며 고개를 끄덕였다.

조지가 가리킨 것은 서쪽이었다.

"……확실히 뭔가가 있군."

신이 망원 효과가 있는 스킬로 시선을 집중하자 폭풍우의 베일 너머에서 빛이 보였다.

거리가 먼 탓에 그 너머까지 보이지는 않았다. 하지만 현재 그들 주변 바다가 두꺼운 구름 때문에 어둑어둑한 것과 비교하면 명백하게 다르다는 것을 알 수 있었다.

"이대로 전진할게. 만약 소리가 나는 방향에서 어긋나면 알려줘."

스킬을 사용한 상태에서는 조종에 지장이 있기 때문에 일단 망원 스킬을 풀고 조지가 가리킨 서쪽으로 진행 방향을 수정했다.

이윽고 신의 귀에도 선명한 노랫소리가 들려오기 시작했다.

"우리가 돌아가지 않으니까 다급해졌나 본데."

"맞아. 노래가 흐트러졌어. 이제 슬슬 폭풍우 너머에 뭐가 있는지 보이지 않을까?"

"그렇겠군. 시도해볼게."

신은 필마의 제안을 듣고 조종에 신경 쓰면서 망원 스킬을 발동했다.

빛의 너머로 눈을 집중하자 추억 속의 존재가 보였다.

"다들 기뻐해. 제대로 찾아왔어."

신이 만든 배와 비교도 안 될 만큼 거대한 선체.

선체에서 뻗은 긴 포신은 하늘을 꿰뚫었고 선체의 전방에 위치한 충각(뿔처럼 생긴 구조물—옮긴이)이 햇빛을 받아 반짝 거렸다.

거대한 암석지대 위에 올라가 있다는 것을 제외하면 신이 기억하는 모습 그대로였다.

주인의 별명에 맞춰 흰색으로 물든 세르슈토스의 위용이었다.

"이대로 나아가면 세르슈토스가 보일 거야."

신의 말에 모두가 들떴다. 그중에서도 특히 벨과 셸은 뛸듯이 기뻐했다.

"이 앞에 세르슈토스가 있다면, 마법의 노래는 세르슈토스에 아무나 접근하지 못하게 하기 위한 것이오?"

"그렇다면 노랫소리가 세르슈토스의 결계 안쪽에서 들려오는 게 이상하군."

슈바이드의 말에 조지가 의문을 제기했다.

신도 평범한 인어들이 세르슈토스의 결계를 돌파할 수 있을 것 같지는 않았다.

세르슈토스의 장비를 담당한 서포트 캐릭터는 드워프였는

데 그가 지금까지 살아 있을 리는 없었다. 남아 있는 가능성은 인어들이 세르슈토스를 보호하고 있는 것 정도였다.

"인어들과 교섭한 게 아닐까요?"

자신의 수명이 얼마 안 남았다는 것을 알고 세르슈토스를 지키기 위한 조치를 취한 것 아니냐고 케리토리가 말했다.

"무슨 이유였든 더 접근해보면 알 수 있을 거야."

"맞아. 필사적으로 방해하는 와중에 미안하지만 우리는 나아가야 해."

신은 필마의 말에 고개를 끄덕이면서 배를 전진시켰다. 마법의 노래는 기세가 더욱 강해졌지만 신 일행을 미혹하기에는 인원수나 스킬 레벨이 많이 부족했다.

배가 속도와 방향을 전혀 바꾸지 않자 다급해졌는지, 신 일행의 진행 방향에서 파도와는 다른 형태의 물기둥이 솟아올랐다.

신이 경계하며 속도를 늦추자 미니맵에 나타난 반응들이 배를 둘러싸듯 움직였다.

반응은 전부 서른이었고 배의 좌우와 뒤쪽에 각각 열 마리씩 모여 있었다.

"결계 밖으로 나오다니?"

마법의 노래를 부르기 위해 결계 밖으로 나오는 건 이해할 수 있었다.

한 곳을 중심으로 전개되는 결계 안에서 외부를 공격하면 결계의 내구도가 급격히 줄어들기 때문이다.

세르슈토스의 결계 역시 예외가 아니었다. 세르슈토스의 결계 내구도가 높고 자기 회복 기능까지 있었기에 지금까지는 결계 안에서 노래할 수 있었던 것이리라.

하지만 마법의 노래가 효과를 발휘하지 못하는 이상 섣불리 싸우기보다는 결계 안에 머무는 편이 훨씬 안전할 것이다. 일반적인 침입자라면 결계가 막아줄 것이니 말이다.

하지만 인어들은 전부 배를 포위하기 위해 결계 밖으로 이동했다. 결계가 있는 앞쪽만 막지 않는 것은 구석으로 몰아넣기 위함인 것 같았다.

"포위하려는 생각일 테지만 우리에게는 의미가 없지."

신은 좋은 기회라고 생각하며 배를 전진시켰다.

속도를 늦추었기에 결계와 부딪치더라도 대미지는 입지 않을 것이다.

배가 전진하기 시작했지만 인어들은 움직이지 않았다. 상황을 지켜보려는 것인지 바다 위로는 모습을 드러내지 않고 있었다.

"괜찮은 것 같군."

폭풍우와 맑은 날씨의 경계선을 넘었다.

배는 이렇다 할 저항 없이 세르슈토스의 결계 내부로 들어섰다.

인어들은 배가 결계에 막힐 거라 생각했던 것이리라. 동요한 것처럼 미니맵상에서 정신없이 움직이고 있었다.

"따라온 것 같아요."

"자, 이제 어떤 반응이— 큰일이군."

상대의 반응을 살피던 신의 얼굴이 긴장으로 굳어졌다.

신의 감지 범위 내에서 그들의 배보다도 큰 무언가가 접근하고 있었기 때문이다. 이동 속도도 빨라서 이대로라면 몇 분 내에 접촉할 것이다.

거리가 멀어서인지 인어들은 아직 모르는 것 같았고 결계 내부로 진입한 신 일행에게 어떻게 대응할지 고민하는 눈치였다.

『바닷속에 있는 너희들! 뒤쪽에서 커다란 몬스터가 접근하고 있어! 빨리 결계 안으로 돌아와!!』

인어들에게 들릴지가 확실치는 않았지만 신은 확성 기능을 사용해 있는 힘껏 소리쳤다.

인어들의 능력이 어느 정도인지는 몰라도 기습당하면 피해를 입을 가능성이 높았다.

그들이 앞으로 어떤 태도로 나올지는 모르지만 자신 때문에 전멸당하는 것만은 피하고 싶었다.

다행히도 신의 목소리가 들렸는지 인어들의 반응이 일제히 결계 안으로 향했다. 커다란 반응이 접근해오는 것보다 먼저 모든 인어들이 결계 내부로 들어왔다.

그리고 인어들의 피난이 끝나고 1분 정도가 지나 그것이 모습을 드러냈다.

"크다……."

"꽤나 크다 싶었는데, 역시 바로 등장하셨군."

상대를 올려다보며 티에라는 말을 잇지 못했고 신은 웃었다.

몸을 해수면 위로 높이 뻗고 검붉은 겹눈으로 신 일행을 내려다보는 것은 삼해마 중 하나인『게젤드란』이었다.

해수면 위로 드러난 부분만 15메르가 넘었다. 엄청난 몸집에다 온몸에서 뿜어져 나오는 붉은 아우라가 보스 몬스터의 품격을 드러내고 있었다.

『—■■■■■■■■■■■■!!!』

십여 초의 시간이 지난 후에 잠시 멈춰 있던 게젤드란이 움직이기 시작했다.

소리의 폭발이라 할 만한 포효와 함께 머리를 인어들 쪽으로 향했다.

불과 몇 초 전까지 내려다보기만 했던 것과 달리, 게젤드란의 강대한 압박감이 인어들을 향해 쏟아졌다.

크게 요동치던 바다가 그 여파를 받아 게젤드란을 중심으로 한 방사형의 파도를 이루었다.

"슈바이드, 혹시 모르니 방어 준비를 해줘."

"알겠소이다."

게젤드란의 동태를 살피던 신은 슈바이드의 몸에 방어 장벽을 전개했다. 세르슈토스의 결계라면 결코 뚫리지 않을 테지만 팔미락처럼 기능에 이상이 생겼을 가능성도 있었기 때문이다.

신 일행이 움직이는 동안 게젤드란에게도 변화가 일어났다.

"저기, 뭔가가 빛나고 있는데요."

"잘 봐두세요. 저게 게젤드란의 최강 공격이에요."

위기감을 느끼고 안절부절못하는 티에라에게 슈니가 침착한 말투로 대답했다.

티에라가 지적한 것은 게젤드란의 입안에서 부풀어 오르는 희푸른 광구(光球)였다.

표면에서 튀는 가느다란 번개와 소리가 들릴 것 같은 빛의 진동을 보면 어떤 속성인지는 금방 알 수 있었다.

"온다."

신이 말하자마자 게젤드란의 입에서 번개 빛이 발사되었다.

엄청난 덩치답게 발사된 전기 공격의 폭은 1메르가 넘었다. 하늘에서 떨어지는 번개가 응축되어 한 곳으로 뻗어나가는 듯한 공격이 세르슈토스의 결계와 격돌했다.

결계 표면을 쓰다듬듯이 번개가 사방으로 튀었다. 튕겨나간 번개의 일부가 해수면에 떨어졌고 방전과 동시에 폭발을 일으켰다.

"꺄앗?!"

만약을 위해 방패를 들고 있던 신과 슈바이드의 뒤에서 티에라가 작은 비명을 질렀다.

번개 공격과 결계의 맞대결은 결계의 승리로 끝났다. 지속적으로 발사되는 번개 공격 앞에서도 금이 가거나 부서질 기미는 보이지 않았던 것이다.

"결계의 강도는 아직 괜찮은 것 같군."

번개 발사는 5초 정도면 끝난다. 게젤드란은 꿈쩍도 안 하는 결계를 보고 분하다는 듯 으르렁거린 뒤 신의 감지 범위 밖으로 멀어져갔다.

"눈이 아직도 따끔거려. 뭐야, 저건."

"저게 게젤드란의 필살 브레스야. 입안이 빛나는 순간 피하거나 막지 않으면 잿더미가 되어버리지."

게젤드란은 바다의 보스 몬스터이면서도 번개 계열 브레스를 내뿜는데, 그것은 해상에만 국한된 이야기가 아니었다. 수중에서도 위력의 반감 없이 사용할 수 있었다.

수중에서는 지면이나 적에게 닿을 때까지 계속 직진한다. 브레스의 지속 시간은 바다 위와 동일하게 약 5초였고 겉보기와 걸맞은 위력을 갖고 있었다.

참고로 번개 속성 무효의 액세서리 효과까지 관통해버리는 무서운 성질을 갖고 있다.

게임 시절에는 정통으로 맞으면 물속에서 타 죽는 희귀한

체험이 가능했다.

브레스의 속성을 생각하면 나머지 두 해마보다 우위일 것 같지만 마스큐더는 브레스를 마법으로 막아내고 에오리오스는 번개 공격을 확산해 위력을 반감하는 재주까지 보여준다.

각자의 필살기가 치명상을 입히기 힘들기에 균형이 유지되는 셈이다.

"자, 어쨌든 인어들과 접촉해보자. 게젤드란에 놀란 지금이라면 이야기 정도는 들어줄지도 모르잖아."

신은 이야기가 잘 마무리되지는 못하더라도 화해를 위한 노력 정도는 해볼 작정이었다.

"일방적으로 공격해온다면 쓰러뜨려도 되지 않습니까?"

세르슈토스가 눈앞에 있어서인지 조지는 호전적이었다.

"해치워 버리자~!"

이구동성으로 소리치는 벨과 셸을 케리토리가 말렸지만 만약 상대가 먼저 공격해온다면 앞장서서 돌격할 것 같은 예감이 들었다.

"장소가 장소인 만큼 세르슈토스를 부당하게 점거한 거라면 용서하지 않겠어. 하지만 나름대로 사정이 있다면 들어보지 않을 수도 없잖아? 결계 안으로 들어올 수 있는 걸 보면 뭔가가 있는 걸 거야."

신은 뱃머리를 돌려서 게젤드란에게서 도망친 인어들에게 접근했다. 그리고 조종을 원격 모드로 전환한 뒤 갑판으로 나갔다.

"거기 있는 거 알아! 우리는 너희와 싸울 생각은 없어! 가능하다면 너희 대표와 이야기하고 싶어! 응해주지 않겠어?!"

신은 수중까지 들리도록 바람 마법으로 목소리를 키웠다.

흔들리는 수면을 바라보며 신이 기다리자 그곳에서 엷은 파란색 머리의 인어 한 명이 모습을 드러냈다.

"……아르노 씨?"

신은 인어의 얼굴을 확인하고 깜짝 놀랐다. 【애널라이즈】에도 분명하게 아르노 투르라는 이름이 표시되었다.

"인어들의 대표로 제가 이야기를 해드리겠습니다. 그쪽 배에 타도 되겠습니까?"

"그렇게 하면 그쪽 동지들을 자극할 것 같으니까 이쪽에서 내려가겠습니다. 그래야 안심이 되겠죠?"

"배려해주셔서 감사합니다."

길드의 접수 데스크에서 만났을 때와 다르게 아르노의 표정은 굳어 있었다. 상당히 긴장한 것이리라.

신은 아르노에게 자신들의 인원수를 밝히고 조지, 케리토리와 함께 바다로 들어갔다.

장비를 수중 모드로 변경해 물장구를 치며 아르노 앞까지 이동했다.

"저희가 쳐들어온 입장이니까 먼저 사정을 설명해드리죠."

아르노가 길드 소속이었기에 신은 자신이 하이 휴먼임을

숨긴 채 시우옥 식구들의 옛 주인이 사용하던 길드하우스를 회수하러 왔다고 설명했다.

시우옥이나 그들의 주인에 대한 이야기는 이미 바르바토스에서 유명했다. 세르슈토스가 있는 크웨인 해역에 들어오는 사람 중에 그들보다 정당한 이유를 가진 이는 없을 것이다.

"그러셨군요. 아무래도 여기까지인 것 같네요."

"그게 무슨 뜻이죠?"

무언가를 체념한 듯한 표정의 아르노를 보며 신이 물었다.

세르슈토스 내부를 안전한 거주구로 사용해온 거라면 그곳을 잃고 싶지 않을 것이다.

다만 바르바토스에서 인어나 어인들이 박해를 받는 것은 아니었다. 오히려 환영받는 존재라고 할 수 있었다.

그래서 신은 그녀가 낙담하는 이유를 알 수 없었다.

"자세한 이야기는 저쪽에서 해드리겠습니다."

아르노는 세르슈토스를 가리켰다. 이의는 없었기에 신 일행도 일단 배로 돌아가서 인어들의 안내를 받으며 세르슈토스에 접근했다.

문제가 발생한 것은 세르슈토스까지 약 100미터를 남겨두었을 때였다.

"멈춰!!"

인어들 앞에서 거대한 물기둥이 솟구쳤다. 발을 묶거나 위협하려는 목적인 것 같았다. 배나 인어들에게 피해를 입힌 것은 아니었다.

놀라서 허둥대는 인어들을 아르노가 진정시켰다.

신도 무슨 상황인지 알 수 없었기에 일단 배를 정지시켰다.

"왜 우리들의 성역으로 침입자를 들인 거지? 사실 여부에 따라서는 네가 아무리 우리와 도시 사이의 중재자라 해도 용서하지 않겠다!"

물기둥이 가라앉자 2미터가 넘는 거인이 바다에 서 있었다. 그 뒤에는 다양한 종류의 어인들이 해수면 위로 얼굴을 내밀고 있었다.

혼자 바다 위에 서 있는 것은 『범고래 타입』의 어인이었다.

범고래는 엄밀히 말해 어류가 아니므로 어인이라 칭할 수 없지만 【THE NEW GATE】에서는 그렇게 분류되었다.

외관은 다리만 달린 범고래의 모습이었고 마스코트 캐릭터처럼 귀엽게 변형되어 있었다.

삼지창 끝을 이쪽으로 향하며 위협하려는 의도 같았지만 크기 외에는 조금도 무서운 구석이 없었다.

신은 길게 뻗은 지느러미처럼 보이는 팔로 어떻게 삼지창을 쥐었는지가 궁금할 따름이었다.

─【마시르 킬러 레벨 209 해적】.

'희귀 직업이네. 선정자일지도 모르겠군.'

신은 【애널라이즈】에 표시된 정보를 보고 그렇게 생각했다.

해적은 바다에서 전투 시에 보너스를 얻는 희귀 직업이었다. 취득 조건이 특정 보스 몬스터를 쓰러뜨리는 것이었기에 이름과 달리 악행을 저지를 필요는 없었다.

플레이어 중에는 악역 콘셉트를 즐기는 사람들도 존재했지만 그들의 주요 활동은 적으로 등장하는 해적 NPC를 쓰러뜨리는 것 정도였다.

"마시르. 비키세요. 이분들은 세르슈토스 소유주의 정통 후계자입니다. 그들을 가로막는 것은 법도에 어긋나는 일이에요."

아르노의 말에 마시르라 불린 어인이 격분했다.

마시르의 감정으로부터 촉발된 것처럼 삼지창 끝에서 번개가 튀었다.

어떻게 할지 고민하던 신의 눈앞에서 어느새 갑판에 나온 조지가 말을 꺼냈다.

"우리는 주인의 소유물을 회수하러 온 것뿐이다. 그러는 너희는 무슨 권리로 이곳에 있지? 세르슈토스를 관리하던 제스터는 어디 갔고? 왜 결계 안에 있는 거냐?"

"후계자라고? 바다를 건너지도 못하고 몇 년이나 성역을 방치해둔 녀석들이 이제서야 뭘 하러 온 거냐!"

제스터는 쿳쿠의 서포트 캐릭터로 하이 드워프 남성이었다. 지라트 같은 상태가 아닌 이상 살아 있지는 못했으리라.

"우리는 선조 대대로 세르슈토스에 접근하는 자들을 물리치며 이 성역을 지켜왔다. 어째서 이제야 이 땅에 나타났는지는 모르지만 저건 이미 우리들의 소유다. 빨리 꺼져라!"

"묻는 말에나 대답해라. 자기들 소유는 무슨, 세르슈토스가 쿳쿠 님의 소유라는 걸 모르는 사람도 있나! 자꾸 헛소리를 지껄이면 깔끔하게 회를 떠주마, 이 생선 녀석아!!"

세르슈토스의 소유권을 주장하는 마시르에게 조지가 호통을 쳤다.

예전에 히노모토의 토도 칸쿠로가 신에게 말한 것처럼 『육천』의 서포트 멤버들은 오랜 세월이 지난 지금도 주인에 대한 충성을 잊지 않고 있다.

쿳쿠에 대한 강한 충성심을 가진 조지가 주인의 물건을 멋대로 사용한 것도 모자라 소유권까지 주장하는 것을 보면 어떻게 될까?

그 대답은 조지의 외침과 양손에 쥔 버들 회칼만 봐도 일목요연했다.

케리토리, 벨, 셸도 아무 말 없이 각자 이미 무기를 들고 있었다.

상대가 어인이기 때문인지 케리토리가 손에 든 것은 회칼이었다. 벨은 거대한 슬래지 해머, 셸은 커다란 서양식 식칼을 양손에 하나씩 들고 있었다.

벨을 제외하면 전투보다도 요리가 시작될 것만 같은 장비였지만, 사실 그것들은 전부 신화급 무기였다. 식재료는 물론이고 드래곤의 비늘까지 잘라낼 수 있었다.

슈니의 수준까지는 따라가지 못한다 해도 그들 역시 웬만한 선정자보다는 훨씬 강했다.

마시르도 그것을 잘 아는지, 이마인지 뺨인지 모를 부위에서 희미하게 땀을 흘리고 있었다.

"……나가지 않겠다면 힘으로 쫓아낼—."

"흥분하는 중에 미안하지만 싸우기 전에 먼저 대화부터 해 보지 않겠어?"

싸움이 벌어지기 직전에 신이 양자 사이에 끼어들었다.

고속 재생을 한 것처럼 빠른 이동에 마시르가 반사적으로 물러나려 했지만 신이 삼지창을 붙잡고 있어 미수에 그쳤다.

"으으으으윽, 놔, 놔라!"

"이야기를 들어주겠다면 그렇게 할게. 우리에게도 사정이 있어. 아 그러세요, 하고 물러날 수는 없다고."

마시르가 양손으로 잡아당겨도 신이 잡은 삼지창은 공중에 고정된 것처럼 꼼짝도 하지 않았다.

"안 놓는다면! 저, 전기로?!"

마시르가 든 삼지창에서 전기가 솟구쳤지만 그것은 잠깐 반짝거리다가 금방 사라지고 말았다. 신의 마법 저항력을 뚫어내지 못했던 것이다.

"크윽, 너는 대체……."

신은 호전적인 마시르 패거리를 냉정하게 관찰했다.

실력 차이는 그렇다 쳐도 이상하게 빨리 숨을 헐떡거리는 것 같다는 느낌이 들었다.

뒤쪽의 어인들도 과호흡 상태 같았다. 그들이 있는 장소만 공기가 극도로 희박한 느낌이었다.

전력 차이는 명백했다. 신은 전의를 꺾을 의도로 상대에게 위압감을 내뿜었다. 그러자 삼지창을 놓지 않던 마시르와 뒤의 어인들이 몸을 부르르 떨었다.

"……알았다. 대화에 응하지."

"고마워. 자, 조지도 일단 진정해. 화가 나는 건 알겠지만 갑자기 살기를 내뿜는 건 좋지 않다고."

"……알겠습니다."

신이 삼지창을 놓아도 마시르가 움직이지 않는 것을 확인한 뒤에 시우옥 식구들도 무기를 놓았다. 하지만 안색이 조금 나빠져 있었다.

"저, 저기…… 대, 대화가 가능한 곳으로, 안내, 해, 드려도 괜찮겠습니까?"

"부탁할게요."

부자연스럽게 말하는 아르노에게 고개를 끄덕여 보인 뒤, 신 일행은 배로 돌아왔다.

아르노를 뒤따르며 배를 조종하자 마시르 패거리도 얌전히 따라왔다.

"그건 그렇고 아까는 깜짝 놀랐어."

"그야 갑자기 물기둥이 솟구쳤으니 말이지."

"아냐, 그 뒤에. 창을 잡았을 때도 피부가 찌릿한 정도였는데, 그 뒤에 위압감을 내뿜을 때는 어인들을 몰살하려는 줄 알았는걸."

"어…… 그 정도였어?"

신은 가볍게 위협하려는 의도였기에 필마의 말에 놀라움을 감출 수 없었다.

이 세계에 온 뒤로 상대를 위압한 적이 없었던 것은 아니었다. 이제 와서 힘 조절에 실패할 리는 없었다.

"맹우(盟友)의 길드하우스를 멋대로 점거했을지도 모르니까 무의식중에 힘이 들어갔어도 이상할 건 없겠지요."

"으음, 슈니의 말이 맞소."

슈바이드가 맞장구를 쳤다.

"뭐, 확실히 자기들 거라고 말했을 때는 조금 울컥하긴 했어."

시우옥 식구들에게는 진정하라고 말했으면서 자신이 더 흉악한 모습을 보였다는 사실에 신은 약간 풀이 죽었다.

인어들의 뒤를 따라 10분 정도 나아가자 세르슈토스의 바로 옆에 도착했다. 인어, 어인들은 각자 육지 위로 올라왔고 아르노가 대표로 신 일행을 안내하는 것 같았다.

인어는 하반신이 물고기지만 육지에 올라오면 인간의 다리로 바뀐다.

아르노 역시 마찬가지였고 지금은 가슴 전체를 가린 튜브톱과 무릎까지 내려오는 파레오를 입고 있었다.

다른 인어 여성들도 비슷한 모습이었다. 남성은 대부분 칠부 바지에 상의는 벗거나 티셔츠 차림이었다. 바다에 들어가는 것을 전제로 한 복장이라 할 수 있었다.

어인, 인어 모두 갑옷을 입은 자들이 몇 명씩 섞여 있었다. 유사시를 위한 탱커 담당인 듯했다.

"이쪽입니다."

그런 이야기를 나누는 사이 목적지에 도착한 것 같았다.

신 일행은 선두 쪽에 서서 세르슈토스가 올라선 암석 지대를 걸어갔다.

아르노가 위쪽으로 뭔가 신호를 보내자 사람이 몇 명 들어갈 정도의 커다란 바구니가 내려왔다.

"여기 타주세요. 세르슈토스 안으로 이동할 겁니다."

지금 신 일행이 선 곳은 세르슈토스의 배 바닥에 가까운 부분이었다. 신과 슈니처럼 벽을 달리는 스킬이 없다면 이런 장치가 필요할 것이다.

신 일행 외에도 어인과 인어들이 있었기에 몇 번에 걸쳐 위아래로 왕복해야 했다. 첫 번째 탑승자는 신 일행과 아르노, 마시르였다.

"……저기."

갑판에 내려서지 가느다란 자수가 들어간 민속의상을 걸친 노인과 여성 네 명이 무릎을 꿇은 채 기다리고 있었다.

"먼 곳까지 와주셔서 감사드립니다. 저는 이곳 일대에 사는 인어족과 어인족을 다스리는 리에르노 투루라고 합니다."

"음~ 신이라고 합니다. 쿳쿠의…… 동료? 동류? 뭐, 대충 그런 사람입니다."

어떻게 대답해야 좋을지 몰랐던 신은 일단 이름부터 밝히기로 했다.

같은 길드 멤버라고 소개할 수도 있었지만 이 세계에서 길드는 모험가나 상인 같은 조직을 일컫기 때문에 그와 구별하는 의미에서 동료라 칭한 것이다.

"신 님. 하이 휴먼 분께 마시르가 무례를 범한 점을 고개 숙여 사과드립니다."

리에르노는 그렇게 말하며 더욱 깊이 머리를 조아렸다. 갑판에 이마가 닿을 정도였다.

"하이 휴먼이라고?! 멸망한 게 아니었단 말인가?!"

"저분의 기백을 느끼고도 아직 그런 소리가 나오느냐! 빨리 무릎 꿇지 못할까!!"

"으엑!"

신이 하이 휴먼이라는 말을 듣고 놀라는 마시르에게 리에르노의 불호령이 떨어졌다. 마법을 사용했는지 마시르는 보이지 않는 손에 제압당한 것처럼 갑판에 엎드렸다.

"어째서 제가 하이 휴먼이라는 거죠?"

"저쪽 장치에 신 님이 입장하셨다는 표시가 나왔기 때문입니다."

"아아, 그랬군요."

신은 벽에 붙은 패널을 보며 저런 장치도 있었다는 것을 떠올렸다.

리에르노의 말처럼 로그인 항목에서 신의 이름만이 빛나고 있었다.

"어쨌든 뭐가 어떻게 된 일인지 설명해주실 수 있겠습니까?"

"물론입니다. 여기서 말씀드리기는 뭣하니 이쪽으로 오시지요."

안내를 받아 들어간 곳은 예전에 회의실로 사용하던 방이었다. 신 일행이 자리에 앉은 것을 확인한 리에르노는 조용히 이야기를 시작했다.

"저희가 세르슈토스의 결계 안에 들어올 수 있는 것은 제스터 님과 저희 선조 사이에 협정을 맺었기 때문입니다."

"협정이오?"

"먼 옛날 이 땅에 재앙이 찾아왔을 때, 저희 선조들은 존망의 위기에 빠졌습니다. 무슨 생각이었는지 몬스터뿐 아니라 일부 사람들까지 저희를 사냥하려 한 것이지요. 그런 저희를 세르슈토스의 관리를 맡던 제스터 님이 구해주셨다고 들었습니다. 당시에는 몬스터의 흉폭화와 마기의 분출, 대지의 이동 같은 재난이 연이어 발생했고 저희는 세르슈토스의 결계에 보호받지 못했더라면 이미 멸망했을 거라 전해집니다."

천재지변이 멈춘 뒤에도 몬스터들의 흉폭화는 계속되었고 조금이라도 살기 좋은 곳을 찾던 도중 이곳 크웨인 해역에 오게 되었다고 한다.

이곳은 원래 해왕룡 『이슈카』의 영역이었고 삼해마는 그것을 지키는 수호수였다.

"이슈카는 아주 지혜로운 몬스터였습니다. 저희가 이 땅에서 사는 것을 허락해준 덕에 겨우 안식을 얻을 수 있었지요."

하지만 그것도 오래가지는 않았다. 이슈카가 사는 『해저 신전』이 마기에 침식된 것이다.

이슈카는 마기를 억누르기 위해 신전에 틀어박혔고 평화가 돌아왔다.

그러나 그 평화는 몇 년 전에 깨지고 말았다. 부하 수호수인 삼해마가 흉폭해지기 시작했던 것이다.

"세르슈토스도 마기의 영향을 받아 기능 일부가 이상을 일으켰다고 들었습니다. 제스터 님은 보관 중이던 아이템과 세르슈토스의 결계를 이용해 마기와 함께 신전을 봉인하신 뒤에 그것을 유지할 것을 저희 선조에게 명하셨습니다. 그 대신 세르슈토스에서 살아가도 좋다고 하셨죠. 다만 이곳의 기능은 대부분 봉인된 상태입니다. 제스터 님도 자칫 잘못하면 세르슈토스가 새로운 재앙이 될 것임을 꿰뚫어 보셨던 것이지요."

세르슈토스는 신이 급조한 마도 {선박}이 아니라, 치밀한 설계도를 토대로『육천』멤버들이 협력해 제작한 마도 {전함} 이었다.

어인들의 손으로는 세르슈토스를 움직일 수 없었지만 대공, 대지, 대잠에 이르기까지 다양한 무기와 탄약이 탑재되어 있기 때문에 그것만 빼앗겨도 큰일이었다.

"제스터 님은『육천』멤버 중 한 분이라도 돌아오시면 사태를 타개할 수 있을 거라는 말을 남기셨다고 합니다. 뻔뻔한 이야기라는 것은 잘 압니다. 하나 부디『해저 신전』의 정화를 도와주시겠습니까?"

리에르노는 그렇게 이야기를 마무리하며 고개를 숙였다. 리에르노의 주변에 있던 여성들과 아르노도 조용히 머리를 숙이고 있었다.

하지만 해왕룡 이슈카는 유즈하의 완전체인 엘레멘트 테일과 같은 수준의 괴물이었다. 아무리 신이라도 쉽게 받아들일 만한 부탁은 아니었다.

그것까지 고려하며 생각에 잠긴 신에게 유즈하가 심화를 보냈다.

『신, 이슈카를 못 구하는 거야?』

『유즈하?』

『이슈카, 유즈하와 똑같아. 마기를 막고 있어. 이슈카는 바다의 수호신이야. 사라지면 바다가 큰일 나.』

『유즈하와 똑같은…… 건가.』

신은 신사 안에서 괴로워하던 유즈하를 떠올렸다.

이슈카 역시 엘레멘트 테일과 마찬가지로 인간과 가까운 몬스터였다. 아마도 유즈하의 말처럼 신전 안에서 몸을 던져 마기를 막아내고 있을 것이다.

그렇게 생각하자 이대로 세르슈토스만 회수해서 떠나는 것이 내키지 않았다.

리에르노의 말에 따르면, 이슈카가 마기를 완전히 틀어막으면 봉인이 자동으로 풀리니 아직도 내부에서 마기와 싸우고 있는 것이 틀림없었다.

유즈하조차 마기의 영향으로 약해질 정도였다. 이슈카도 무사하리라는 보장은 없었다. 구하러 간다면 조금이라도 빠른 편이 좋을 것이다.

결국 마기와 관련된 문제는 그냥 외면할 수 없다는 결론에 도달했다.

"……별수 없지. 해보자."

"쿠우!!"

"신이라면 그렇게 말씀하실 줄 알았어요."

"뭐, 뻔하잖아."

"맞소. 방치해둘 수는 없지."

"마기라는 말을 들었으니까 말이죠."

신의 결정에 유즈하, 슈니, 필마, 슈바이드, 티에라가 고개를 끄덕였다. 리에르노의 이야기를 들으면서 다들 이렇게 될 것을 예상한 듯했다.

"그러기로 결정했으니까 일단은 세르슈토스가 어떤 상태인지부터 확인해야겠지. 조지와 케리토리도 세르슈토스의 점검을 도와줘. 내부 구조는 잘 알고 있을 거 아냐?"

"네. 일단은 엔진 쪽부터 보죠."

시우옥 식구들은 세르슈토스의 정비도 할 줄 알았다. 관리 담당인 제스터만큼은 아닐지라도 구조와 기능은 전부 숙지하고 있었다.

신 일행은 유사시에 세르슈토스를 움직일 수 있도록 조치해둔 뒤에 봉인되었다는 『해저 신전』으로 향하기로 했다.

†

조지, 케리토리와 헤어진 뒤 신이 먼저 찾은 곳은 세르슈토스의 함교였다.

기본적인 조작은 다른 선박과 크게 다르지 않았다. 장비와 기능의 숫자가 다른 정도였다.

리에르노의 이야기에 따르면, 제스터가 함교에 아무도 들어오지 못하도록 봉인해두었다.

신은 아무렇지 않게 키메라다이트제 문을 노크한 뒤에 조작 패널을 만졌다.

"『육천』 멤버 외에는 움직이지 못하도록 안에서 잠근 건가."

신의 마력을 확인하자 패널 위에서 점멸하던 불빛이 빨강에서 파랑으로 바뀌었고 파슛 하고 바람 빠지는 소리와 함께 문이 옆으로 열렸다.

"일단 보기엔 어디가 망가지진 않은 것 같은데."

시설 내의 청결을 유지하는 기능은 꺼지지 않았는지 먼지 하나 없었다. 파손되거나 패널이 깨진 곳도 없는 듯했다.

신이 함교 안을 가볍게 둘러보고 있는데 문득 누군가가 옷소매를 잡아당겼다. 신의 옷자락을 살짝 붙잡은 사람은 다름 아닌 티에라였다.

"저기…… 저거 혹시 사람 뼈 아냐?"

"뼈라고?"

신이 티에라가 가리킨 곳을 돌아보자 똑바로 누운 인골이 있었다. 가슴 위에서 손을 깍지 낀 모습을 보면 싸우다가 죽은 것 같지는 않았다.

"제스터……겠지."

신은 인골이 착용한 장비의 일부가 자신의 제작품임을 금방 알아보았다.

자신의 손으로 만든 물건은 타인이 장착해도 판별하는 능력이 있었던 것이다.

그리고 그 외의 장비들도 본 기억이 났다.

【애널라이즈】는 발동하지 않았지만 틀림없었다.

"······신전에 가기 전에 제스터의 장례를 치러줘도 되겠습니까?"

신의 연락을 받고 달려온 조지가 제스터의 유골을 보며 말했다.

"그래, 물론이야."

신은 고개를 끄덕였다. 이 죽음을 그냥 넘어갈 수 있을 리가 없었다.

"그건 편지야?"

"네, 한 통은 저희에게, 다른 한 통은 『육천』 멤버에게, 나머지 한 통은 쿳쿠 님에게 쓴 것 같습니다."

제스터의 유골 옆에는 세 통의 편지가 놓여 있었다.

상황을 통해 유추해보면 유언장일 것이다.

신은 『육천』 멤버에게 보낸 편지를 받아 들고 봉인을 뜯었다. 편지에는 그가 인어들을 만난 뒤에 겪은 일들이 상세히 적혀 있었다.

만에 하나 인어와 어인 중에 불순한 마음을 품은 자가 있을까 봐 함교에서 혼자 최후를 맞이한 듯했다.

편지를 읽은 신은 다시 한번 제스터에게 경의를 품었다.

편지에는 세르슈토스와 마기에 대한 것 외에도 제스터의 사인까지 적혀 있었다.

아무래도 만년에 포션이 듣지 않는 병을 앓게 된 모양이었다. 포션은 원래 상처 회복에 중점을 둔 약이기에 효과가 없는 질병도 있었다.

그렇게까지 희귀한 질병은 아니었지만 나이를 먹으면서 저항력이 약해진 탓인지 계속 악화되었다고 한다.

"대단하군."

자신의 죽음과 마주하면서도 최후의 순간까지 세르슈토스와 그곳에 사는 사람들, 그리고 마기에 대한 대책까지 생각했다는 것이 존경스러웠다.

"저의 자랑스러운 동료입니다."

자신들에게 적은 편지를 읽던 조지가 쥐어 짜내는 목소리로 말했다.

그 옆에서는 케리토리가 눈물을 흘리는 벨과 셸을 안아주고 있었다.

"─이쪽에서는 장례를 어떻게 치러?"

"바르바토스의 풍습으로는 화장한 뒤에 유골 가루를 바다로 흘려보냅니다. 혼은 하늘로, 육체는 바다로 돌려보낸다는 사상이 퍼져 있으니까요."

진정되기를 기다렸다가 말을 건넨 신에게 조지가 대답했다. 유골은 일단 카드화해서 조지가 보관하기로 했다.

"부디 저희들도 은인의 장례에 참가할 기회를 주시겠습니까?"

『해저 신전』을 탐색하기 전에 제스터의 장례를 치르겠다고 신이 말하자 리에르노는 그렇게 말하며 고개를 떨구었다.

일족 전체가 장례에 참가하고 싶다는 뜻이었다. 함께 하이휴먼의 귀환을 기다리던 아르노와 인어들도 같은 마음이었는지 힘있게 고개를 끄덕여 보였다.

"……족장, 은인에게 보은하고 싶은 마음은 알겠지만 지금의 우리들에겐 그럴 만한 여유가 없지 않수. 이대로 가다간 굶어 죽는 자들도 나올 거유."

장례에 대한 논의를 시작하려는 분위기에서 마시르만이 반대 의견을 냈다. 리에르노에게 혼난 뒤로 냉정함을 되찾았는지 말투는 침착했다.

"그래도 꼭 해야만 하는 일이다. 그렇게나 커다란 은혜를 입지 않았느냐. 이럴 때 가만히 있으면 선조들의 영령을 뵐 낯이 없다."

"그러나!"

"대체 무슨 일이 있었던 거죠? 굶어 죽는다고 한 것 같은데요?"

장례에 협력해주는 것은 고맙지만 사람이 죽는다는데 신도 외면할 수는 없었다.

"실은 삼해마와 마찬가지로 몇 년 전부터 크웨인 해역 전체에서 몬스터들이 흉폭화된 거다— 겁니다만, 그 탓에 생활에 필요한 물자가 부족해진 거다— 겁니다."

"굳이 무리하게 존댓말을 쓰진 않아도 돼."

마시르의 이야기를 이어받은 리에르노의 말에 따르면, 흉폭화된 몬스터들은 자신의 목숨을 아까워하지 않고 공격해오기 때문에 식량 확보를 위해 결계 밖으로 나간 어인, 인어들 중에 많은 사상자가 나왔다.

몬스터를 상대할 수 있는 자들도 있지만 세르슈토스에 사는 모두에게 충분히 분배될 만큼 식량을 확보하는 일이 점점 어려워지고 있었다.

그 탓에 집락(集落)의 식량 사정은 매우 절박한 상태였다. 밖으로 일하러 나간 어인과 인어들도 돕고는 있지만 이제는 한계에 가까웠다.

"바르바토스로 피난하는 건 어떤가요? 아르노 씨는 전송 마법으로 바르바토스에 간다고 하니까 어인과 인어들도 크웨인 해역에서 벗어나는 것 정도는 가능하지 않을까요?"

항구에서 신 일행을 배웅하던 아르노가 어떻게 먼저 크웨인 해역에 있었던 것일까?

그 해답은 바로 전송 마법이 부여된 결정석에 있었다. 길드에도 아직 밝히지 않은 비장의 방법이었다.

아르노가 길드에서 근무하는 것은 크웨인 해역에 접근하는 자들을 사전에 최대한 파악하기 위해서였다. 전송 장소는 바르바토스에서 조금 떨어진 해저로 설정해두었다고 한다.

일회용 결정석이 아닌 등록한 장소를 왕복할 수 있는 최상급의 물건을 사용 중인 것 같았다. 다름 아닌 제스터가 제공해준 아이템이었다.

"제가 사용하는 결정석은 투르의 핏줄 외에는 아무도 사용할 수 없습니다. 설령 혈족의 일원이 사용한다 해도 같은 혈족 외에는 동행이 불가능합니다. 저희도 이주를 검토해봤습니다만 현재의 크웨인 해역은 전사들조차 안전하지 않습니다. 적은 인원씩 호위를 붙여서 이동하더라도 쉽지 않은 일이죠."

성지를 버리고 이주하자는 의견도 이미 나왔지만 실행 여부에 대해서는 논쟁만 거듭되었다고 한다.

그러는 동안에도 사태는 악화되었고 어느새 어찌할 수 없는 지경까지 오게 되었다.

애초에 한두 명이면 모를까, 일족 전체가 이주하는 것은 아르노의 힘만으로는 불가능했다.

조금씩 바르바토스로 옮겨간다 해도 전사들까지 사망하는 판국에 얼마나 많은 인원이 무사히 이주할 수 있을지는 미지수였다.

바르바토스의 영주에게도 진정서를 보냈지만 좋은 답변은 얻지 못한 것 같았다.

"이곳 사람들 대부분은 도시에 가본 적이 한 번도 없습니다. 그래서 대량의 이주민으로 인해 발생할 문제점을 염려하는 것 같습니다."

바르바토스는 도시에 마련된 수영장과 온화한 기후 덕분에 관광지로 인기가 높았다. 유명한 식당인 시우옥도 유명한 관광 명소 중 하나였다.

하지만 그런 곳일수록 큰 사건 사고에 민감한 법이다. 도시
의 이미지가 손상되는 일일수록 가장 빨리 처리되곤 한다.

그런 바르바토스에 인간 사회의 법규에 서툰 자들이 대거
이주해오는 것은 사건 사고의 향연이 벌어지는 것이나 다름
없었다.

어인과 인어도 어엿한 인간종이며 야생동물은 아니었다.
법규를 배울 지혜와 그것을 지킬 이성도 갖고 있었다.

하지만 바르바토스에서 생활하는 주요 종족은 휴먼이었다.

서로 다른 생활 환경과 문화를 향유해온 종족들이다. 어인
과 인어들이 이미 어느 정도 어울려 사는 만큼 그렇게까지 큰
문제가 발생하진 않을 테지만 아무런 마찰 없이 서로를 받아
들일 가능성은 제로에 가까웠다.

"무엇보다도 저희를 도우려면 크웨인 해역에 들어와야 하
죠. 그에 따른 희생을 고려하면 도저히 구조하러 와줄 수는
없을 겁니다."

제아무리 해양 도시의 해군이라 해도 크웨인 해역에 들어
왔다가 무사히 돌아가기는 힘들었다.

베테랑이 아니면 항해조차 힘든 장소인 데다 생환율이 극
도로 낮다면 어떤 지도자가 병사들을 보내겠는가.

"게다가 고향을 버릴 수 없다는 사람들도 많아요. 설령 결
계가 사라진다 해도 말이죠."

나이가 많을수록 그런 경향이 강했다. 기왕 죽을 거라면 고향에서 죽겠다는 사고방식이다.

"결계가 없어져도 몬스터가 얌전해지면 어떻게든 살아갈 수 있다. 원인만 해결되면 세르슈토스에 집착할 필요는 없어."

리에르노 옆에서 잠자코 대화를 듣던 마시르가 말했다.

"새로운 결계라면 내가 만들어줄 수 있어. 이슈카와 마기 문제만 해결되면 전부 잘 풀릴 거라 믿고 싶군."

예전에 크웨인 해역은 살기 좋은 곳이었다고 한다. 마기를 정화하고 이슈카가 부활하면 옛날로 돌아갈 수 있을 거라 믿고 싶었다.

신은 잠시 틈을 두었다가 말을 이어나갔다.

"뭐, 무슨 이야기인지는 알았어. 장례 전에 이 문제를 해결하기로 하고 일단 다 함께 식사나 하자. 우리가 이슈카를 구할 때까지 좀 더 버텨주길 바랄 수밖에 없으니까 말이지."

"맞소. 배가 고프면 기력도 나지 않지."

"우리도 슬슬 점심 먹을 시간이잖아."

조용히 이야기를 듣던 슈바이드와 필마도 각자 고개를 끄덕였다.

신의 아이템 박스에 이재민용 식재료 정도는 넉넉히 들어 있었다. 장례도 중요하지만 지금은 살아 있는 사람들이 먼저였다.

"너희에겐 미안하군."

"아니요. 제스터도 자기 장례식을 할 시간이 있으면 사람들 배부터 채우라고 말할 겁니다."

"맞아. 분명히 그럴 거야."

"제스터 할애비라면 화 안 내."

"장례는 뒤로 미루라고 화낼걸."

멋대로 결정해서 미안하다고 사과하는 신에게 조지, 케리토리, 벨, 셸이 고개를 가로저으며 대답했다.

같은 주인을 섬기던 서포트 캐릭터였기에 제스터가 어떤 반응을 보일지 정도는 쉽게 짐작이 가는 것이리라.

요리 스킬이 높은 슈니와 슈니에게서 요리를 전수받은 티에라도 돕겠다며 소개를 걸어붙였다.

황공해하는 리에르노에게 일족 모두를 모아달라고 말한 뒤, 신 일행은 세르슈토스의 조리실로 향했다.

요리에 서툰 슈바이드와 필마는 리에르노와 함께 사람들을 부르러 갔다.

인어들 중에서도 아르노는 요리 스킬을 갖고 있다며 신 일행을 따라왔다.

"이런 곳이 있었군요……."

아르노가 눈을 동그랗게 떴다.

세르슈토스의 조리실에는 최고급 조리 기구가 완비되어 있었다.

식칼과 냄비 같은 기본적인 것들부터 가스레인지와 오븐 같은 현대적인 조리 기구, 심지어 어느 요리에 쓰이는지 모를 기구들까지 갖춰져 있어서 소규모 전시회를 방불케 했다.

"요리를 시작할게. 양과 속도를 우선해야 해."

"재료 다듬는 건 내가 할게."

신이 아이템 박스에서 꺼낸 식재료를 조지와 케리토리가 요리하기 시작했다. 강화된 능력치로 야채와 생선이 순식간에 썰려서 큰 냄비에 투입되었다.

준비할 양이 많았기에 수프 계열 요리로 가는 것 같았다. 재료와 국물 색을 보면 부야베스 같은 음식인 듯했다.

벨과 셸은 일단 방에서 나와 그릇과 수저를 준비하고 있었다.

"스승님은 몰라도 난 저기 끼지 못할 것 같아."

"저도요……."

조지, 케리토리와 함께 작업을 시작하는 슈니를 보며 티에라는 곤란한 표정을 지었다. 옆에 선 아르노도 마찬가지였다.

"저쪽은 요리를 잘하는 수준을 이미 뛰어넘었어."

세 사람의 작업을 지켜보던 신도 쓴웃음을 지을 수밖에 없었다.

높은 신체 능력과 요리 스킬의 보정 덕분에 일반적인 조리실의 광경과는 사뭇 다른 광경이 펼쳐지고 있었다.

야채를 써는 소리부터 사각사각이 아니라 경쾌한 사사삭이었다. 그것도 소리가 난다 싶으면 이미 손질이 끝난 뒤였다.

요리라기보다는 재료가 순식간에 해체되는 마술을 지켜보는 것에 가까웠다.

그런 전문가들의 전장에 신이나 티에라가 끼어들 여지는 없었다.

"……나가서 벨과 셸이나 돕자."

"그게 좋겠어. 우리가 어떻게 할 수 있는 차원이 아니야."

세 사람은 어설프게 돕는 것을 포기하고 식기 준비를 돕기로 했다.

조리실의 기구는 전부 시간 단축 효과가 있었기에 재료를 방금 넣은 냄비에서 식욕을 돋우는 향이 풍겼다.

냄새만 맡아도 맛있겠다고 생각한 순간에 쿠우 하는 소리가 들려왔다.

"……유즈하는 안 울었는데?"

유즈하의 울음소리와 약간 다르다는 것은 신도 이미 알고 있었다. 소리가 난 쪽으로 시선을 돌리자 그곳에는 티에라와 아르노가 있었다.

"아, 아냐! 난 아니거든?!"

시선의 의미를 알아챈 티에라가 손을 휘저으며 부정했다. 그렇다면 남은 건 아르노뿐이었다.

"……으으."

배에서 소리가 난 것이 어지간히 부끄러웠는지, 아르노의 얼굴이 점점 붉게 물들었다.

"아…… 죄송합니다. 방금 그건 저한테서 난 소리였어요. 배가 고파서요."

"신, 그건 너무 뒷북이라는 생각 안 들어?"

그런 거짓말은 소리가 난 직후에 해야만 했기에 신의 시도는 티에라에 의해 단호히 기각되었다. 실제로 아르노에게 전혀 도움이 되지 못한 것이 사실이었다.

"저기…… 여러모로 죄송합니다."

"아니요, 추한 모습을 보여드려―."

아르노가 사과하려는 순간 또 한 번 작게 '쿠우' 하는 소리가 들렸다.

소리의 발생원이 아르노의 복부임은 이미 명백했다.

"……!"

아르노는 새빨개진 얼굴로 계속 꼬르륵거리는 배를 강하게 두드렸다.

미소를 잃지 않으려 노력하는 모습이 오히려 안타까웠다. 그녀의 간절한 바람이 이루어졌는지 소리는 더 이상 나지 않았다.

"저…… 그렇게까지 할 필요는……."

"……아니야."

"저기……."

"모두가 먹기엔 음식이 부족해서 아침을 거른 것뿐인

데……."

아르노는 제자리에 주저앉아 얼굴을 감싸며 기어 들어가는 소리로 변명했다.

숨기지 못한 두 귀는 사과처럼 새빨갛다.

"신, 유즈하하고 먼저 가 있어."

"어, 어어, 알았어."

티에라의 재촉에 신은 두 사람을 남긴 채 먼저 밖으로 나왔다. 티에라의 눈빛이 '이제 그만 봐'라고 말하는 듯했다.

"이런 냄새를 맡으면 배가 꼬르륵거릴 만도 하지."

"유즈하도 배고파."

신이 중얼거리자 유즈하도 꼬리를 살랑거리며 맞장구를 쳤다.

조리실에 맴도는 먹음직스러운 냄새는 점점 강한 위력을 내면서 강렬하게 식욕을 자극했다. 아침을 먹지 않았다면 위장이 음식물을 요구해도 이상할 것이 없는 상황이었다.

"도와주러 왔는데, 준비가 이미 끝난 거야?"

"만사 오케이!"

"준비 퍼펙트!"

벨과 셸도 시우옥의 종업원답게 준비에 빈틈이 없었다.

요리 설명이나 알레르기 여부를 물어보는 등 세세한 부분까지 완벽하게 끝내놓은 것 같았다.

속속 모여드는 어인과 인어들은 밥그릇과 숟가락을 받아

들고 한결같이 조리실 쪽을 주시하고 있었다. 당연히 냄새가
풍겨오는 방향이기 때문이다.

『요리가 끝났으니까 옮기는 걸 도와주시겠어요?』

『알았어. 바로 갈게.』

신은 슈니의 심화에 대답하며 조리실로 돌아왔다.

"신? 무슨 일 있어?"

"요리가 완성되었다는 연락을 받았어. 지금 가져올게."

신은 아직도 얼굴이 살짝 상기된 아르노와 티에라에게 짧
게 말한 뒤 안쪽으로 걸어갔다. 조리실에 가까워질수록 풍기
는 냄새도 강해졌다.

머리 위의 유즈하와 신의 배에서도 요란한 소리가 났다.

"일단 80인분이에요. 나머지도 완성되는 대로 가져갈게요."

"알았어. 밖에 전해주고 다시 돌아올게."

신은 김이 모락모락 피어오르는 큰 냄비를 카드화해서 바
로 밖으로 나왔다.

벨과 셸이 준비해둔 받침대 위에 냄비를 실체화하자 어인,
인어 할 것 없이 모두가 함성을 내질렀다.

각자 나뉘어서 아이와 노인, 여성 들에게 우선적으로 수프
를 배식하기 시작했다. 슈바이드와 필마가 순서대로 줄을 서
라고 소리치고 있었다.

"맛있어!"

"그래, 확실히 맛있네."

"살살 녹는구나."

"음! 으음! 대박! 맛있어!"

기뻐하는 아이들을 보며 수프에 입맛 다시는 어머니.

천천히 숟가락을 입으로 옮기며 안도의 한숨을 내쉬는 노파.

국물과 건더기를 정신없이 입에 넣는 청년까지.

모든 사람이 만족스러운 표정을 짓고 있었다.

"이게 시우옥의 실력이구나. 정말 맛있어."

"쿠우, 맛있어."

질서를 지키면 다들 충분히 먹을 수 있다는 사실을 알린 덕분인지 새치기를 하는 사람은 없었다. 신 일행도 서로 교대해주면서 식사를 했다.

유즈하도 마침 잘되었다는 듯이 인간 형태로 변신해서 수프를 맛보고 있었다.

"다들 한 그릇 더 달라고 하고 있네. 뭐, 어쩔 수 없겠지. ─음?"

수프를 다 먹어치운 신의 눈에 수프 그릇을 든 채 어인들을 바라보는 마시르의 모습이 들어왔다.

그릇에서 김이 나는 것을 보면 아직 음식이 남아 있는 것 같았다.

"안 먹어?"

"너─ 아니, 당신이었군요."

놀란 마시르는 자세를 바로 하며 고개를 숙였다.

"왜 그래? 갑자기."

"지금까지 범한 무례를 정말 죄송스럽게 생각합니다."

"이봐, 이봐……."

너무나 갑작스럽게 변한 모습을 보니 당황할 수밖에 없었다. 일단 고개를 들라고 한 뒤 사정을 들어보기로 했다.

신은 적당한 바위에 걸터앉아 수프가 식기 전에 먹으라고 권했다.

그 뒤에도 최대한 정중한 말투로 이야기하려 하자 제발 편하게 이야기해달라고 강조했다.

"난 이 해역을 지키는 일족의 전사장이다. 하지만 사람들을 위해 내가 한 일이라고는 얼마 안 되는 식량을 구해오는 것뿐이었지."

전투가 가능했기에 모험가가 되어 돈을 벌어오는 방법도 있었지만 힘든 상황에 자포자기한 이들이 난동을 피울 가능성도 있었기에 고향을 떠날 수는 없었다.

삼해마의 엄청난 공격을 직접 목격했던 마시르는 결계가 뚫리는 것에 대한 염려도 떨칠 수 없었다고 한다.

"다들 조금씩, 조금씩 야위어갔지. 하지만 나에게는 사태를 타개할 능력이 없었다."

전사들은 식량을 구해오는 역할을 맡기 때문에 그나마 제대로 된 식사를 제공받았지만 아이와 노인처럼 일을 할 수 없는 이들에게는 안타까울 정도로 적은 양만 배급되었다.

그들에게 조금이나마 식량을 나눠주는 전사들도 있었다고 한다.

그러나 그러다 보면 중요할 때 충분한 힘을 발휘하지 못해 몬스터에게 목숨을 잃는 경우가 적지 않았다.

"바르바토스로 이주하는 안건도 이미 실행에 옮길 만한 여유가 없어. 미래가 없다는 걸 알면서도 이곳에 집착할 수밖에 없었던 거다."

신의 앞을 막아섰을 때도 제대로 싸울 수 있는 힘은 남아 있지 않았던 것 같다. 신경이 곤두선 것처럼 보였던 것도 그런 다급함이 드러났던 것이리라.

"……아이들의 미소가 저런 느낌이었군."

눈앞을 달려가는 아이들의 표정을 보며 마시르의 입가에도 미소가 어렸다.

온화한 분위기를 풍기는 마시르는 처음 만났을 때와는 전혀 다른 사람 같았다.

"난 어떻게 되든 좋아. 그러니 부디 부하들만은 봐줬으면 한다. 그 녀석들은 내 명령에 따라온 것뿐이야."

"이런, 무슨 착각을 하는 거야?"

무릎이라도 꿇으려는 분위기를 감지한 신은 다급히 마시르를 말렸다.

"너희를 어떻게 할 생각은 없어. 싸움이 벌어진 것도 아니

고 서로 부상자도 나오지 않았잖아. 다만 시우옥 녀석들에게
는 사과해줬으면 해. 그 녀석들 주인의 소유물을 무슨 이유였
든 너희 거라고 말해버린 거잖아. 그 녀석들에겐 절대로 양보
할 수 없는 부분이거든."

"알겠다."

신의 말에 마시르는 힘있게 고개를 끄덕여 보였다.

"이런, 이제 슬슬 마지막 냄비도 바닥이 났겠군. 더 가져와
야겠어."

"나도 내가 할 수 있는 일을 하겠다."

마시르는 벨, 셸이 일하는 곳으로, 신은 조리실로 향했다.

냄비를 나른 것만 세 번째였다.

400인분에 가까운 수프가 다 비워지면서 비로소 배식이 끝
났다.

"뒷정리도 끝났으니까 이제 『해저 신전』으로 안내해주시겠
어요?"

"네. 안내는 제가 맡기로 되어 있습니다. 제가 앞장설 테니
따라와 주세요."

신 일행은 마도 선박에 올라탄 뒤 아르노의 안내로 잠수를
시작했다.

배에 탑승한 것은 신과 슈니를 비롯한 서포트 캐릭터, 그리
고 티에라를 더한 평소의 멤버들이었다.

수중이라는 특수한 환경의 전투가 벌어질 수도 있기에 티에라에게는 일정량의 대미지를 대신 받아주는 반지를 건네준 뒤였다.

조지를 비롯한 시우옥 식구들은 세르슈토스의 점검을 속행하기로 했다.

바로 무슨 일이 벌어지진 않겠지만 혹시 모르니 결계와 관련된 부분을 중점적으로 체크해달라고 부탁해두었다.

"……수중, 아니, 상하로 결계를 뻗어서 외부의 영향을 차단하는 건가."

신은 잠행하면서 세르슈토스의 결계가 어떤 방식인지를 고찰했다.

폭풍우 속에서도 세르슈토스 주변은 파도가 잔잔했다. 그리고 수중에서도 이상한 낌새는 없었다.

『해저 신전』이 세르슈토스의 바로 밑에 있다는 말을 듣고 신은 대략적인 결계의 전개도를 머릿속에 그려두었다.

잠식된 심해 | Chapter 3

"아직도 멀었어?"

30분 정도 잠행해서 내려갔을 때 티에라가 말했다.

"생각보다 깊은 곳에 있는 것 같아."

신도 오래 걸린다고 느꼈지만 신전의 위치가 얼마나 깊은지 알 수 없었기에 아무 말도 할 수 없었다.

현재의 수심은 약 6,000메르였다.

마법과 특수한 소재를 사용한 하이브리드 마도 선박만의 빠른 속도로 내려가고 있었지만 아직도『해저 신전』의 그림자조차 보이지 않았다.

그러나 앞에서 나아가는 아르노는 헤매는 것 같지 않았기에 그대로 따라가기로 했다.

그렇게 약 30분이 지났다.

거기까지 내려오자 저 멀리서 빛나는 무언가가 보이기 시작했다. 그것의 정체야말로 신 일행이 찾아온 건물이었다. 빛을 내는 물체는 없었지만 주변이 이상하게 밝았다.

"저게『해저 신전』인가. 정식 명칭은『심해 고성(古城)』? 아니,『해저 신전』이라는 표시도 있군. 섞여 있는 건가?"

당연히『해저 신전』이 정식 명칭인 줄 알았지만 건물을 본 신의 눈에는 다른 이름이 표시되었다. 하지만 유심히 살펴보면『해저 신전』이라는 표시도 나왔다.

"그렇군. 그래서 이슈카가 있는 건가."

"그게 무슨 말이야?"

"내가 알기로 이슈카는 낡은 성으로 위장한 지하 던전 안의 알현실에 살거든. 그래서 아르노 씨가 신전이라고 말했을 때 둥지를 옮겼나 싶었는데, 이거라면 납득이 가. 아마 지각 변동의 영향으로 건물이 이동해온 거겠지."

티에라의 질문에 신이 자신의 추론을 이야기했다.

자세히 보면 건물 잔해 같은 것이 여기저기 흩어져 있다. 대지의 이동으로 부서진 것이리라.

중심 건물이『심해 고성』이고 주변에『해저 신전』이 흩어진 느낌이었다.

신의 이야기를 들은 아르노도 거기까진 몰랐는지 놀라는 눈치였다.

"그렇다면 던전 내부도 변화했을 가능성이 있겠네요. 길이 막혀 있지 않아야 할 텐데요."

슈니가『심해 고성』을 보며 말했다. 그럴 가능성도 충분하긴 했다.

게임 시절에는 찾아볼 수 없는 현상이었다. 던전에 들어가면 보스 공간까지 길이 쭉 연결된다는 당연한 사실조차도 바뀌었을지 몰랐다.

"이것만큼은 직접 가보기 전엔 모르겠지."

『심해 고성』 근처까지 내려온 뒤에 닻을 내려 배를 고정했다. 전원이 장비를 수중 형태로 전환하고 밖으로 나온 뒤에 배는 카드화해서 신이 회수했다.

【잠수】 스킬이 없는 티에라는 동일한 효과를 지닌 귀걸이를 하고 있었다.

거대한 배가 카드로 변하는 광경을 보고 아르노가 놀랐지만 이내 고개를 끄덕거렸다. 하이 휴먼이기 때문에 가능한 일이라고 납득한 것이리라.

"입구는 이쪽입니다."

신 일행은 아르노의 안내를 받아 『심해 고성』 문 앞에 내려섰다.

말이 성이지, 밖에서 보이는 건물은 속이 빈 장식이나 다름없었다. 던전 자체는 지하를 향해 뻗어 있었고 맨 아래 층까지 바로 가로질러 내려가는 것은 불가능했다.

지상의 성 부분에 보물이 숨겨져 있기도 하지만 지금은 굳이 그것을 찾아낼 필요와 시간이 없었기에 신 일행은 바로 문으로 다가갔다.

"제가 안내할 수 있는 건 여기까지입니다."

문까지 10메르 정도 남겨둔 지점에서 아르노가 걸음을 멈추었다.

아르노 앞에는 반투명한 벽이 생겨나 있었다. 아무래도 일정한 능력치에 미치지 못하면 지나갈 수 없는 결계가 쳐져 있는 것 같았다.

게임 시절의 『심해 고성』은 최고 레벨 1,000인 이슈카의 둥지답게 고난도 던전이었다.

등장하는 몬스터들도 전부 고레벨이었고 플레이어 중에는 이곳을 저레벨 플레이어의 빠른 육성을 돕는 '광렙'에 활용하는 경우도 많았다.

하지만 그런 행동을 좋게 생각하지 않는 운영진에 의해 일정 레벨 이상의 상급 몬스터가 등장하는 던전에는 능력치 제한이 생겨나게 되었다.

그때 생겨난 제한이 이쪽 세계에서도 그대로 유지되는 모양이었다. 신이 시험 삼아 다가가 보자 아무 저항 없이 빠져나올 수 있었다.

슈니를 비롯한 서포트 캐릭터들이 지나온 뒤에 마지막 차례는 티에라였다.

"……."

티에라가 긴장된 얼굴로 손을 뻗었다. 반투명한 벽에 닿은 순간, 그녀의 손이 미끄러지듯 허공을 갈랐다.

"휴우~ 긴장했네……."

티에라 혼자 가로막힐 가능성도 충분했기에 무사히 통과한 것에 가슴을 쓸어내리고 있었다.

'이곳에 들어올 수 있었던 걸 보면 평균 능력치가 450을 넘

었다는 건데. 아무리 장비의 보정 수치가 포함되었다 해도 환생 없이 가능한 능력치는 아냐.'

뒤따라오는 티에라를 보며 신은 그런 생각을 했다.

티에라는 세계수의 무녀라는 특수한 존재였지만 선정자가 아님은 확실했다.

게임 시절이었다면 장비의 보정이 있다 해도 『심해 고성』이나 『해저 신전』에 들어갈 수 없었을 것이다.

그러나 지금 신의 눈앞에서 티에라는 그 제한을 통과해냈다.

이 세계에서 환생 보너스를 받지 못한 플레이어가 기본 능력치를 높이는 방법은 레벨을 올리거나 미약하나마 능력치를 올려주는 희귀 아이템을 사용하는 것 정도였다.

슈니를 비롯한 다른 서포트 캐릭터들처럼 지맥에서 나온 빛을 받아 능력치가 상승했다고는 해도 티에라는 이곳 세계의 주민이 절대 도달할 수 없는 존재가 되어가고 있었다.

"……? 왜 그래?"

"아니야, 아무것도."

지금 생각해봐야 결론이 날 문제가 아니었다. 신은 고개를 갸웃거리는 티에라에게 별것 아니라는 듯 손을 저어 보인 뒤 아르노를 돌아보았다.

"부디 몸조심하시길."

시간이 얼마나 걸릴지 몰랐기에 아르노는 먼저 돌아가기로 했다. 인어인 아르노라면 배 없이도 세르슈토스로 돌아갈 수 있었다.

신 일행은 멀어져가는 아르노를 눈으로 배웅한 뒤에 『심해 고성』의 문을 올려다보았다.

문에는 움푹 팬 부분이 세 곳 있었다. 정확히 아이템 카드와 동일한 크기였다.

"여기는 게임의 설정 그대로군."

"설정……이라고요?"

"그래. 이슈카가 사는 『심해 고성』에 들어가려면 삼해마를 쓰러뜨려서 얻는 제작 재료를 바쳐야만 해."

슈니의 질문에 신이 아이템 박스에서 카드를 꺼내며 대답했다.

마스큐더의 보석 조각, 게젤드란의 이빨, 에오리오스의 독침을 각각 카드화해서 팬 곳에 끼우면 된다.

이 세계에서는 아직 게젤드란밖에 보지 못했지만 게임 시절에 얻은 제작 재료가 아이템 박스 안에 남아 있었다.

신은 세 장의 카드를 몬스터가 그려진 곳에 끼워보았다.

그러자 반응이 바로 나타났다. 세 장의 카드 중에서 두 장이 밖으로 튕겨 나온 것이다. 게젤드란의 재료 카드만이 그대로 끼워진 채 약하게 빛나고 있었다.

"……이렇게 된 일일까요?"

"이건 잘못된 카드를 끼웠을 때의 반응인데. 문의 기능이 아직 살아 있는 건가."

당황하는 슈니의 목소리를 들으며 신은 문을 만져보았다. 이렇다 할 반응은 보이지 않았고 아무리 기다려도 문이 열릴 낌새는 없었다.

원래대로라면 카드가 끼워진 상태에서 자동으로 문이 열려야 했다.

"재료를 잘못 끼운 건 아닐 텐데 말이지. 그리고 왜 게젤드란의 재료만 안 튕겨 나오는 거지?"

게임 시절에도 남에게 받은 아이템 카드로는 문이 열리지 않았다. 아이템 박스는 게임 시절부터 쓰던 것이니 양도품으로 인식되었을 가능성은 있었다.

하지만 그것으로는 게젤드란의 재료만 인정된 이유를 설명할 수 없었다.

"게젤드란이라면 그 집게발 달린 뱀 같은 몬스터지? 혹시 그 몬스터들에게 어느 정도는 가까이 접근해야만 인식되는 게 아닐까?"

"지금 예상할 수 있는 건 그 정도겠지."

신도 티에라의 의견에 동의할 수밖에 없었다.

"쿠우쿠우."

카드가 튕겨 나오지 않은 이유를 생각하던 신의 이마를 유즈하가 두드렸다.

"응? 유즈하, 왜 그래?"

"게젤을 만났을 때 신 쪽으로 마력이 옮겨왔어. 아마 그 때 문일 거야."

"마력이?"

유즈하의 말에 따르면, 게젤드란이 결계를 공격했을 때 약간의 마력이 신 쪽으로 흘러 들어왔다. 너무나 미약한 양이었기에 신도 알아채지 못했지만 재료 카드에서 느껴지는 마력이 그때의 것과 매우 비슷한 모양이었다.

"즉 가까이 가기만 하면 굳이 싸우지 않아도 된다는 건가."

나머지 두 마리에게서도 똑같은 현상이 발생할지는 모르지만 다른 좋은 방법이 있는 것도 아니었기에 일단 시험해보는 수밖에 없었다.

"좋아, 그러면 일단 마스큐더부터 찾아가 보자."

접근만 하면 되었기에 도망치기 쉬운 상대부터 시험해보기로 했다. 마스큐더는 이동 속도가 삼해마 중에서도 가장 느리기 때문이다.

신은 아이템 박스에서 마도 선박을 실체화하고 수중 형태를 풀어 올라탄 뒤에 진로를 북서쪽으로 잡았다.

"바로 발견되면 고마울 텐데 말이지."

"게젤드란은 세르슈토스의 코앞까지 와 있었소이다. 아마우리의 움직임을 감지한 것 아니겠소?"

슈비이드의 의견에 대해서는 신도 이미 생각해본 적이 있었다.

그곳이 크웨인 해역의 중심이라지만 게젤드란은 신 일행이 결계 근처에 있을 때 공격해왔다.

신 일행과 인어들 중에 어느 쪽을 노린 것인지는 몰라도 너무나 절묘한 타이밍이었다.

게다가 지금까지 수집한 정보와 인어들에게서 들은 이야기를 통해 알아낸 게젤드란의 영역에서는 상당히 벗어나 있었다.

신 일행이 해역에 진입하자마자 이동해온 것이 아니라면 절대 불가능한 일이었다.

"상대가 만나러 와준다면 오히려 잘된 거지. 일단은 근처까지 가서 마커를 붙이고 돌아오자. 접근만으로 해결된다면 그걸로 끝이고 안 되면 다른 방법을 생각하는 수밖에."

마법 중에는 일정 범위 내에서 마커를 붙인 상대의 위치를 알아낼 수 있는 것이 존재했다.

신은 접근만으로 해결되지 않을 경우에 대비해 그것으로 마스큐더의 위치를 파악해둘 작정이었다.

심해를 고속으로 이동하는 것은 위험했기에 신은 일단 배를 해수면 근처까지 부상시켰다. 바다 위로 나가면 파도의 영향을 받기 때문에 이동에 지장이 없는 깊이까지만 올라갔다.

다른 일행들에게도 주변 경계를 부탁해두고 미니맵의 변화에 주의하면서 배를 전진시켰다.

해상을 이동할 때처럼 엄청난 속도가 나오지는 않지만 기존의 배보다는 훨씬 빠르게 마스큐더의 영역 깊숙한 곳까지 나아갔다.

잠시 후 신 일행 앞을 가로막은 것은 물속을 떠다니는 대량의 해파리형 몬스터였다. 레벨이 높은 개체부터 낮은 개체까지 천차만별이었고 개체들 사이에는 빈틈이 거의 없었다.

"우회해야겠군."

굳이 무리하게 돌파할 필요는 없었다. 해파리형 몬스터는 먼저 공격해오는 경우가 거의 없기 때문에, 건드리지만 않으면 그냥 넘어갈 수 있었다.

몬스터가 흉폭화되었다고 하지만 이런 성질은 바뀌지 않은 듯했다.

해파리 무리는 빛이 충분히 닿는 범위까지만 모여 있었기에 그 아래를 통과하기로 했다.

"응?"

천천히 잠행하던 신의 미니맵에서 반투명한 붉은색 마크가 표시되었다. 이것은 【하이딩(은폐)】으로 숨은 몬스터를 감지했을 때의 반응이었다.

또한 해파리 무리가 조금씩 배 위를 가로막듯 이동하고 있었다.

"이거, 생각보다 빨리 등장할지도 모르겠는데."

"그런 것 같네요."

슈니도 몬스터의 반응을 감지했는지 배 아래쪽을 주시하고 있었다.

슈바이드와 필마 역시 마찬가지였다.

"뭔가가 오는 거야?"

티에라는 몬스터가 이동한다는 것은 알았지만 모습이 보이지 않는 상대까지 감지해내지는 못한 것 같았다.

"모습을 숨긴 몬스터가 우리 밑에 있어. 아마 좀 더 내려가면 공격해오겠지."

신 일행이 통과하려는 곳은 빛이 닿지 않는 심해 입구라고 할 수 있는 깊이였다.

그곳에서 아래쪽으로는 광원이나 스킬 없이는 아무것도 보이지 않았다.

해파리 몬스터는 미끼였고 그것을 피하려는 순간에 기습해 올 거라고 신은 예상했다.

"그렇다면 진로를 바꾸는 게 좋지 않아?"

"그랬다간 공격해오지 않을 가능성도 있으니까 말이지. 피해서 도망치자."

"도망친다고? 어, 설마 밑에서 기다린다는 게—."

"온다! 아무거나 꽉 붙잡아!!"

티에라의 말이 끝나기도 전에 신은 조종간을 기울이며 페달을 밟았다. 그러자 배는 비스듬하게 기울며 진로를 크게 바꾸더니 단숨에 가속했다.

"역시 맞았군!"

"우와……."

신이 배를 반전시키며 방금 지나쳐온 곳을 향해 조명을 비추었다. 그곳에는 빨판이 달린 오징어 다리 여섯 개가 배를 찾듯이 꿈틀거리고 있었다.

그것을 본 티에라가 자신의 몸을 양팔로 감싸며 부르르 떨었다. 오징어 다리를 처음 본 탓에 놀라움보다 혐오감이 더 큰 듯했다.

"저게 마스큐더의 다리야. 저것에 붙잡히면 그대로 녀석의 입속으로 직행하게 되지."

본체는 더욱 깊은 곳에 있는 것 같았고 암흑 속에서 거대한 오징어 다리가 뻗어 나온 것처럼만 보였다. 그 탓에 더욱 섬뜩한 분위기를 자아냈다.

"이제 어떻게 하실 건가요?"

"다리만으로는 불안하니까 본체에도 접근해보자. 미안하지만 또 흔들릴 거야!"

아무것도 느껴지지 않았는지 마스큐더의 본체가 위쪽으로 올라왔다.

신 일행이 탄 마도 선박보다 커다란 몸체는 해마라는 이름답게 갑각과 이마의 보석 등으로 무장하고 있었다. 다리 끝에는 거대하고 날카로운 발톱이 있었고 식용 오징어와 비슷하게 생긴 것을 제외하면 전형적인 몬스터의 외형이었다.

지금까지 보이지 않던 나머지 다리가 배를 향해 뻗어왔지만 신은 배를 옆으로 이동해 피했다. 상대를 놓친 다리는 그 너머의 해파리 몬스터 무리로 파고들어 몇 마리를 휘감았다.

"신…… 나 이제 오징어를 못 먹을 것 같아……."

"뭐, 처음 보는 사람에게는 충격적인 광경이긴 해."

티에라와 신이 바라본 곳에서는 마스큐더가 포획한 해파리 몬스터를 포식하고 있었다. 몸통 아래의 원형 입이 해파리들을 찢어발겨 삼켰다.

입안에는 톱처럼 생긴 이빨이 나 있었다. 그곳에 빨려 들어가면 어떻게 되는지를 눈앞의 해파리들이 시범을 통해 보여주고 있었다.

"저 해파리들은 마스큐더의 부하가 아닌가 본데."

"본체에게 가까이 다가갈 거라면 장벽을 준비해두겠소."

"부탁할게."

배 자체에도 방어용 마법이 부여되어 있지만 만전을 기하기 위해 슈바이드가 『대충각의 큰 방패』를 꺼내 들었다.

신은 그 모습을 확인하면서 배의 진로를 마스큐더 쪽으로 돌렸다.

"공격당할지도 모르니까 균형을 잃지 않게 조심해!"

신은 크게 소리치며 페달을 밟았다. 마도 엔진이 으르렁댔고 낌새를 알아챈 마스큐더의 눈이 신 일행 쪽으로 향했다.

"완전히 들켜버렸네."

"수중에선 음파를 이용한 탐색이 일반적이니까요. 당연한 일이죠."

필마와 슈니가 대화를 나누는 동안에도 마스큐더의 다리가 배를 향해 뻗어오고 있었다. 그러나 다리가 선체에 닿는 것보다 배의 가속이 더 빨랐다.

"신! 신! 기울었어! 기울었다니까아아!!"

수중이라는 것이 믿기지 않는 가속을 과시하면서 배가 다리 사리로 빠져나갔다. 배를 90도 가까이 기울인 아슬아슬한 회피 행동이었기에 티에라가 깜짝 놀라며 연신 신을 찾았다.

"이대로 가로질러서 마스큐더의 옆으로 빠져나간다! 마법이 날아올 거야. 충격에 대비해!"

신의 말대로 마스큐더의 이마에 박힌 2메르의 보석이 빛나기 시작했다.

수중이었기에 마스큐더가 사용하는 마법도 물 속성이 주였다.

빛이 강해지는 것과 동시에 마스큐더의 눈앞에서 바닷물이 소용돌이치기 시작했다.

그것은 무서운 속도로 커지더니 신 일행이 탄 배를 집어삼킬 정도의 소용돌이로 변했다.

물 마법 스킬 【메일슈트롬】.

수중에서 사용할 경우 위력 상승, 범위 확대의 추가 효과를 얻는 마법이었다. 사용자가 마스큐더인 만큼 플레이어라면 좀처럼 만들어낼 수 없는 크기의 소용돌이였다.

"어림없지!"

신은 눈앞에 밀려드는 소용돌이를 향해 외치며 조작 패널을 두드렸다.

그리고 무장을 선택한 뒤 주저 없이 방아쇠를 당겼다.

배의 측면이 파슛 하는 소리와 함께 열리더니 어뢰 두 발이 소용돌이를 향해 발사되었다.

똑바로 직진한 어뢰가 소용돌이에 닿자 안에 담긴 마법 술식이 발동되었다. 폭발과 함께 마스큐더의【메일슈트롬】과 반대로 회전하는【메일슈트롬】이 새로 발생해서 상쇄되었다.

"지금이야!"

소용돌이가 사라지기 직전에 신이 배를 전진시켰다.

서로 부딪치는 소용돌이 때문에 시야가 가려진 것이리라. 마스큐더는 반쯤 소멸된 소용돌이를 뚫고 나온 배에 제때 반응하지 못했다.

마스큐더의 바로 옆을 신 일행이 탄 마도 선박이 통과했다.

스쳐 지나는 순간에 신은 마커를 발사했다. 단순한 마력 신호 말고는 아무 효과도 없었기에 마스큐더도 특별한 반응을 보이지는 않았다.

마스큐더를 통과한 뒤로는 그대로 단숨에 가속해서 거리를 벌렸다.

마스큐더도 추격하려 했지만 그곳에 신의 작별 선물이 투하되었다.

―!!!!???!?!?!?!

배의 뒤쪽에서 투하된 것은 한아름이나 되는 나무통이었다. 거기서 수중용 연막으로 연기 대신 까만 액체가 흩뿌려졌다.

게다가 이 액체에 닿으면 플레이어를 감지할 수 없게 되고 나쁜 상태 이상까지 부여하는 효과가 있었다.

자신의 레벨에 맞지 않는 몬스터와 전투가 벌어졌을 때 사용하는 도주용 아이템의 수중 버전이었다.

비명인지 노성인지 모를 날카로운 포효를 뒤로한 채, 신 일행은 일단 『심해 고성』으로 돌아왔다.

그리고 다시금 마스큐더의 아이템 카드를 문의 투입구에 끼워 넣자 이번에는 카드가 제대로 빛나기 시작했다.

"좋아! 이걸로 일일이 싸울 필요가 없다는 게 분명해졌어."

섣불리 약화시켜서 다른 해마에게 쓰러지게 할 수는 없었다. 접근하는 것만으로 끝난다면 싸우는 것보다 훨씬 쉬웠다. 유즈하의 말에 따르면, 게젤드란과 마찬가지로 신에게 마력이 흘러 들어왔다.

"그러면 이대로 남동쪽으로 갈 건가요?"

"그래. 남은 건 에오리오스뿐이니까 오늘 중에 들어갈 준비를 끝내놓자."

슈니에게 대답한 뒤 배로 돌아왔다.

현재 시각은 오후 세 시가 넘었다. 이동 시간을 포함하면 다녀올 무렵에는 해가 저물 것이다.

그때부터 던전을 공략하기 시작할 경우 심야까지 이어질 수도 있었다.

마기가 발생한 미지의 던전에서 밤을 새울 수도 없는 노릇이 아닌가.

심해에서는 해가 뜨든 말든 상관없지만 그만큼 시간을 체감하기 힘들기 때문에 자신도 모르게 피로가 축적되는 경우가 많다.

그것을 잘 아는 신은 충분히 휴식을 취하고 나서 던전에 들어가기로 마음먹었다.

"어라? 바로 출발하는 거 아냐?"

"아이템도 보충해야 하니까 말이지. 그리고 에오리오스는 상당히 빠르게 헤엄치니까 그걸 방해할 아이템도 조금 가져가야 할 것 같아."

에오리오스는 바다에 출현하는 보스 몬스터 중에서도 특히 속도가 빨랐다. 그러니 마스큐더에게 사용한 연막 아이템이 통하지 않을지도 몰랐다.

배의 홀로그램을 띄워두고 장비를 전환하던 신 옆에서 티에라가 감탄한 듯 말했다.

"공중에 그림이나 문자가 떠올라 있는 건 역시 느낌이 이상해. 게다가 그걸 조작하는 것만으로 현실에서도 변화가 일어나다니."

신이 조작하는 홀로그램은 배에 탑재된 기능이었기에 개인 상태 화면과 달리 다른 사람의 눈에도 보였다.

"익숙해지면 꽤 편리하거든."

신은 티에라에게 대답하면서 배 밑의 일부를 터치한 뒤에 목록에서 아이템과 장비를 선택했다. 그러자 배의 영상이 일부 변화하며 분사구 같은 장치가 생겨났다.

확인을 위해 밖으로 나와 변경한 부분이 반영되었는지도 확인했다. 변경점 중 일부는 배 밑이었기에 수중 형태 장비로 직접 잠수해서 작업해야 했다.

"정말로 바뀌었네. 대체 어떤 원리인 걸까?"

흥미가 있다며 함께 따라온 티에라가 수중 형태를 풀며 말했다. 변경된 부분을 유심히 관찰해봐도 어떤 시스템인지 전혀 모르겠다고 한다.

"마법적인 뭔가가 있겠지, 아마도."

게임에서 제공하는 기능이라고 말할 수는 없었기에 신은 넓게 해석할 수 있는 마법이라 둘러댔다.

"나도 그게 가장 유력한 것 같아. 그 마도 엔진……이라고 했던가? 그게 움직일 때도 마력의 흐름이 엄청났거든."

유즈하가 말한 미세한 마력의 흐름은 티에라도 느끼지 못한 것 같지만 이번처럼 도구에서 나오는 마력은 볼 수 있는 것 같았다.

"티에라에게는 어떤 식으로 보이는데?"

"내 경우엔 엔진에서 반짝이는 엷은 빛이 나와서 배 전체로 퍼지는 것처럼 보였어. 굉장히 예쁜 광경이라 나밖에 못 본다는 게 조금 아쉬울 정도야."

전부 퍼진 다음에는 불쑥 사라져버린다고 한다. 이야기를 듣던 신은 실제로 보고 싶어졌지만 아쉽게도 마력의 흐름을 시각에 투영하는 스킬은 없었기에 단념했다.

준비는 끝났으므로 신 일행은 다시금 에오리오스의 영역으로 향했다.

에오리오스의 지배 영역은 마스큐더의 지배 영역과 양상이 전혀 달랐다.

"이거 귀찮게 됐군!"

신이 배의 조종타를 상하좌우로 미세하게 움직이며 투덜거렸다.

지배 영역에 들어가서 얼마 지나지 않아 몬스터들이 습격해온 것이다. 게다가 몬스터의 숫자와 종류도 점점 늘어나고 있었다.

"다른 곳과 너무 다르지 않아?"

"음, 모르겠소이다."

물밀듯이 밀려오는 몬스터를 보며 필마와 슈바이드가 끙끙댔다.

꽁치와 닮은 몬스터 무리가 배를 향해 돌격해오는 것을 슈바이드가 전개한 장벽으로 막아내고, 문어형 몬스터가 선체에 들러붙는 것을 배를 회전시켜 날려버렸다.

배치고는 너무나 역동적인 움직임이었다.

"보스에게 갈 때까지 못 버티겠어……."

급한 가속과 감속, 나아가 위아래가 뒤바뀌는 선내에서 티에라가 다시 멀미를 하며 정신을 못 차리고 있었다.

이러다간 끝이 없겠다고 신이 생각했을 때, 주변 몬스터와 명백히 다른 크기의 반응이 고속으로 접근해오는 것이 보였다.

다른 몬스터를 밀어내듯 직진해오는 반응의 정체는 물론 에오리오스였다.

거대한 상어형 몬스터였고 머리와 지느러미 일부가 방어구처럼 딱딱하게 변해 있었다.

게다가 온몸에는 약 1메르 길이의 거대한 말뚝 같은 독침이 자라나 있다.

마법을 흩트리는 효과를 가진 그 독침은 무기로도 매우 강력했으며 미처 피하지 못한 다른 몬스터들이 찔리는 것도 전혀 신경 쓰지 않는 것 같았다.

게임 시절에도 많은 플레이어들이 그 침에 찔리곤 했다. 하물며 이곳에 있는 몬스터들이라면 에오리오스의 속도 때문에 침에 스치기만 해도 무참히 찢겨나갈 것이다.

"역시 삼해마 중에서 가장 빠른 몬스터답네요. 차원이 다른 속도예요."

요격용 마법으로 몬스터들을 해치우며 힘겹게 에오리오스의 진로에서 벗어났다.

흉폭화되었어도 위기 감지 능력은 남아 있었는지, 배 주변의 몬스터들도 에오리오스의 출현에 동요하는 듯했다.

"마스큐더처럼 옆을 통과할 수 있으면 편할 텐데 말이지."

신은 슈니에게 그렇게 말하면서도 실행에 옮기지는 않았다. 에오리오스의 기동력은 돌격 시에 진가가 발휘되지만 진로 변경도 상하좌우로 자유롭게 해낼 수 있었다.

그래서 돌격을 피할 때는 거리를 크게 벌려야 했고 옆을 아슬아슬하게 스쳐 지나가는 것은 상상조차 할 수 없었다.

만약 운 좋게 피한다 해도 에오리오스는 독침을 발사할 수 있었기에 바로 벌집이 될 것이다.

배의 장갑과 슈바이드의 방패에 부여된 장벽으로 한 번 정도는 견뎌낼지 모르지만, 그것이 실패할 경우는 배가 치명적인 타격을 입기 때문에 섣불리 시도할 수 없었다.

"유즈하! 마력은 어때!"

"아직 안 왔어!"

에오리오스와의 거리는 약 300메르였다. 마스큐더 때는 10메르 이내였고 게젤드란도 100메르 정도였던 것을 생각하면 아직 더 접근해야 했다.

"그러면 이건 어떠냐!"

신은 에오리오스의 정면으로 배를 움직이며 일부러 속도를 낮추었다.

에오리오스는 먹잇감이 약해졌다고 생각했는지 입을 벌리며 천천히 다가왔다.

"왠지 가슴이 답답해……."

함교에서 뒤쪽은 보이지 않았다. 하지만 에오리오스가 내뿜는 압박감을 느낀 티에라가 가슴을 움켜쥐며 얼굴을 찡그렸다.

"미안. 조금만 더 버텨줘!"

—에오리오스까지 남은 거리 280.

신은 맵을 보며 상대와의 거리를 쟀다. 갑자기 가속해올지도 몰랐기에 긴급 가속용 스위치에 손가락을 걸어두고 있었다.

—남은 거리 220.

유즈하의 신호는 아직 없었다. 가만히 뒤쪽을 향하며 무언가를 주시하고 있을 뿐이다.

—남은 거리 180.

신은 어깨에서 무언가가 기어 올라오는 듯한 느낌을 받았다. 에오리오스가 내뿜는 압박감 때문일 것이다.

—남은 거리 130.

"왔어!"

유즈히의 목소리가 함교에 울려 퍼졌다.

"좋아, 가자!!"

신은 마력이 도달했다는 말을 듣자마자 배를 급가속했다.

그와 동시에 마스큐더에게 사용한 것과 다른 종류의 도주용 아이템을 투하했다.

―!!!?!?!

다음 순간에 배의 후방에서 알아들을 수 없는 비명이 들려왔다.

신이 투하한 것은 바람 마법 스킬 【쇼크 펄스】가 담긴 결정석을 가득 넣어둔 나무통이었다.

이 스킬은 엄청난 소음을 발생시켜 몬스터를 위축시키는 효과가 있다. 열 배, 스무 배로 소리의 전달이 빠른 수중에서 그것이 한꺼번에 작렬하면 어떻게 될까?

"어떻게든 도망친 것 같군."

신은 미니맵의 감지 범위 밖으로 에오리오스의 반응이 멀어져가는 것을 보며 한숨을 쉬었다.

결정석은 물리적인 충격파도 발생하기 때문에 에오리오스도 신 일행을 쫓아올 경황이 없어진 것 같았다. 우왕좌왕하는 마커의 반응을 보면 상당히 혼란스러워한다는 것을 알 수 있었다.

상어를 모델로 한 몬스터라 냄새를 맡고 쫓아올지도 몰랐기에 악취를 발생시키는 나무통도 미끼로 투하해두었다.

배를 공격해오던 몬스터들도 에오리오스 이상으로 혼란에 빠진 것 같았다.

몬스터끼리 부딪치거나 어딘가로 힘겹게 도망치기도 하는 무질서 상태였다. 기절했는지 아예 움직이지 않는 개체도 보였다.

"상당히 광범위하게 효과가 미친 것 같네요."

"보스 몬스터가 놀랄 정도니까 말이지. 수중이라서 더 그럴 거야."

몬스터들의 상태를 확인하고 슈니가 말하자 신도 배를 조종하며 대답했다.

이 해역에 처음 왔을 때와 달리 별다른 장해 없이 나아갈 수 있었다.

어느 시점부터는 다시금 몬스터들이 습격해왔지만 역시 【쇼크 펄스】의 영향으로 기세가 예전만 못했고 신 일행은 간단히 『심해 고성』으로 돌아올 수 있었다.

✝

배 안에서 하룻밤을 보내고 준비를 마친 신 일행은 다시금 문 앞에 섰다.

신이 문의 투입구에 카드를 끼우자 모든 카드가 강하게 빛나더니 시끄러운 마찰음과 함께 『심해 고성』의 문이 열렸다.

"신…… 어쩌면 이미 늦은 걸지도 몰라."

"그래. 이번만큼은 나도 알겠어. 꽤 심하군."

문을 연 직후에 티에라가 말하자 신도 고개를 끄덕일 수밖에 없었다.

『심해 고성』은 그 정도로 짙은 마기에 삼켜진 상태였다.

"혹시 모르니까 다들 아이템을 복용해두자."

문 안쪽에서 흘러나오는 마기를 보며 신이 말했다. 예상보다 훨씬 나쁜 상황이었고 아무 대책 없이 진입하는 것은 위험하다고 판단한 것이다.

신은 모두에게 후지의 던전 공략에서도 사용했던 『성천의 영약』을 건넸다. 무슨 일이 생길지 몰랐기에 카드화한 약을 한 묶음씩 예비로 나눠주었다.

"티에라는 이걸 받아."

"이건…… 음, 고글이네?"

아이템 카드와 함께 신이 건넨 것은 【암시(暗視)】와 【원시(遠視)】 등의 효과가 부여된 수중용 고글이었다. 스쿠버다이빙에서 쓸 법한 커다란 크기였다.

마기로 인해 잘 보이지 않는 던전 내에서는 【암시】로 대표되는 시각 보조 스킬이 필수였다. 티에라는 【원시】를 익혔지만 【암시】는 아직이었다.

"장비하니까 고글 안의 물이 사라졌는데, 문제없는 거야?"

"괜찮지…… 않을까?"

고글은 장비를 수중 형태로 바꾸어도 변화하지 않는다.

수중에서 고글을 장비했을 때 안에 바닷물이 들어가도 부여된 효과는 문제없이 발휘되지만 무슨 일인지 고글 안의 바닷물이 사라져버린 듯했다.

이것 역시 게임과 현실의 차이점인지도 몰랐다.

"지금 생각한다고 알 수 있는 것도 아니겠네. 효과는 정상적으로 발휘되는 것 같으니까 고맙게 빌려 쓸게."

티에라는 오래 끌 만한 이야기가 아니라고 생각했는지 대화를 마무리했다.

신도 고개를 끄덕이며 다시금 문을 돌아보았다.

"일단 마기가 퍼지지 않도록 해야겠지. 좋아, 가자."

문에서 새어 나오는 마기가 바닷속에 퍼지지 않도록 처리한 뒤, 신은 『심해 고성』 안으로 들어갔다. 나머지 일행도 뒤를 따랐다.

"그런데 성안이 이 정도로 잠식되었을 줄은 몰랐네요. 밖에서 보였던 건 단순한 환영이었을까요?"

"지금 생각해보면 플레이어가 성을 파괴해도 외관은 바뀌지 않았던 것 같아. 어쩌면 던전 내부의 모습을 바깥에서 알 수 없게 되어 있는 건지도 모르지."

물의 저항을 느끼며 나아가던 신은 슈니의 질문에 게임 시절의 기억을 되짚어서 대답했다.

『심해 고성』의 성 부분은 던전 위에 존재하는 장식, 즉 가짜였다. 마음만 먹으면 쉽게 폐허로 만들어버릴 수도 있었다.

다만 그럴 경우 무슨 일이 벌어질지 몰랐기에 실행에 옮기는 플레이어는 거의 없었다.

지하로 내려가는 통로를 찾던 신 일행의 감지 범위 내에 여러 개의 반응이 나타났다.

"원래 비어 있어야 할 성안에 뭔가가 있는 것 같소."

"이 정도로 강한 마기가 맴도는걸. 뭔가가 있어도 이상할 건 없어."

슈바이드가 경계하며 방패를 내밀자 신도 『무월』을 앞으로 겨냥하며 대답했다.

"고스트 계열이야. 위쪽하고 좌우에서 벽을 뚫고 온다!"

미니맵을 보던 신이 통로와 방을 가로지르며 이동하는 붉은 마크를 보고 경고했다.

그로부터 몇 초 뒤에 신 일행의 정면에는 실체를 가진 몬스터가, 천장과 좌우 벽에는 반투명한 이형(異形)의 존재가 모습을 드러냈다.

"정면의 스컬페이스는 슈바이드와 필마. 좌우의 팬텀은 나와 슈니가 맡을게. 티에라는 천장의 베이비 할로우를 부탁해!"

신은 지시를 내리며 슈니와 함께 신성 스킬 【퓨어 홀리】를 발동했다.

벽을 뚫고 나온 하이 팬텀은 레벨 400 전후의 고스트 계열로 로브를 깊이 눌러쓴 반투명한 인간형 몬스터였다.

각 속성의 마법 스킬을 사용하는 성가신 상대였다.

하지만 접근해오는 것을 미리 안다면 벽을 뚫고 나오는 동시에 요격할 수 있었다.

신과 슈니의 손에서 발사된 빛이 하이 팬텀을 바로 소멸시켰다.

"이쪽도 끝났어."

신과 슈니가 하이 팬텀을 쓰러뜨리는 것과 거의 동시에 티에라도 갓난아이만 한 사람 모양의 빛 덩어리― 베이비 할로우를 해치웠다.

한 손으로 셀 수 있는 숫자였기에 신이 제공해준 빛 속성과 【정화】 효과를 부여한 화살로 쉽게 쓰러뜨린 모양이다.

이번에는 수중전이었기에 활도 그에 맞춰 『와조(渦潮)의 취궁(翠弓)』으로 바꾼 상태였다. 수중 한정으로 대미지 증가와 명중률 보정 같은 효과가 있는 전설급 하등품 활이었다.

티에라는 놀랍게도 그것을 아무 제한 없이 사용하고 있었다.

"저쪽도 금방 끝날 것 같군."

신이 바라본 곳에서는 슈바이드와 필마가 스컬페이스를 쓰러뜨리고 있었다.

지금 그들이 있는 곳은 통로치곤 넓지만 스컬페이스 여러 마리가 나란히 설 수 있을 정도는 아니었다.

아무리 숫자가 많아도 무기를 휘두를 수 있는 개체는 앞줄에 선 서너 마리 정도였다. 그 정도로는 능력치와 장비에서

압도하는 슈바이드와 필마에게 맞설 수 있을 리 없다.

그들이라면 킹급 스컬페이스조차 일격에 해치울 수 있었다. 여러 등급이 섞인 스컬페이스 무리가 전멸하는 것은 시간 문제였다.

"숫자는 많지만 레벨은 그리 높지 않네요."

"그러게. 그건 그렇고…… 하이 팬텀은 『해저 신전』 쪽에 출현하는 몬스터였지?"

『심해 고성』은 고레벨 몬스터의 소굴이라 할 만한 곳이었다. 게임 시절의 기준으로 생각해보면 하이 팬텀은 레벨이 너무 낮았다.

"『해저 신전』 쪽 몬스터가 성안에서 돌아다닌다는 거야? 그건 조금 귀찮게 됐네."

"하지만 지금 상황을 고려해보면 다른 이유는 떠오르지 않소. 바다에 가라앉은 자들의 망령일 리는 없지 않겠소이까."

지쳤다는 듯이 어깨를 으쓱거리는 필마에게 슈바이드가 진지하게 대답했다.

쓰러뜨리는 것 자체는 어렵지 않았지만 최대한 빨리 내려가야 하는 상황에서 시간 낭비를 할 수는 없었다.

신 일행은 몬스터 감지에 최대한 신경 쓰면서 던전 입구에 도달할 때까지 최대한 전투를 피하기로 했다.

"내부 구조가 바뀌지 않았다면 알현실에 던전 입구가 있을 거야."

신이 느끼기에는 성의 내부가 옛날과 달라지지 않은 것 같았다. 그래서 일단은 게임 때처럼 알현실을 찾아가기로 했다.

성의 중심에 위치한 알현실까지는 쉬지 않고 걸어서 15분 정도였다.

벽을 파괴해서 최단 거리로 가로지르고 싶은 마음도 있었지만 그런 짓을 했다간 몬스터들이 일제히 몰려들 테니 당연히 불가능했다.

"……."

몬스터가 나타날 때는 신과 슈니가 【에어리어 사일런스(무음 영역)】를 전개하며 나아갔다. 수중에서는 육지와 다르게 작은 말소리에도 몬스터가 반응하기 때문이다.

"왠지…… 춥지 않아?"

알현실까지 몇 분 남지 않았을 때 티에라가 불쑥 말했다. 수중 형태에서도 장비의 원래 성능이 반영되기 때문에 티에라 혼자 환경의 변화를 느낄 수도 있었다.

"난 특별한 건 안 느껴지는데. 다른 사람들은 어때?"

신의 질문에 슈니, 필마, 슈바이드 역시 아무것도 느껴지지 않는다고 대답했다.

하지만 유즈하와 카게로우는 달랐다.

"꼬리가 쭈뼛쭈뼛해."

"그루!"

유즈하의 말에 카게로우도 동의하듯 울었다.

"이 앞에 뭔가가 있어."

"너희들만 감지한 걸 보면 불길한 예감밖에 안 드는군."

일반적인 기척 감지 능력에는 걸리지 않는 무언가가 알현
실에서 그들을 기다리고 있는 것 같았다.

"마기뿐만이 아냐. 아마 이 근처 바다에서 죽은 사람들의
혼을 빨아들이고 있는 것 같아. 엄청난 숫자야."

영적인 지각 능력이 뛰어난 티에라는 핏기 없는 얼굴로 몸
을 떨고 있었다.

"괜찮아? 힘들면 우리끼리 가도 돼."

"싸움에는 끼어들지 못하겠지만 시험해보고 싶은 게 있어.
유즈하를 잠깐 빌려줄래?"

"쿠우?"

티에라는 몸의 떨림을 억누르며 신을 바라보았다. 그녀의
눈빛에서 심상치 않은 결의가 느껴졌다.

"……알았어. 유즈하, 티에라를 부탁할게."

"쿠우!"

유즈하는 맡겨달라는 듯이 울더니 가볍게 물장구를 쳐서
티에라의 어깨 위로 올라탔다. 수중이었기에 무게는 거의 느
껴지지 않았다.

발밑에서도 카게로우가 자신의 존재를 어필했다.

"그러면 가자."

신 일행은 최대한 경계하면서 앞으로 나아갔다. 고스트 계

열 몬스터에게는 벽이 없는 거나 마찬가지였기에 그것들이 접근해올 때만 신과 슈니가 마법으로 날려버렸다.

"여기로군."

전투를 최대한 피한 덕분에 신 일행은 곧 알현실에 도착했다.

문 너머에는 통로를 배회하는 몬스터보다 큰 세 개의 반응이 존재했다.

"보스가 기다리고 있는 것 같군."

"원래는 아무것도 없었을 텐데, 역시『해저 신전』의 몬스터일까요?"

"글쎄. 거기는 어류 몬스터가 대부분이었으니까 말이지. 아무래도 지금 상황과는 맞지 않는 것 같아."

『해저 신전』에 등장하는 보스 몬스터는 어류나 갑각류 같은 해양 생물을 모델로 한 것이 대부분이었다. 스컬페이스와 팬텀 같은 언데드 계열 몬스터가 돌아다니는 이곳에서 그런 보스가 등장할 것 같지는 않았다.

"경계를 철저히 하면서 나아가는 수밖에 없소이다."

슈바이드의 말에 신도 고개를 끄덕였다. 지하로 가려면 알현실을 지나야 하니 좋든 싫든 보스를 상대할 수밖에 없었다.

알현실에 정말 입구가 존재하느냐는 근본적인 문제가 아직 남았지만, 그것도 직접 확인해보는 방법뿐이다.

"다들 준비는 됐지? 연다."

신은 다른 일행들을 물러나게 한 뒤에 힘을 주어 문을 당겼다. 그러자 문은 별다른 저항 없이 천천히 열리기 시작했다.

실내의 광경이 보이기 시작한 순간, 문 틈새에서 신 일행을 향해 시커먼 마기가 분출되었다.

"……!!"

불길이 역류하는 것처럼 폭발적인 기세로 뿜어져 나오는 마기였다. 지금까지 보던 것과는 비교도 되지 않을 만큼 위험해 보였다.

그것을 본 순간, 신은 장벽을 전개하며 뒤로 물러났다.

장벽에 가로막히며 분출된 마기의 기세가 일시적으로 가라앉았다. 마기에 잠식된 장벽은 금세 소멸되었지만 후퇴할 시간을 벌기에는 충분했다.

처음부터 최대한의 경계를 하던 신 일행은 그 뒤로도 빠르게 반응했다.

슈바이드가 새로이 전개한 장벽이 신 일행과 마기 사이를 차단했다.

"【정화】!!"

그리고 슈바이드의 장벽을 집어삼키듯 넓게 퍼지는 마기를 향해 신의 스킬이 작렬했다.

신의 손에서 뻗어 나온 빛에 닿은 마기가 순식간에 연기처럼 흩어졌다.

"이거야 뭐, 갑자기 요란한 인사를 해오는군."

"마기한테 예의를 기대할 수는 없는 법이오."

신은 슈바이드와 농담을 주고받으며 【정화】의 범위를 넓혀 나갔다. 추가로 소비되는 MP는 무시한 채로 알현실의 마기를 단숨에 걷어냈다.

마기 탓에 【암시】 스킬로도 어두워 보이던 실내가 【정화】의 빛을 받아 본래의 밝기를 되찾았다.

알현실에 누군가가 침입하면 수중에서도 사라지지 않는 불 꽃이 피어올라 시야가 확보되게 되어 있었다.

"반응의 정체는 저거였군. 마기의 파도는 맛보기였던 건 가."

마기의 베일을 걷어낸 신 일행의 눈앞에 크고 작은 무수한 인골이 모여 형성된 거대한 해골이 나타났다.

올려다봐야 하는 크기의 몸체가 희푸른 피륙 같은 것을 뒤 집어쓰고 있었다.

내부가 희미하게 비쳐 보였기에 온몸에 박힌 두개골의 시 커먼 눈구멍이 유난히 강조되었다. 마치 온몸에 무수한 구멍 이 나 있는 것 같았다.

그런 모습은 단순히 보는 것만으로도 생리적인 혐오감을 불러일으켰다.

게다가 해골이 걸친 로브도 문제였다.

얼핏 탁한 청색의 로브 같지만 유심히 살펴보면 반투명한 사람 모습의 무언가로 이루어져 있었다.

망자의 혼을 무수히 이어 붙여 만들었다고 하면 설명이 될 것이다.

신의 눈에 들어온 얼굴들은 전부 한탄과 슬픔, 절망 같은 부정적인 감정에 물들어 있었다.

─【트라%포&$아 레#8?9】.

"【애널라이즈】가 정상적으로 작동하지 않다니……?"

"겉모습과 읽을 수 있는 글자를 통해 추측해보면 트라이포포비아(Trypophobia, 환공포증을 의미한다─옮긴이)겠지. 이 정도로 크면서 이렇게나 징그럽다니, 좀 너무하잖아."

이름과 레벨이 이상하게 표시되는 것을 보고 슈니가 더욱 경계하자 신이 그녀의 어깨를 토닥여주며 말했다.

신이 아는 트라이포포비아는 몸길이가 3메르 정도로 마법에 대해 강한 저항력을 가진 몬스터였다.

물리 방어력은 높지 않았기에 거리만 좁히면 그렇게 힘든 상대는 아니었다. 날카로운 손톱이 달린 네 개의 팔을 이용한 후려치기 공격 정도만 조심하면 되었다.

그러나 현재 신 일행의 눈앞에 있는 트라이포포비아는 팔이 여섯 개에 손톱 끝에는 도깨비불 같은 희푸른 화염이 맺혀 있었다.

게임 시절의 트라이포포비아와 똑같이 생각했다간 큰코다칠 것 같았다.

원래 비어 있어야 할 눈구멍에서는 금색 불꽃이 타오르고 있었다.

—■■■■■■■■■■■■■■■■■■■■■■!!

트라이포포비아의 입에서 터져 나온 일그러진 비명이 그 불꽃처럼 맹렬하게 알현실 안에 메아리쳤다. 대부분의 상위 언데드 몬스터들이 사용하는【데드맨즈 하울】이었다.

그 비명은 명확한 의미가 담겨 있지 않았다. 하지만 상태 이상을 유발하는 그 스킬이 신 일행의 귀에는 마치 괴롭다고, 도와달라고 애원하는 소리처럼 들렸다.

죽어서도 해방되지 못하는 혼의 외침이 신 일행의 귀를 간지럽히며 등 뒤로 스쳐 지나갔다.

그러나 세 마리가 내지르는【데드맨즈 하울】로도 신 일행에게는 상태 이상을 유발하지 못했다.

"으으……."

다만 영적인 지각 능력이 예민한 티에라는 얼굴을 일그러뜨렸다. 신이 건네준 장비 덕분에 상태 이상에 빠지지는 않았지만 정신적인 부담이 엄청난 듯했다.

트라이포포비아와는 아직 거리가 떨어져 있었다.

티에라가 조금 더 버텨주길 바랄 수밖에 없었지만 그녀는 신의 염려를 씻어주듯이 머리를 가볍게 흔들고 한숨을 내쉬며 정면을 똑바로 주시했다.

"할 수 있겠어?"

"응. 이 정도로 주저앉을 수는 없어. 그리고 저 사람들을 해

방해줘야 해."

티에라는 트라이포포비아를 보며 말했다. 그녀의 얼굴에는 강력한 몬스터를 상대하는 것에 대한 조금의 두려움도 없었다.

"쓰러뜨리지 않고 약화하는 편이 나을까?"

"아니, 부담 없이 쓰러뜨려도 돼. 아마 붙잡힌 사람들을 구하기 전에는 아무리 쓰러뜨려도 소용없을 거야."

한 번 쓰러뜨려도 다시 부활할 거라고 티에라는 말했다.

"좋아, 그러면 통상 전투는 맡겨둬. 유즈하, 카게로우, 티에라를 잘 부탁해."

"쿠웃!!"

"그루앗!!"

두 신수의 울음소리를 뒤로하며 신 일행은 무기를 앞으로 겨냥했다. 티에라만이 기도하듯 두 손을 가슴 앞에 모으고 있었다.

"저쪽도 스킬이 효과가 없다는 걸 알아챈 것 같군."

팔을 높이 들어 올리는 트라이포포비아를 보며 신이 말했다.

신 일행이 대화를 나눌 만한 여유가 있었던 것은 트라이포포비아가 잠시 움직임을 멈추었기 때문이다.

지성을 갖춘 것처럼 보이지는 않았지만 고레벨 몬스터답게 자신이 사용한 스킬의 효과를 확인할 수는 있는 것 같았다.

신 일행이 멀쩡해 보이자 이번에는 물리 공격으로 쓰러뜨려야겠다고 판단한 듯했다.

"내가 먼저 가겠소."

트라이포포비아가 움직이기 시작한 것과 거의 동시에 슈바이드가 앞으로 달려나갔다. 방패를 내민 채로 돌격하는 속도는 물의 저항에도 불구하고 평소보다 빨랐다.

트라이포포비아는 몸의 구조 탓에 자력으로 이동할 수 없다. 따라서 적을 자신 쪽으로 이동시키는 스킬을 갖고 있었다.

슈바이드가 빨라진 것은 트라이포포비아가 사용한, 적을 끌어당기는 스킬【영원한 암흑으로의 초대】의 효과를 이용했기 때문이었다.

슈바이드가 달려오자 트라이포포비아도 화염을 두른 팔을 높이 쳐들었다. 슈바이드의 돌격에 맞춰 내리친 팔이 공중에 희푸른 궤적을 그리며 높이 든 방패와 격돌했다.

마치 금속끼리 부딪치는 듯한 굉음이 울려 퍼지며 슈바이드의 움직임이 멈췄다.

세 개의 팔을 방패만으로 막아낼 수는 없었기에 슈바이드는 공격 차단 장벽을 전개하며 도합 열다섯 개에 이르는 손톱을 전부 받아냈다.

그 위력을 증명하듯이 갑반에 싸인 슈바이드의 다리가 바닥을 움푹 팠고 돌바닥에도 점점 금이 벌어졌다.

"불꽃인 줄 알았지만 열이 느껴지지 않소. 이건 냉기 같소 만."

슈바이드가 방패와 장벽 너머로 느낀 것은 상대를 불태우는 열기가 아니라 차갑게 얼어붙이는 냉기였다.

불꽃처럼 보였던 것은 얼어붙자마자 부서지며 녹는 바닷물 때문이었다.

마력의 영향일까? 아니면 트라이포포비아의 스킬인 걸까?

완전히 얼어붙지도 않고 차갑게 타오르는 그것의 정보를 슈바이드가 즉시 모두에게 알렸다.

"냉기라면 이건 어때?!"

이번에는 필마가 다른 개체를 노리고 공격해 들어갔다.

손에 움켜쥔 『홍월』이 진홍색 불꽃을 내뿜었고, 상대가 내리친 손톱에 닿은 순간 유리 깨지는 소리와 함께 그대로 손목까지 부서져버렸다.

"약점은 불꽃이 확실해!"

필마가 크게 외치며 몸을 비틀어 다른 팔을 공격하기 시작했다.

그와 거의 동시에 슈니가 마지막 트라이포포비아 옆을 빠져나갔다.

등 뒤로 돌아간 슈니가 몸을 돌리며 상대의 반격을 경계했다. 그러나 상반신의 절반을 베인 트라이포포비아의 팔은 슈니에게 닿지 않았다.

"슈바이드!"

"알겠소이다!"

이심전심이었다.

슈니의 자세한 지시 없이도 슈바이드는 즉시 방패 무예 스킬【넉 무브】를 발동하며 트라이포포비아의 오른팔에서 벗어났다.

방패와 동등한 방어력을 가진 장벽을 순식간에 전개하고, 그것을 미끼 삼아 잔상이 남을 만큼 빠르게 후퇴하는【넉 무브】는 탱커의 긴급 회피와 거리 조절에 사용된다.

후퇴한 슈바이드와 교대하듯이 슈니의 마법이 작렬했다.

10세메르 정도의 빛이 팔에 하나씩 뻗어나갔다. 그리고 3초 뒤에 팔의 안쪽에서 불꽃이 뿜어져 나오며 폭발했다.

화염 마법 스킬【마테리얼 봄머】.

명중된 부위를 즉석 폭탄으로 만드는 독특한 스킬이었다. 단, 폭탄으로 만들 수 있는 것은 무생물에 한정된다.

"레벨 800대치고는 너무 약한 것 같은데……."

슈바이드를 땅에 묶어둔 완력은 분명 엄청났다. 하지만 약점을 알아낸 뒤에 너무 쉽게 쓰러지자 슈니는 의아함을 느꼈다.

그렇게 생각하는 슈니의 눈앞에서 신이『무월』을 허리 높이에서 겨냥하고 있었다.

양팔이 파괴된 트라이포포비아가 최후의 발악인지 알아들

을 수 없는 포효를 내질렀다.

그 순간, 포효에 반응하듯이 상반신을 지탱하는 토대 부분에서 뼈를 이어 만든 촉수가 뻗어 나왔다. 그리고 손톱 끝에 맺혀 있던 희푸른 불꽃이 공중에도 출현했다.

"비장의 무기인가."

게임에서는 볼 수 없었던 공격 수단이 하나둘씩 나타났지만 신은 전혀 동요하지 않았다.

보스 몬스터가 예상외의 공격을 해오는 것 정도는 게임에서 일상다반사였다. 그러나 신의 공격을 막아내기에는 아직도 역부족이었다.

화살처럼 빠르고 날카로운 뼈 촉수를 슈바이드가 튕겨냈고 날아드는 불꽃을 슈니와 필마가 칼로 흩트렸다.

그리고 세 사람은 동시에 신의 공격 범위 밖으로 벗어났다.

"흡!!"

그들이 있던 공간을 신이 내쏜 검기가 가로질렀다.

새로운 뼈 촉수와 불꽃들이 출현했지만 제대로 된 저항도 못 해본 채로 잘려나갔다.

마지막으로 팔과 손톱을 내밀어 막아내려던 트라이포포비아의 몸이 통째로 두 동강 나고 말았다.

이어서 발사된 날카로운 검기가 뼈로 이어 만든 두개골을 위아래로 절단했다.

검술/신성 마법 복합 스킬【재앙 베기】.

언데드와 마기를 무찌르는 힘이 담긴 검기에 트라이포포비아가 저항할 수 있을 리 없었다.

공격은 그것으로 끝나지 않았고 검기가 지나간 직후에 슈니, 필마, 슈바이드가 각자의 무기로 추격타를 가했다.

슈니의 『창월』, 필마의 『홍월』, 슈바이드의 『지월』이 위아래로 절단된 두개골과 몸체를 좌우로 갈랐다.

신이 검기를 발사한 지 몇 초 뒤에 4등분된 트라이포포비아가 천천히 쓰러졌다.

눈구멍에서 타오르던 불꽃이 사라지고 뼈의 접합이 풀리며 무너지는 모습은 마치 트라이포포비아가 모래로 흩어지는 것처럼 보였다.

"티에라, 어때?"

"구속이 느슨해졌어. 시작할 테니까 만약을 위해 방어를 부탁해."

티에라는 그렇게 말하며 가슴 앞에 모은 손을 풀고 양팔을 좌우로 펼쳤다. 그녀의 입에서 천천히 멜로디가 흘러나왔다.

그것은 사로잡힌 사람들을 해방하고 빛이 내리쬐는 장소로 인도하는 장송곡이었다.

가사는 없었다. 목소리의 높낮이와 강약만을 사용해서 음을 이어나가고 있었다.

마기에 잠식된 탁한 물 위로 티에라의 선율이 울려 퍼졌다.

"이건……."

변화가 일어난 것은 티에라가 노래를 시작한 지 몇 초가 지나서였다. 밝고 깨끗한 빛이 알현실 안을 채우기 시작했다.

그 빛은 자동으로 타오르는 알현실의 불꽃보다도 밝고 따뜻하게 느껴졌다.

티에라의 몸이 신비하게 빛나는 광경에 다른 일행들도 숨을 멈추고 지켜보았다.

"쿠우~."

"그루루."

옆에서 호위하던 두 신수도 티에라에게 동조하듯 울기 시작했다.

유즈하는 꼬리를 부채꼴로 펼쳤고 카게로우는 이마의 뿔이 깜빡거렸다. 두 신수 모두 온몸이 희미하게 빛나고 있었다.

그러나 그 빛을 조용히 지켜보지 못하는 존재가 있었다.

"—지금은 잠자코 있는 게 매너라고."

뒤를 돌아본 신의 눈앞에서 무너져 내렸던 트라이포포비아의 몸이 역재생된 화면처럼 원래대로 복구되고 있었다.

뼈가 다시 결합되어 커다란 해골을 이루었고 그 위로 고통에 울부짖는 영혼들의 로브가 덮였다. 트라이포포비아는 세 마리 있었지만 부활을 시도하는 건 한 마리뿐이었다.

이대로 방치해두면 10초도 지나지 않아 되살아날 것이다. 물론 신 일행이 그것을 잠자코 지켜볼 리는 없었다.

"【이그나이트 레드】!"

신이 트라이포포비아를 가리키자 형태를 이루던 몸체에 갑자기 불이 붙었다.

트라이포포비아를 불태운 것은 일정 범위 내에서 사용자가 지정한 속성의 공격을 한 점에 가하는 스킬이었다. 흔히 이그나이트 시리즈라고 불린다.

레드는 화염, 블루는 물인 방식으로 이름을 통해 속성을 알 수 있었다.

바닷속에서는 언데드에게 유효한 화염 마법 스킬의 효과가 내려가지만 신의 능력치라면 지상과 크게 다르지 않은 화력을 낼 수 있었다.

재생되던 두개골이 재로 변했고 들어 올리던 팔이 불타며 떨어졌다.

화염은 기세를 계속 유지하면서 트라이포포비아의 몸을 따라 이동하더니 토대를 이루는 뼈와 영체(靈体) 덩어리까지 도달했다.

본체의 공급원으로 보였던 그것도 신의 화염에 의해 깨끗이 불타버렸다. 불이 휩쓸고 간 뒤에는 약간의 재만 남았을 뿐이다.

트라이포포비아는 몸을 아무리 불태워도 사방에서 뼈가 모여들어 다시 재생된다. 그러나 재생 능력이 아무리 강해도 그 전에 쓰러뜨린다면 무서울 것이 없었다.

【이그나이트 레드】를 연사해야 했지만 MP가 소모되는 속도

보다 자동으로 회복되는 속도가 더 빨랐기에 MP 부족을 걱정할 일은 없었다.

한동안 뼈를 태우는 작업을 반복하자 재생 속도가 점점 느려지는 것이 보였다.

"상태가 바뀌기 시작했네요."

출현하는 뼈의 양이 적어지고 해골을 뒤덮은 영체 로브도 얇아진 것을 슈니도 알아챈 것 같았다.

"맞아. 그리고 저 녀석의 몸에서 무언가가 새어 나오는 것 같아."

자세히 보면 트라이포포비아의 몸과 토대 부분에서 작은 빛이 아지랑이처럼 피어올랐다가 사라져갔다.

티에라의 힘으로 알현실은 3분의 2 이상이 빛에 뒤덮여 있었다. 그 영향 때문인지 재생 능력이 눈에 띄게 약해져 있었다.

—■■■■■■■■■!!

이대로 가면 소멸한다는 것을 깨달았는지 트라이포포비아가 절규하듯 크게 입을 벌리며 재생 중인 몸을 뒤로 젖혔다.

오른쪽 절반이 사라진 두개골의 눈구멍에서는 금색 화염이 강하게 타오르고 있었다.

마기를 정화하는 티에라와 【이그나이트 레드】를 연사하는 신 외에는 다들 대기 중이었기에 그것을 가만히 보고만 있을 리는 없었다.

슈바이드는 티에라 앞에 서서 방어를 굳혔고 슈니와 필마가 트라이포포비아를 향해 달려나갔다.

바닷속에서도 물의 저항 없이 움직일 수 있는 이동 무예 스킬【수뢰(水雷)】를 사용해 단숨에 거리를 좁혔다.

"필사적으로 저항하는 게 너무 늦었네요."

"발버둥쳐봐야 소용없어!"

슈니는 백은색 눈보라를 두른 『창월』을 왼손에 잡았고, 필마는 금색 화염을 두른 『홍월』을 어깨에 걸치듯 겨냥했다.

"받아라."

슈니와 필마의 목소리가 겹쳐졌다.

그와 동시에 트라이포포비아의 몸 위로 백은색 검기와 황금색 검기가 교차했다.

반짝이는 작은 눈보라와 전부 태워버릴 기세의 불꽃, 그 둘이 마기를 얼려버리기 위해 트라이포포비아의 중심에서 하나로 모아졌다.

4종 혼성 복합 스킬【신화동왕인(神火凍王刃)】이었다.

검술과 물 마법의 복합 스킬, 그리고 검술과 화염 마법의 복합 스킬을 동시에 사용하여 발동되는 특수한 복합 스킬이었다. 보스나 대형 몬스터를 상대로 싸울 때의 결정타로도 자주 쓰인다.

공격을 받아 넷으로 분할된 트라이포포비아는 지면에 떨어진 뒤에도 시간이 정지된 것처럼 움직이지 않았다.

백골이라 알기 힘들지만 자세히 보면 몸 전체가 얼어붙어 있었다.

그리고 트라이포포비아가 지면에 떨어지고 몇 초가 지나자 몸에서 황금색 화염이 뿜어져 나왔다. 얼어붙은 트라이포포비아를 마기 정화 효과가 있는 신성한 불꽃이 불태웠다.

단순히 태우기만 하는【이그나이트 레드】와 달리【신화동왕인】의 불꽃은 약간의 재도 남기지 않았다.

모든 것이 불타버리고 재마저도 사라졌을 때 티에라의 입에서 흘러나오는 노랫소리가 한층 커졌다.

그에 호응하듯이 트라이포포비아가 있던 곳에서 전투 중에 새어 나오던 것보다도 커다란 빛이 하나둘씩 위로 떠올랐다.

처음엔 한 손으로 셀 수 있었던 빛의 입자는 점점 숫자가 불어나더니 몇 초 만에 눈부신 물결이 되어 바다 위로 사라졌다.

"하아…… 이제…… 괜찮아……."

"방금 그게 해방된 혼들이야?"

"응. 여기엔 이제 아무도 없어."

신은 어깨를 들썩이며 숨을 몰아쉬는 티에라를 진정시키고 빛이 사라진 쪽을 올려다보았다.

빛은 『심해 고성』의 천장을 빠져나가 지금은 전혀 보이지 않았다.

"저게 영혼의 반짝임이라는 건가."

"응, 맞아. 하지만 원래의 반짝임은 저런 정도가 아냐."

긴 시간 동안 사로잡힌 탓에 약해진 거라고 티에라는 말했다.

세계수의 무녀였을 때 느꼈던 선조들의 혼은 방금 본 것과 비교도 안 될 만큼의 빛과 열기를 가졌다고 한다.

"자, 보스를 쓰러뜨린 건 좋지만 던전 입구는 무사하려나?"

신은 티에라의 회복을 기다리는 동안 트라이포포비아가 버티고 있던 장소를 조사해보기로 했다.

【애널라이즈】의 표시가 통상 몬스터와 달랐기에 뭔가가 남아 있을 거라고 생각했던 것이다.

"보석이군."

금세 눈에 들어온 것은 예전에 베일리히트에서 싸웠던 레어 몬스터 스컬페이스 · 로드와 비슷한 크기의 보석이었다.

깊은 청색을 띠는 것은 물 속성이라는 증거였다. 감정을 해봐도 최상급 아이템이라는 것 말고는 특이한 점이 없었다. 표시되는 글자도 깨지지 않았다.

"뭔가 알아냈나요?"

"아니, 딱히 이상한 점은 없어. 보석도 전에 본 적이 있는 종류고."

트라이포포비아가 있던 장소에는 보석 말고 아무것도 떨어져 있지 않았다. 게임 시절처럼 무기나 제작 재료를 떨어뜨리지는 않는 모양이었다.

일단 바닥도 조사해봤지만 역시 이렇다 할 변화는 없었다.

신은 슈니와 함께 옥좌를 조사해보기로 했다. 신의 기억이 맞다면 그곳에 던전 입구가 있었다.

"분명 옥좌 뒤쪽에 스위치 같은 게…… 어, 있네."

신은 옥좌에서 오목한 부분을 발견하고 함정이 없음을 확인한 뒤 그곳을 깊이 눌렀다.

그러자 바위가 쓸리는 소리와 함께 옥좌가 바닥째로 옆으로 밀려났다.

그곳에 나타난 것은 지하로 이어지는 계단이었다. 통로의 폭이 좁아서 슈바이드가 간신히 통과할 수 있는 정도였다.

"지하로 가는 통로를 찾아냈어. 갈 수 있겠어?"

"응. 그렇게까지 지친 것도 아니니까 괜찮아."

티에라의 HP와 MP는 완전히 회복된 상태였다. 안색도 나쁘지 않아서 무리하는 것처럼 보이지는 않았다.

"좋아, 내려가자."

일행은 『심해 고성』의 지하 던전에 들어섰다.

선두는 슈니였고 이어서 슈바이드, 필마, 티에라, 신의 순서였다. 유즈하와 카게로우는 티에라와 붙어 있었다.

좁은 계단을 5분 정도 내려가자 표면이 거친 동굴 같은 장소가 나타났다. 통로 폭도 넓어지면서 세 사람 정도라면 동시에 전투를 치를 수도 있을 것 같았다.

"【암시】 없이는 1메르 앞 정도밖에 안 보이네."

티에라가 통로 너머를 바라보며 말했다. 시야를 확인하기 위해 고글을 잠시 벗은 것 같았다.

지하의 마기는 지상보다 짙었다. 만약을 위해 영약을 다시 복용해두기로 했다.

"생각보다 몬스터가 적은데, 마기 오염이 진행되면 이게 보통인 건가?"

습격해오는 몬스터를 몇 번 격퇴한 뒤에 필마가 궁금하다는 듯이 말했다.

"던전의 몬스터는 번식으로 늘어나는 게 아니니까 말이지. 새로 생성되지 않거나 키메라가 된 거 아닐까?"

신이 주변 기척을 살피며 대답했다.

어디까지나 추측에 불과했기에 아래층에 몬스터들이 잔뜩 모여 있을 가능성도 있었지만 신이 느끼기에는 일반적인 던전 공략과 크게 다르지 않았다.

"어느 쪽이든 방심은 할 수 없소."

슈바이드가 그렇게 말하며 돌격해오는 몬스터를 방패와 할버드로 튕겨냈다.

사거리로 된 통로에 도착했을 때 좌우에서 협공을 받은 것이다.

튕겨나간 것은 머리 부분이 쇳덩어리처럼 변한 꽁치 모양 몬스터, 매그넘 피시였다.

레벨은 600~650 정도로 움직임이 상당히 재빠르기 때문에,

처음 상대할 때 돌진 공격에 큰 대미지를 입는 것이 플레이어들의 통과 의례였다.

머리를 제외한 부위의 방어력은 낮기 때문에 공격을 피하거나 막아낼 수만 있다면 쉽게 해치울 수 있었다. 반면에 돌진 공격을 정통으로 맞으면 마법사와 사냥꾼처럼 방어력이 낮은 직업은 대부분 즉사할 정도였다.

"아, 안 보였어⋯⋯."

"기습 공격이니까 말이지."

신도 직격을 맞아 물속에서 나동그라졌던 경험이 있었다.

"【직감】스킬로 조짐을 느낄 수는 있어."

"난 감각을 강화하는 스킬이 거의 없잖아."

티에라도 몇 가지 스킬을 익히기는 했지만 아직 양손으로 셀 수 있을 정도였다.

그런 그녀가 매그넘 피시의 공격을 피하려면 최대한 사선(射線)에서 벗어나거나 차폐물 사이로 도망칠 수밖에 없다. 그것으로도 안 된다면 남은 방법은 직감에 의존하는 것뿐이다.

"걱정 마시오. 우리가 있는 한 몬스터는 티에라 공에게 가지 못하오."

"맞아, 맞아. 우리만 믿고 따라오면 돼."

좁은 통로에서는 공격해오는 방향도 한정된다. 그런 쉬운 상황에서는 절대 몬스터를 통과시키지 않겠다는 듯이 슈바이드와 필마가 분발하고 있었다.

"그러면 먼저 가겠습니다."

함정 간파 스킬을 가진 슈니가 앞장서서 통로를 조사해나갔다.

아직 위층이지만 바닷속의 고레벨 던전인 만큼 신중히 나아갈 필요가 있었다.

육지 던전과 수중 던전의 가장 큰 차이는 함정의 종류였다.

통로 전체가 물에 잠겨 있기 때문에 천장이 열리며 빨려 들어가거나 독액이 퍼진다면 피하기가 쉽지 않다.

또한 그런 함정을 통해서만 통과가 가능한 경우도 있었기에 육지보다는 수중 던전의 난이도가 높다고 알려졌다.

"문제없는 것 같군. 가자."

신이 슈니와 심화로 연락하며 말했다. 중간에 일정 범위 내의 물을 전부 얼려버리는 함정을 발견했을 때는 티에라가 '저런 걸 어떻게 피해……'라며 한숨을 쉬었다.

습격해오는 몬스터는 처음 장담한 대로 슈바이드와 필마가 격멸하고 있었다.

바닷속에서도 기세가 꺾이지 않는 『홍월』의 불꽃은 【인챈트 · 마나 파이어】덕분이었다.

맹렬히 불타오르는 것처럼 보여도 사실은 시각적인 위협 효과에 불과했다. 공격이 명중되었을 때만 효과를 발휘하면서 상대를 불태운다.

시간 제한이 아닌 공격 횟수 제한이 걸려 있기 때문에 필마처럼 일격에 적을 쓰러뜨릴 경우는 무척 효과적이었다.

"이 앞은 막혀 있는 것 같아요."

정찰 겸 지형 탐색에서 돌아온 슈니가 고개를 가로저으며 말했다.

신은 게임 시절에 고레벨용이거나 유명한 던전의 지도를 거의 다 완성했다. 하지만 『심해 고성』의 지도 역시나 깨끗이 사라진 상태였다.

그래서 처음부터 다시 지도를 채워나갈 수밖에 없었다.

『심해 고성』은 옆으로 넓은 던전이었기에 【마력 탐지】로도 한 층의 절반 정도밖에 파악할 수 없었다.

갈림길이 나오면 한쪽은 신, 다른 쪽은 슈니가 맡는 식으로 분담해서 작업하고 있었지만 그럼에도 상당한 시간이 걸렸다.

"이건 한 번의 공략만으로는 힘들겠네."

"그렇겠지. 뭐, 던전이란 건 원래 며칠에 걸쳐서 탐색하는 거니까 히노모토 때처럼 한 번에 끝나는 경우가 오히려 드물잖아."

신은 게임 때 고생했던 기억을 떠올리며 지금까지가 너무 순조로웠던 거라고 타일렀다.

최근에 탐색했던 『염옥의 최심부』와 『시체의 역계』에서는 한 번의 공략만으로 목적을 달성했지만 원래는 그 두 곳도 여러 번의 공략이 필요한 던전이었다.

"어딘가에 제대로 된 거점이라도 만들까? 역시 이런 곳에서 텐트를 치고 쉬는 건 조금 그렇잖아."

"이렇게 마기가 짙은 곳에서 쉬고 싶지 않다는 건 잘 알아. 전송 마법으로 탈출할 수 있으면 꽤나 편했을 텐데 말이지."

지금까지도 몇 번 시도해봤지만 던전에서 탈출할 수 있는 중급 결정석은 물론이고, 특수한 지역에서 탈출할 수 있는 상급 결정석까지 사용이 불가능했다.

마기의 영향을 받은 던전에서는 늘 그랬는데 그것이 마기 때문인지, 아니면 다른 이유가 있어서인지는 알 수 없었다.

"시도만이라도 해볼까. 다들 잠깐 내 주위로 와줘."

결정석을 사용한 순간 이동은 사용자를 중심으로 반경 5메르 이내의 플레이어, 몬스터에게만 적용되었다. 불리한 상황에서 전송 마법으로 도망치는 것을 막기 위해 몬스터까지 따라오는 것이다.

같은 파티로 편성된 플레이어라도 효과 범위 내에 없으면 따라올 수 없었다.

모두가 범위 내에 있는 것을 확인한 신은 전송 마법을 발동했다. 목적지는 『심해 고성』의 입구, 삼해마의 카드를 끼웠던 문 앞이었다.

"……순간 이동이 됐는데요."

"그렇……군."

결정석에 담긴 마법을 발동한 직후에 슈니가 주위를 돌아보며 말하자 신도 조금 당황하며 대답했다.

당연히 불발일 거라고 생각하고 있었다. 하지만 예상과 달리 신 일행의 눈앞에는 『심해 고성』의 문이 나타나 있었다.

미니맵을 확인해봐도 위치는 분명했다.

"어떻게 된 거야? 지금까지는 전송이 안 됐잖아."

"두 던전이 서로 섞인 것과 무슨 관계가 있지 않겠소이까?"

필마와 슈바이드가 전송이 성공한 이유를 추측하고 있었다. 하지만 관련 정보가 너무 적어서 결론이 나지 않았다.

"이제 어떻게 할 거야? 지금 다시 들어가도 그렇게 많이 내려가진 못할 것 같은데. 그리고 이제 슬슬 시간도 빠듯하잖아."

"맞아. 어떻게 전송이 성공했는지는 모르겠지만, 일단 된다는 걸 알아낸 것만으로도 충분한 수확이야. 지도가 있으니까 오늘 갔던 지점까지는 최단 거리로 도달할 수 있잖아. 오늘 공략은 여기까지 하자."

티에라는 사로잡힌 혼들을 해방하는 큰일을 해냈기에 무리하게 움직이고 싶지 않았다.

신 일행은 아이템 박스에 넣어두었던 마도 선박을 실체화하고 안으로 들어갔다.

장비를 수중 형태에서 일반 상태로 되돌린 뒤 식사를 하기로 했다.

조리실은 따로 없었기에 신이 배의 일부를 변형해 부엌 겸 식당을 만들어냈다. 그 밖에도 각자의 방과 욕실 등도 설정해 두었다.

"이번 던전은 왠지 지금까지 가본 곳과 조금 다른 것 같아 요."

재설정으로 마련된 부엌에서 부글부글 끓는 냄비를 보며 슈니가 말했다.

티에라와 필마는 욕실에 들어갔고 유즈하와 카게로우도 함께였다. 슈바이드는 방을 보고 온다며 나간 뒤였다.

슈니가 요리하는 모습을 가만히 의자에 앉아 지켜보던 신은 그 말의 의미가 신경 쓰였다.

"다르다니, 어떤 식으로 말이야?"

"왠지 모르게 가슴이 술렁이는 것 같은, 말로 표현하기 힘든 느낌……이라고 하면 설명이 될까요?"

슈니는 가슴에 손을 대고 흐린 표정으로 말했다.

"그 느낌과 비슷한 것 같아요."

"무슨 느낌 말이야?"

명확하게 언급하지 않는 슈니에게 뭔가 짚이는 것이라도 있느냐고 신이 물었다. 그러자 슈니는 뒤를 돌아보며 곤란한 듯 웃었다.

"신이…… 돌아오지 않을지도 모른다고 생각하던 때의 느낌과 비슷한 것 같아요."

"내가?"

무슨 말이냐고 묻기도 전에 슈니가 가까이 다가왔다.

그녀는 가만히 신의 오른손을 잡아 자신의 뺨에 갖다 댔다.

"……마음이 편해져요."

은색 머리카락, 푸른 눈동자, 신비함을 느끼게 하는 하얀 피부까지. 슈니의 외모는 차가운 인상을 줄 때도 있었지만 뺨에 닿은 손에서는 확실한 온기가 전해져왔다.

"슈니……."

"신을 기다리는 동안, 저는 몇 번이고 신이 돌아오지 않을지도 모른다고 생각했어요. 이대로 시간만 흘러가서 언젠가는 저도, 제 마음도 사라져버릴지도 모른다고요. 그런 생각이 드는 날에는 잠을 이루지 못하고 아침을 맞곤 했어요."

"……."

신은 어떻게 대답해야 좋을지 알 수 없었다. 슈니의 말은 어쩌면 현실이 되었을지도 모르기 때문이다.

"역시 틀림없네요."

아무 말 없이 가만히 있자 잠시 뒤에 슈니가 단호히 말했다.

"이렇게 이야기를 하니까 확실해졌어요. 그때 느낀, 몸속에서 무언가가 빠져나가는 듯한 감각이오. 『심해 고성』에 들어가 있는 동안에 저는 그걸 느꼈던 것 같아요."

"그랬……구나."

상실감.

무력감.

대충 그런 감정일 것이다.

하지만 어째서 그것을 『심해 고성』에서 느꼈던 것일까?

"……나…… 때문인가?"

슈니의 감정과 연관된 사람은 다름 아닌 신이었다.

"하지만 딱히 짚이는 건 없는데?"

"그건 저도 모르겠어요. 다만……."

슈니는 뭔가 생각난 것이라도 있는지 이야기를 꺼내려다가 말끝을 얼버무렸다.

"다만 뭔데?"

"그냥 제 추측이에요. 『심해 고성』 안쪽에 신이…… 돌아가기 위한 무언가가 있을지도 모르겠어요."

슈니는 중간에 망설이듯 눈을 내리깔며 말했다.

"……그래. 그랬던 거구나."

이야기를 들어보니 이해가 갔다. 그녀가 느낀 상실감의 원인은 굳이 생각하지 않아도 알 수 있었다.

"안심해줘."

"……!"

신은 의자에서 일어나며 슈니의 손을 잡아당겼다. 상대가 신이기 때문인지 슈니는 저항하지 않았다.

"저기, 신?"

"돌아갈 방법이나 수단 같은 걸 찾아내더라도 금방 사라지는 일은 없을 거야. 그리고 이런 시점에 말하는 건 비겁할지도 모르지만, 이쪽 세계에 남아도 괜찮을 거라는 생각이 들어."

"……?! 그게…… 정말인가요?!"

잠시 넋을 놓았던 슈니의 표정이 순식간에 바뀌었다. 신의 양어깨를 붙잡고 다짐을 받으려는 듯이 눈을 똑바로 바라보며 다그쳤다.

"그래, 정말이야. 애초에 나 같은 처지는 돌아가지 못할 확률이 더 높다고."

확실한 이론과 기술을 토대로 소환된 거라면 돌아갈 가능성도 있을 것이다.

하지만 신처럼 영문도 모르는 상태로 차원 이동해왔으면서 돌아갈 수 있다고 믿는 것은 지나친 낙관이었다.

신이 마지막으로 봤던 것은 문이 열리는 광경이었다. 게임에서는 일어날 리 없는 의미 불명의 상황이다.

"꼭 그래서 그런 건…… 아니, 슈니?!"

변명 같다고 생각하며 뺨을 긁적이던 신의 말이 끝나기도 전에 슈니의 뺨 위로 투명한 물방울이 흘러내렸다.

"슈, 슈니?! 괜찮아?"

설마 울 줄은 몰랐던 신이 동요했다.

"죄송해요. 신이 직접 그렇게 말해준 게 생각보다 훨씬 기

뺐나 보네요……."

슈니가 눈물을 닦으며 웃었다. 그런 모습을 보자 신도 가슴이 아팠다.

남아도 괜찮겠다고 생각하는 건 사실이었다. 다만 반드시 남겠다는 결의와는 분명 달랐다.

돌아갈 방법을 모른다는 현실적인 문제를 차치하더라도, 원래 살던 세계와 슈니에 대한 마음은 신의 가슴속에서 늘 충돌하고 있었다.

"그런 얼굴 하지 말아주세요. 가능성이 있다는 것만으로도 저에게는 더할 나위 없이 좋은 소식인걸요. 신의 그런 마음을 반드시 확실하게 바꿔 볼게요."

슈니는 신의 내심을 알아차렸는지 눈물 자국이 남은 얼굴로 미소 지었다. 그것은 신이 지금까지 본 것 중에서도 가장 아름다운 미소였다.

"슈니는 강하구나."

"당연하죠. 당신을 사모하는 여자니까요!"

"그, 그래."

감탄하는 것도 잠시, 너무나도 직설적인 말에 신은 당황하고 말았다.

"이, 이제 충분히 익었겠죠. 지금쯤 목욕도 끝났을 테니까 필마와 티에라를 불러와 주시겠어요?"

방금 전의 발언이 아무래도 부끄러웠는지 슈니도 뺨이 붉게 상기되어 있었다.

신은 알겠다고 대답하고 통로 쪽을 돌아보았다.

그리고 그제야 자신들을 지켜보던 두 사람의 시선을 발견했다.

"……이봐, 너희들 어디부터 본 거야?"

시선의 정체는 필마와 슈바이드였다. 둘 다 통로에서 얼굴만 내민 채로 부엌 안을 들여다보고 있었다.

필마는 그렇다 쳐도 슈바이드가 통로에 숨어 훔쳐보는 것은 약간 낯선 광경이었다.

"중요한 부분은 다 봤어!"

"맞소. 재현하자면 그— 안심해줘."

슈바이드가 필마를 끌어안았다. 그러자 필마도 과장된 표정과 몸짓으로 대답했다.

"저기, 신?"

"돌아갈 방법이나—."

"재현하지 말라고오오오오오오오오!"

신은 절규했다.

거기냐, 거기서부터 보고 있었던 거냐!

"우리가 있다는 것도 모를 만큼 두 사람만의 세계에 빠져들었다는 얘기지. 부러워라."

"왔으면 왔다고 말했어야지!"

"그런 상황에서 눈치 없이 찬물을 끼얹을 수야 없지 않겠소이까."

"조용히 훔쳐보는 게 훨씬 눈치 없다고!"

슈니의 도움을 요청하기 위해 신이 고개를 돌렸지만 슈니는 아무 말도 들리지 않는다는 듯이 냄비만 들여다보고 있었다.

이쪽에서 하는 이야기를 못 들었을 리는 없었다. 그 증거로 목덜미부터 귀까지 새빨갛게 달아올라 있다.

"저기…… 무슨 일이라도 있었어?"

티에라가 카게로우와 유즈하를 데리고 들어와 그렇게 물어볼 때까지 부엌 안은 혼돈의 도가니에 빠져 있었다.

경계의 수호자 | Chapter 4

시간이 지나 다음 날이 왔다.

신 일행은 다시금 『심해 고성』의 문 앞에 서 있었다.

"흠, 가능하다면 오늘 중에 끝내고 싶군."

"그러네요. 시간을 낭비하지 말고 나아가죠."

어제 일로 불안이 조금은 가셨는지 슈니는 평소보다 훨씬 의욕적이었다.

그런 슈니에게 영향을 받은 것처럼 필마와 슈바이드의 안색도 평소보다 좋아 보였다.

"—저기, 신. 어제 내가 갈 때까지 정말 아무 일도 없었던 거야?"

"그건 이미 설명했잖아. 어쩌면 이곳에 나와 관련된 무언가가 있을지도 모른다고."

"그런 것치고는 스승님이나 필마 씨의 태도가 이상하지 않아?"

"그냥 기분 탓이야. 음, 진짜로."

"……수상해."

티에라가 물끄러미 바라보자 신은 식은땀을 흘리며 표정을 최대한 관리했다.

슈니가 어제 느낀 것에 대해서는 이미 모두에게 알린 뒤였다.

그러나 슈니를 끌어안고 울리기까지 한 부분까지 말할 수는 없었다. 필마와 슈바이드에게 들켰던 것도 없었던 일로 하고 싶었다.

"뭐, 굳이 깊이 캐물으려는 건 아냐. 하지만 정말로 중요한 일은 숨기면 안 돼. 나도 내 가장 큰 비밀을 이야기해줬으니까."

"알아. 중요한 부분은 전부 이야기했다고. 일단 슈니 혼자 그렇게 느꼈을 뿐이고 다른 멤버들은 아니었어. 나도 그렇고. 티에라는 마기 외에 뭔가 느껴지는 게 있어?"

"마기가 너무 짙어서 다른 감각이 둔해진 것 같아. 하지만, 글쎄. 불안한 거야 언제나 그렇지만, 그리고 보니 뭔가가 확 잡아당기는 느낌이 드는 것 같기도 하네."

티에라는 문 너머에서 일렁이는 마기를 보며 말했다.

티에라의 감각이 예리한 것은 신도 잘 알고 있었다. 그렇기에 잡아당겨진다는 말을 듣고 의아하게 생각했다.

"슈니는 내가 사라질 것 같은 느낌이 들고, 티에라는 잡아당겨지는 느낌이 드는 건가."

잡아당겨지는 것이 신이었다면 슈니의 예상을 뒷받침하는 것으로 해석할 수도 있겠지만, 티에라는 자신이 당겨지는 느낌을 받았다고 한다.

그렇게 되자 신도 영문을 알 수 없었다.

"여기서 아무리 고민해봐야 의미 없어. 가보면 알게 될 거야."

"맞소. 뾰족한 수는 없는 것 같소이다."

고개를 갸웃거리는 신의 등을 필마와 슈바이드가 밀어주었다. 아무리 생각해봐야 정답이 나오는 문제가 아닌 것이다.

"그래. 직접 가서 확인하는 수밖에 없겠지."

신 일행은 어제와 마찬가지로 『성천의 영약』을 복용한 뒤 던전에 진입했다.

중간까지는 지도를 보고 단숨에 나아갔고 지도가 끊긴 곳부터는 신과 슈니가 심화로 연락을 주고받으며 빠르게 탐색해나갔다.

그리고 던전을 나아가는 동안 슈니가 이상한 점을 발견했다.

"키메라가 없네요."

"그러네. 제법 내려왔는데, 조금 이상해."

"마기에 잠식된 몬스터도 안 보여요. 던전이 이 정도의 마기에 잠식되었는데도 몬스터가 무사하다는 게 묘하네요."

중간층을 넘은 뒤에도 마기에 잠식되거나 감염된 몬스터가 한 마리도 나타나지 않았기에 신도 의아하게 받아들일 수밖에 없었다.

시야를 방해하는 마기가 없다면 평범한 던전과 다를 것이 없었다.

"지금까지 공략했던 던전과는 뭔가가 다른 걸까? 슈니와 티에라가 느낀 감각도 그게 원인이고?"

"그럴지도 모르죠. 트라이포포비아의 표시가 이상했던 것도 마기와 다른 무언가의 영향 때문인지도 몰라요."

마기의 영향을 받는다고 【애널라이즈】 표시에 오류가 생기지는 않는다.

신도 그것이 게임 세계가 현실로 바뀐 영향일지도 모른다고 생각해왔다.

그러나 던전의 몬스터 상태를 생각해보면 마기 외의 무언가가 숨어 있을 가능성도 충분했다.

"지금까지 이런 적이 있었던가?"

"아니, 내 기억에도 없소."

필마의 질문에 슈바이드가 고개를 가로저으며 대답했다.

신은 물론이고 슈니와 티에라도 딱히 짚이는 것이 없다며 고개를 저었다.

"내가 잠든 사이에 무슨 일이 생겼나 했는데, 아니었나 보네. 어느 쪽이든 직접 가볼 수밖에 없겠어. 왠지 처음 만나는 보스와 싸우러 가는 기분 같아."

"맞아, 듣고 보니 그러네."

어깨를 으쓱해 보이는 필마의 말에 신도 맞장구를 쳤다. 완전히 똑같다고 할 수는 없겠지만, 보스 몬스터와 처음 싸울

때도 무슨 행동을 해올지, 어떤 상대일지를 전혀 예측할 수
없다.

따라서 필마의 비유도 전혀 틀린 것 같지는 않았다.

"가자. 오늘 중에 보스 공간까지 가는 길을 찾아내고 싶어."

신 일행은 더욱 깊이 내려갔다. 중간층을 넘어 아래층에 도
달한 뒤에도 몬스터의 변화는 보이지 않았다.

벽과 바닥에서 마기가 새어 나오는 것은 위층, 중간층과 마
찬가지였다.

신과 슈니가 앞장서고 나머지 일행이 뒤를 따랐다. 다소 시
간은 걸렸지만 트라이포포비아 같은 방해꾼도 없었기에 진행
자체는 순조로웠다.

그리고 또 하나의 층을 돌파하고 계단을 내려간 신 일행의
눈앞에 세로 5메르, 가로 4메르 정도의 장엄한 문이 나타났
다.

"이건…… 얼음인가?"

이슈카의 알현실로 이어지는 문은 투명한 결정에 덮여 있
었다. 신이 조심스럽게 만져보자 싸늘한 감촉이 손가락을 통
해 전해져왔다.

"녹여볼까?"

"아니, 여기까지 오는 데도 상당한 시간이 걸렸어. 들어가
는 건 내일 하자."

상대가 상대인 만큼 신은 몸 상태에 만전을 기하고 싶었다.

결정석으로 던전 입구로 이동하여 마도 선박에서 하룻밤을 쉬었다.

그리고 다음 날 만반의 준비가 된 것을 확인한 뒤에 단숨에 문 앞까지 내려갔다.

✝

"일단은 얼음부터 녹일게. 혹시 모르니까 슈바이드는 장벽을 준비해줘."

"알겠소."

신은 얼어붙은 문 앞에 서서 화염 마법 스킬의 기본 중 하나인 【파이어 볼】을 발동했다. 공격용으로 발사하는 대신 공중에 띄움으로써 얼음을 녹이기로 했다.

때려서 부수는 방법도 있었지만 얼음뿐만 아니라 문까지 망가질 염려가 있었기에 지금은 신중을 기했다.

화염 구슬이 바닷물의 영향을 받지 않고 계속 유지된다는 것이 신기했지만 그것은 마력이라는 신비한 물질의 효과일 것이다.

화염구에서 발생한 열은 문을 봉인하듯 뒤덮은 얼음을 조금씩 녹여갔다.

"예상은 했지만 이건 역시 보통 얼음이 아니로군."

신이 발생시킨 【파이어 볼】은 1,000도를 족히 넘는 온도였다. 일반적인 얼음이었다면 이미 녹고도 남았으리라.

그러나 문을 뒤덮은 얼음에 【파이어 볼】을 밀착시켜도 몇 시간은 걸릴 만한 속도로 녹을 뿐이었다.

"마기와 관련 있을지도 모르니까 【정화】도 시험해볼까?"

신은 일단 【파이어 볼】을 끄고 【정화】를 발동했다. 이번에는 아무 변화도 없었다.

"주변은 마기에 잠식당했는데 여기만 다른 건가? 그렇다면 화력을 높일 수밖에 없겠군."

신은 화염 마법 중에서도 화력이 높은 스킬을 발동했다.

화염 마법 스킬 【플레어 월】이었다.

불의 벽을 만들어내는 월 계열의 상급 스킬로, 벽을 이동시킬 수는 없지만 내열 장비로도 대미지를 입을 정도의 열량을 냈다.

신은 문 앞에 【플레어 월】을 생성해 직접적으로 열을 가했다.

차원이 다른 온도 덕분인지 【파이어 볼】보다는 훨씬 빠른 속도로 얼음이 녹았다. 하지만 이렇게 해도 상당한 시간이 걸릴 것 같았다.

"그러면 저도 해볼게요."

슈니가 그렇게 말하며 【플레어 월】을 전개했다.

신에게는 미치지 못해도 슈니 역시 무예, 마법의 양쪽 스킬이 높은 레벨에 도달해 있었다.

월 계열 스킬은 거듭해서 사용할수록 효과가 상승하는 점을 노린 것이다.

"녹는 속도가 똑같은데."

"화력은 올랐을 텐데요."

화력이 틀림없이 상승했음에도 불구하고 얼음 녹는 속도는 신 혼자서 스킬을 사용할 때와 크게 다르지 않았다.

"한번 다른 스킬로 시험해보자."

신의 제안에 슈니가 다른 화염 마법을 하나씩 발동했다. 그러나 전부 효과가 없었다.

"어떻게 된 걸까요?"

"나와 관련된 곳이라 내 마법만 효과가 있는 건가? 일단 티에라도 시험해보지 않겠어?"

티에라도 끌어당겨지는 느낌을 받았다고 했기에 효과가 있을지도 모른다며 신이 제안했다.

티에라가 사용하는 화염 마법은 전부 아츠였다. 스킬에 비해 위력이 너무 약했기에 신의 마법으로도 좀처럼 녹지 않는 얼음에 효과를 발휘할 가능성은 낮았다. 그러나 혹시 모르니 시도해보기로 했다.

"기대는 하지 마! 에잇."

티에라가 얼음을 향해 손을 뻗으며 【파이어 월】을 발동했다. 신과 마찬가지로 얼음에 밀착된 위치에서였다. 같은 월 계열의 화염 마법이었기에 조금이나마 위력이 올라갈 거라고 생각하고 있었다.

그러나 앞서 전개했던 신의 【플레어 월】에 겹치듯 생성된 【파이어 월】은 함께 섞이기는커녕 튕겨나가듯 사라지고 말았다.

"스킬과 아츠라도 겹쳐 사용하는 건 가능했을 텐데요."

실제로 시험해본 적이 있는 슈니가 이상하다며 고개를 갸웃거렸다.

"시험 삼아 내 【플레어 월】을 없애볼까?"

"그만둬. 설령 효과가 있다 해도 내 마법으로는 화력이 너무 약해. 아마 나와 신의 능력 차이가 너무 커서 그런 걸 거야."

티에라의 추측은 충분히 타당했다. 다양한 방법을 시도하는 것도 시간 낭비 같았기에 지금은 신이 착실히 얼음을 녹이기로 했다.

"생각보다 시간이 꽤 걸리네."

"안에 있는 자들은 알아챘을 것이오. 이슈카가 아직 버텨주고 있다면 좋겠소만."

신이 얼음을 녹이는 것을 보며 필마와 슈바이드가 대화를 나누었다.

트라이포포비아 때처럼 갑자기 마기가 분출될 수도 있었기에 경계는 계속 하고 있었다.

"그럴 희망이 크진 않겠지."

"동감이오."

"티에라는 뭔가 느껴지는 거 없어?"

"마기 때문에 다른 감각이 전부 마비된 것 같아요. 그래도 왠지 모르게 이상한 느낌이 드네요."

티에라는 안의 상황까지는 알 수 없다고 대답했다. 마기가 너무 짙은 것이다.

다만 몇 번이고 마기를 느껴본 덕분인지 던전 안을 잠식한 마기에서 약간의 위화감을 느끼는 것 같았다.

"구체적으로는 어떻게 다른데 그래?"

"말로 표현하긴 힘들어요. 뭐랄까, 지금까지의 마기는 다양한 악의가 한데 뒤엉킨 느낌이었거든요. 사람처럼 확고한 의지는 없고 전체적으로 굉장히 애매하고 빈틈이 많았죠."

영향을 받은 사람마다 증상이 달랐던 원인은 그것이었다고 한다.

"흐음. 몬스터가 영향을 받아 흉폭화되는 건 공격적인 면이 영향을 받아서 그런 것이오?"

"아마 그렇겠죠. 키메라나 데몬의 경우는 잘 모르겠지만요."

슈바이드가 자신의 예상을 말하자 티에라는 확실하지 않다는 것을 전제로 대답했다.

"티에라의 이야기를 들어보니까 사람이 존재하는 한 마기는 사라지지 않는다는 말이 사실처럼 느껴지네."

몬스터 중에는 지능이 높은 생물도 있다. 다만 사람과 비교해서 아주 적을 뿐이다. 따라서 악의의 근원은 당연히 인간이라고 봐야 했다.

"확실히 부정적인 감정은 생겨나기 쉽소. 하지만 그것을 최대한 줄일 수는 있소이다. 사람이 가진 감정이 악의만 있는 건 아니지 않소."

슈바이드가 조금 강한 어조로 필마의 말을 반박했다.

현재 이곳에 있는 멤버 중에서 가장 많은 전쟁을 경험했던 사람은 바로 슈바이드였다. 인간이 가진 악의와 적의에 대해 잘 아는 만큼 선한 마음이 가진 힘을 굳게 믿는 것 같았다.

"악한 마음에서 몬스터가 생겨난다면 선한 마음에서도 수호신 같은 게 생겨나면 좋을 텐데."

데몬과 대립되는 존재가 있다면 세상이 조금은 달라졌을 거라고 필마가 투덜거렸다. 그러자 슈바이드가 진지한 얼굴로 말했다.

"나도 동감이지만, 그건 아마 우리들이 알아서 해결하라는 뜻이 아니겠소이까."

"이야기가 너무 어긋나 버렸네. 그런데 티에라. 지금까지 느꼈던 마기가 그랬다는 건 알겠는데, 지금은 뭐가 다르다는 거야?"

"저 혼자 그렇게 느끼는 거라 단언할 수는 없지만요. 이 던전을 잠식한 마기에서는 뭔가 강한 의지 같은 게 느껴져요.

구체적으로 그게 뭐인지는 모르겠지만요."

"데몬이 생겨나려는 것 아니겠소이까? 악의에서 생겨나는 의지라면 보다 강한 악의 덩어리밖에 없소."

슈바이드는 경계를 풀지 않으며 말했다. 그의 의견에 필마도 고개를 끄덕였다.

"확실히 좋은 건 아닐 거야. 티에라는 어떻게 생각해?"

"모르겠어요. 이건 어디까지나 제 개인적인 느낌이니까요. 하지만 악의와는 뭔가 다른 것 같아요. 적어도 데몬은 아니라고 생각해요."

데몬의 경우는 다른 느낌이 들었다고 티에라가 이야기했다.

신은 【플레어 월】을 유지하며 티에라의 말에 대해 생각했다.

"데몬이 아닌 무언가라……."

"이슈카가 마기의 영향을 받아 인베이드화된 게 아닐까요?"

"가능성은 있겠군. 이슈카는 원래 날뛰는 유형의 몬스터가 아냐. 유즈하와 인어들의 이야기를 들어보면 이 근처 해역의 수호자 같은 느낌이었잖아. 마기와 상성이 나쁠 테니까, 거기에 저항하고 있다면 악의 같은 감정만 전해지지는 않을 거야."

신은 이슈카가 아직 저항하고 있기를 바라며 그렇게 예상했다.

"자, 누구의 예상이 맞을지는 이제 슬슬 알 수 있을 거야."

신의 【플레어 월】로 얼음이 거의 녹아가고 있었다. 열쇠나 함정은 없었고 그냥 밀기만 하면 열리는 상태였다.

"일단 나와 슈바이드가 문을 열게. 그 뒤로는 상황에 따라 움직이자."

이슈카는 무사할 것인가? 공격해오면 어떻게 할 것인가? 데몬은 있을까? 그 밖에도 또 무언가가 더 있을 것인가?

내부 상황을 예상해서 어느 정도의 방침은 세워둔 상태였다. 신의 말에 모두가 고개를 끄덕였다.

"가자!"

신이 문을 밀어젖혔다.

알현실 때와 달리 안에서 마기가 뿜어져 나오지는 않았다.

"일단은 【정화】부터야."

방 안은 이상할 만큼 어두웠다. 【암시】 스킬로도 보이는 것이 거의 없었다.

앞으로 나선 슈바이드가 방패를 들며 경계하자 신과 슈니가 그 뒤에서 【정화】를 발동했다. 두 사람의 손에서 뻗어 나온 빛이 암흑을 걷어내기 시작했다.

"어, 뭐야 이건……."

티에라의 입에서 당혹스러운 목소리가 흘러나왔다.

그도 그럴 것이 마기가 걷히고 나자 티에라가 예상하지 못한 존재가 그곳에 있었기 때문이다.

"이슈카로군."

"네. 겉보기엔 인베이드화되지는 않은 것 같지만요."

신은 문 안쪽을 보고 그것이 이슈카의 거대한 몸임을 금방 알았다.

이슈카의 몸은 머리에 가까운 부분도 굵기가 5메르를 넘었다.

그래서 티에라처럼 조금 떨어진 곳에서 보면 문 안쪽에 벽이 있는 것처럼 보이는 것이다.

"이게…… 이슈카……."

냉정하게 대처하는 신 일행 뒤에서 티에라 혼자 숨을 멈추었다.

한계치인 1,000레벨의 최상위 몬스터. 그것이 이슈카였다.

동양의 용과 비슷한 외형으로 길고 가느다란 몸을 꿈틀거리며 수중을 이동한다.

머리에는 두 쌍의 짙은 청색 눈이 달렸고 머리 옆면에 수정 같은 뿔이 돋아났다. 날카로운 발톱이 달린 다리는 강철까지 쉽게 잘라낼 수 있었다. 딱딱한 푸른색 비늘은 어중간한 무기로 흠집 하나 낼 수 없었다.

무엇보다 성가신 점은 그 거대함이었다. 여러 명의 플레이어를 한꺼번에 집어삼킨 사례를 일일이 열거할 수 없을 정도였다.

수중이라는 지역 조건까지 더해지면서 쓰러뜨리기 힘든 몬스터 목록의 맨 윗줄에 올라갈 만한 상대였다.

"얼굴 쪽으로 가보자. 경계는 풀지 말고."

얼핏 보기에 신 일행 앞에 있는 것은 몸통의 위쪽, 얼굴에 가까운 부분 같았다.

문 안쪽에는 알현실이 아니라 이상하게 넓은 공간이 펼쳐져 있었다. 100메르, 아니, 200메르는 족히 넘는 폭과 깊이였다.

기둥도 없이 이런 넓은 공간을 육상에 만들었다간 금방 무너져 내릴 거라는 생각이 들었다. 이슈카가 자유롭게 움직이기에는 다소 좁은 공간이었지만 말이다.

신 일행은 방어용 스킬을 즉시 발동할 수 있게 해둔 뒤에 위쪽으로 계속 올라갔다.

이슈카의 얼굴은 천장에서 약 100메르 정도 떨어진 곳에 있었다.

신이 있던 위치에서는 옆얼굴밖에 보이지 않았지만 그가 기억하던 것과 크게 다르지 않은 모습이었다.

"—."

신 일행이 천천히 다가가자 갑자기 이슈카의 눈이 떠졌다. 홍채가 없어 알아보기 힘들지만 틀림없이 깊은 푸른색의 눈동자가 신 일행을 향하고 있었다.

신은 등 뒤에 있던 티에라의 몸이 긴장으로 굳어진 것을 알아챘다.

'자, 어떻게 나오려나.'

신은 입을 열지 않고 마음속으로만 중얼거렸다.

이슈카의 레벨이 1,000이었기에 티에라뿐만 아니라 다른 동료들도 긴장한 것을 알 수 있었다.

대비는 되어 있다. 신이 힘을 해방해 싸운다면 패배할 일은 없을 것이다.

하지만 이 안에서 동료들이 무사하리란 보장은 없었다.

그 정도로 강한 상대였다.

『──하이 휴먼인가.』

"……!!"

이슈카의 눈치를 살피고 있을 때 징을 친 것 같은 목소리가 울려 퍼졌다.

그렇다. 목소리였다. 공간에 울려서 알아듣기 힘들었지만 신 일행의 귀에 들린 목소리에서는 확실한 지성이 느껴졌다.

이곳에서 신 일행을 제외한다면 살아 있는 생물은 이슈카뿐이었다.

"의식이 있는 건가?"

『설마 내 앞에 나타날 줄이야. 마기를 봉인할 때 느꼈던 것은 역시 그대들의 힘이었군.』

이슈카는 신의 질문에 대답하지 않았다. 마치 신의 말이 들리지 않는 것처럼 독백만을 계속하고 있었다.

『인형은 비켜라. 이 세계에서 태어난 존재는 나를 해칠 수 없다. 내 적수가 될 수 있는 건 플레이어뿐이다.』

"무슨 소릴 하는 거야? 이봐! 내 말이 안 들려?!"

『마기마저 잠식하는 힘에는 나도 견딜 수 없다— 하이 휴먼이여. {뜻하지 않은 귀환}을 거부한다면 나를 쓰러뜨려 보아라.』

이슈카는 마지막까지 신의 말에 대답하지 않았다.

마기와 다른 무언가를 암시하는 말을 듣고 신은 의문을 느꼈다.

그러나 이슈카의 마지막 말이 그런 의문마저 잊게 했다.

"이봐! 그게 무슨—."

신의 말을 듣지도 않고 이슈카의 상태가 바뀌었다.

그에 호응하듯이 문이 닫히는 소리가 났다. 그와 동시에 이슈카의 몸에서 공간이 삐걱거릴 정도의 힘의 격류가 뿜어져 나왔다.

"으윽, 역시 몬스터의 최고봉답소. 묵직하군!"

신 일행의 앞에 서서 방패를 든 슈바이드가 표정을 일그러뜨렸다. 사방으로 발산된 힘의 격류는 이슈카가 전투 개시와 동시에 사용하는 스킬 【왕마(王魔)의 파동】이었다.

이번에는 슈바이드가 공격 차단 장벽을 전개해 막았지만, 그게 아니었다면 신을 제외한 모든 동료들이 행동 불능에 빠졌을 것이다.

950레벨이 넘는 몬스터의 공격 중에는 상태 이상 무효 액세서리까지 무시하는 경우가 있었다. 그런 경우 상태 이상에 빠질 확률은 액세서리의 등급과 장비자의 능력치, 그리고 상대가 사용한 스킬의 등급을 통해 산출된다.

"슈바이드가 막아줬는데도 소름이 돋았어."

필마가 이슈카를 바라보며『홍월』을 쥔 손에 힘을 주었다.

"겁먹었나요?"

"설마. 싸우고 싶어서 몸이 근질근질한걸!"

슈니와 필마가 서로를 북돋았다.

신 일행을 향해 천천히 얼굴을 돌린 이슈카는 선명한 적의를 드러내고 있었다. 조금만 방심해도 움직임이 둔해질 정도의 압박감이었다.

"쿠우!!"

"그루!!"

티에라 옆에서는 유즈하와 카게로우가 임전 태세에 들어가 있었다. 지금의 그들에게는 한 단계 위의 상대였지만 전의가 꺾이지는 않은 것 같았다.

두 신수 사이에 선 티에라는 긴장된 표정을 지으면서도 이슈카를 똑바로 주시했다.

"다들 지원과 방어를 중심으로 행동하고 나머지는 전에 이야기했던 대로 움직여!"

신은 그렇게 지시를 내리며 【왕마의 파동】 안으로 뛰어들었다.

【왕마의 파동】의 효과 시간은 20초였다. 게임에서는 그동안에 이슈카가 공격해오지 않았지만 이번에도 그러리라는 보장은 없었다.

신이 모든 【리미트】를 해제해서 이 세계의 한계를 뛰어넘은 능력치를 발휘한다면 상태 이상에 걸릴 리는 없었다.

하지만 상대가 공격해올 가능성을 고려하면서 계속 경계했다.

"—■ ■ ■ ■."

이슈카의 입에서 으르렁거리는 것과는 조금 다른 목소리가 흘러나왔다. 신의 귀로는 알아들을 수 없는 주문 영창의 일종이었다.

신 일행의 눈앞에서 공간을 가득 채운 바닷물이 변화했다. 순식간에 고밀도로 압축된 바닷물이 일반인의 눈에는 보이지도 않는 속도로 그들을 향해 밀려왔다.

셀 수 없을 만큼 많은 물의 칼날이 순식간에 전개되었다. 크기는 전부 1메르가 넘었다.

게다가 물의 칼날 하나에도 전설급 방어구가 두 동강 날 정도의 위력이 담겨 있었다.

"【아이스 메일슈트롬】!"

"【볼텍스 슬래시!】!"

신 일행을 한꺼번에 삼키려 하는 물의 칼날을 슈니와 필마가 스킬로 요격했다.

슈니가 내뻗은 손에서 얼음 조각이 소용돌이쳤다. 그리고 그것을 뒤쫓듯이 필마가 휘두른 『홍월』의 궤적을 따라 번개가 휘몰아쳤다.

얼음 소용돌이는 번개와 합쳐지며 위력과 범위가 더욱 증폭되었다.

이슈카가 내쏜 물의 칼날과 슈니, 필마의 스킬이 합쳐진 뇌빙(雷氷) 소용돌이가 정면에서 격돌했다.

물의 칼날이 부서지고 번개를 두른 얼음 역시 부서졌다. 몇 초 동안 팽팽히 맞서던 공격은 슈니, 필마의 협력 스킬의 승리로 끝났다.

슈니와 필마는 모든 물의 칼날을 없애지 않고 자신들을 향해 날아오는 것들만을 노리고 있었다. 덕분에 상쇄가 아닌 돌파라는 결과를 가져온 것이다.

"미리 정해두길 잘했네."

"네. 이렇게 하면 전술의 폭이 더욱 넓어지니까요."

두 사람이 사용한 것은 특별한 이름이 붙은 협력 스킬이 아니었다. 그럼에도 서로의 스킬을 더함으로써 위력과 효과를 높일 수 있었다.

게임에서는 설정된 것 외의 스킬을 조합해도 아무 효과가 없었다.

그러나 이 세계에서 스킬끼리 아무 간섭도 일으키지 않는 경우는 없었다.

마력이라는 신비한 힘을 사용한다지만 실제로 물리 현상이 발현되고 있는 것이다. 간섭 효과가 발생하는 것이 당연하다고 생각한 사람이 존재했고 그 효과도 이미 검증되어 있었다.

실전에서 사용할 기회는 거의 없었지만 신 일행은 틈이 날 때마다 다양한 조합을 시험해보곤 했다.

물의 칼날을 뚫고 나간 뇌빙 소용돌이는 이슈카의 몸통에 명중했다. 얼음이 비늘을 부수고 함께 담긴 번개가 살을 태웠다.

물의 칼날을 돌파하느라 위력은 반감되었지만 확실한 대미지가 들어가고 있었다.

문제는 이슈카의 몸이 워낙 거대하다 보니 그 정도 상처는 별것 아니었다는 점이었다. 살을 도려낼 정도의 위력이라면 모를까, 표면을 조금 태운 정도로는 움직임에 지장이 생길 리가 없었다.

"역시 저 정도로는 찰과상이 한계네요."

"뭐, 결국 그건 신에게 맡길 수밖에."

처음부터 자신들을 향한 공격을 엇나가게 하기 위한 목적이었다. 이슈카를 상대로 그 이상의 타격을 바라는 것은 아무리 슈니라 해도 과한 욕심이었다.

"오오오오!"

신은 전의를 불태우며 『무월』을 휘둘렀다. 신에게 이슈카의 거대한 몸은 공격이 빗나갈 리 없는 커다란 과녁이었다.

궤적을 그리는 『무월』의 검신에서는 6메르에 달하는 진홍색 검기가 뻗어 나와 있었다. 그것은 일곱 속성의 칼날을 순서대로 한 번씩 형성하는 스킬이었다.

8종 혼성 복합 스킬 【칠요(七耀)의 태도(太刀)】였다.

【왕마의 파동】을 가르며 나아간 진홍색 칼날은 화염 속성의 일격이었다. 능력치의 상한을 해방한 신의 공격이 이슈카의 비늘과 살을 함께 베어내며 깊은 부상을 입혔다.

"한 번 더!!"

공격을 한 번 더 가하기 위해 신이 검을 뒤로 뺐다.

다음으로 검신 위로 형성된 것은 대량의 모래였다. 갈색으로 물든 검신을 방금 베어낸 부위를 향해 휘둘렀다.

그러나 이슈카도 얌전히 공격당하고만 있지는 않았다. 바닷물이 꿈틀거리며 이슈카의 꿈틀거리는 몸 위를 덮었다.

모래 칼날과 바닷물 갑옷. 그중에서 승리한 것은 모래 칼날이었다.

검신을 형성한 모래는 엄청나게 진동하며 빠르게 이동하고 있었다. 모래라고 얕봐서는 안 되었던 것이다.

마력으로 물리 법칙을 무시한 모래는 고대급 무기에 필적할 만큼 날카로웠다.

바닷물 갑옷 정도는 젤리처럼 베어내며 어렵지 않게 이슈카의 몸에 부상을 입혔다. 그리고 부상 부위에 들러붙은 모래가 상처를 더욱 벌렸다.

조금씩 대미지가 축적되는 모래 공격이야말로 불로 태우는 것보다 더욱 고약하다고 할 수 있었다.

이슈카는 공격을 회피하기 위해 몸을 비틀어대고 있었기에 부상 자체는 그리 깊지 않았다. 그러나 신의 공격은 계속되었다.

"일방적으로 당하진 않으려는 건가."

지금까지는 워밍업이었다는 듯이 이슈카가 빠르게 신에게서 멀어졌다.

몸이 크다고 반드시 느린 것은 아니었다. 거대한 몸이 빠르게 이동하자 함께 발생한 물줄기가 신에게도 영향을 끼쳤다.

"능력치를 완전히 해방하면 이상하게 뭐든 할 수 있을 것 같단 말이지."

신은 힘을 담아 바닷물을 찼다. 그러자 딱딱한 물체를 밀어낸 것처럼 신의 몸이 빠르게 가속되었다.

선정자조차 똑바로 나아가기 힘든 바닷물의 격류 속을 신은 빠르게 돌진했다.

그리고 세 번째로 하얀 냉기에 뒤덮인 얼음 검신을 허리 높이로 겨냥했다.

이슈카는 열선을 뿜어 똑바로 나아가던 신을 요격하려 했다.

신 정도는 통째로 삼킬 정도의 엄청난 열기였다. 신은 정면으로 다가오는 열선을 스킬을 사용한『무월』로 내리쳤다.

신의 직진이 멈추었다. 하지만 다친 곳은 없었다.

엄청난 크기의 열선은 얼음 검신과 그것을 덮은 하얀 냉기에 의해 두 줄기로 갈라져 있었다.

"하하, 이 정도야!"

신은 밝게 말하며『무월』을 쥔 손에 힘을 주었다.

『무월』이 그린 궤적을 따라 바닷물이 얼어붙었다. 그리고 열선을 잠식해나가듯이 이슈카를 향해 폭포수 같은 빙결 폭풍이 불어닥쳤다.

이슈카는 열선을 뿜는 것을 중단하고 몸을 비틀어 신의 반격을 피했다. 그리고 갚아주려는 듯이 뿔에서 전기를 일으키자 신은 그것을 번개 검신을 두른『무월』로 쳐냈다.

"―■ ■ ■ ■."

이슈카의 입에서 낮은 목소리가 흘러나왔다. 신은 이슈카의 공격 패턴을 기억하고 있었지만 이 세계에서의 독자적인 전법이 있을지도 몰랐다. 그런 생각에 일단 상황을 지켜보기로 했다.

경계하는 신에게 모든 방향에서 공격이 들어왔다.

신의 주변 바닷물이 일제히 움직였다. 약 1메르의 구체를 형성한 바닷물이 신을 중심으로 반경 50메르의 공간을 가득 채웠다.

이슈카의 스킬 중 하나인【아쿠아 케이지】였다.

시야를 가득 메운【아쿠아 케이지】를 향해 이슈카의 뿔이 번개를 뿜어냈다.

방금 전에 신을 공격했던 노란 번개와 다르게, 옅은 청색 번개가 구체에 접촉하자 마치 수면에 빛이 굴절되는 것처럼 번개의 진행 방향이 바뀌었다.

구체를 이룬 바닷물은 신을 가둘 뿐 아니라 번개를 유도하는 기능까지 지닌 것 같았다.

몇 개의 구체를 통과한 번개는 신이 있는 위치까지 똑바로 접근해왔다.

"저건 처음 보는군."

신의 눈앞에서 번개가 둘로 갈라지며 옆을 빠져나갔다. 잠시 뒤에는 몇 개의 구체도 두 동강이 나서 원래의 바닷물로 돌아갔다.

번개를 가른 것은 『무월』에서 뻗어 나온 바람 검신이었다. 눈썰미가 좋은 사람이라면 『무월』의 검신 끝에서 풍경 일부가 일그러진 것을 알아챌 것이다.

【아쿠아 케이지】는 대상을 포위하는 스킬이었기에 대미지가 없었다. 그러니 당연히 움직임을 방해하지도 않았다.

한 번 휘두르면서 바람 검신은 사라졌고 이번에는 칠흑의 검신이 형성되었다. 그것을 확인한 신은 그 자리에서 『무월』을 높이 쳐들었다.

"흡!"

여섯 번째로 검신을 뒤덮은 것은 마법을 무효화하는 힘이었다.

구체를 이루었던 바닷물이 검의 궤적을 따라 해체되었다.

닿은 상대를 서서히 죽이는【아쿠아 케이지】도 마법을 무효화하는 힘 앞에서는 무력했다.

그 효과는 주위에까지 영향을 끼쳤다. 신의 공격이 닿지 않은 전방에서도【아쿠아 케이지】가 깨끗이 소멸되었다.

신은 스킬의 마지막 효과인 빛의 검신이 형성된 『무월』을 들고 포위가 풀린 방향을 향해 돌진했다.

이슈카도【아쿠아 케이지】에 생겨난 틈을 발견했을 것이다.

그러나 제아무리 마법 저항력이 높은 신이라도 레벨 1,000의 몬스터가 만들어낸【아쿠아 케이지】를 향해 돌격할 수는 없었다. 그래서 위험하다는 것을 알면서도 앞으로 나아갔다.

【아쿠아 케이지】로 구체를 이룬 바닷물은 불투명했기에 미니맵과 기척에 의존해서【아쿠아 케이지】사이를 빠져나왔다.

그 순간, 이슈카의 발톱이 신을 덮쳤다.

덮쳐오는 발톱 앞에서 신은 『무월』을 든 오른손을 당기며 몸의 왼쪽으로 방어 태세를 취했다.

이슈카의 일격을 맞은 신이 튕겨나갔다. 그 광경을 본 슈니가 숨을 멈추었다. 게임이었다면 HP가 붉게 변하는 지점까지 떨어질 만큼 정통으로 들어간 공격이었다.

"생각대로군. 치트 같은 칭호에 감사해야겠는데!"

그러나 예전보다도 높아진 신의 능력치와 방어구의 보정 효과 덕분에 감소한 HP는 10퍼센트도 되지 않았다.

받은 대미지가 적기도 했지만 HP 자체가 두 배 넘게 늘어났기 때문이었다. 제대로 방어만 하면 공격을 몇 번 받는다고 위험할 것은 없었다.

신의 외침이 끝나기도 전에 빛의 칼날이 이슈카의 눈을 꿰뚫었다.

빛 속성의 검신은 100메르가 넘는 사정거리가 가장 큰 특징이었다. 어둠 속성의 칼날처럼 공격한 주변까지 위력을 발휘할 수는 없지만 말 그대로 칼날이 늘어난 것 같은 효과였다.

대부분의 플레이어는 좌우로 휘두르면서 최대한의 효과를 발휘하려 하지만 가장 위력적인 것은 바로 찌르기였다.

똑바로 뻗은 칼날 끝, 세로 몇 세메르, 가로 몇 세메르의 미세한 공격이 순식간에 거리를 좁혀온다. 그것을 피하는 것은 신조차도 힘들었다.

당연히 이슈카도 그것을 피하지 못했다. 눈은 이슈카의 몇 안 되는 약점이었다. 그곳에 꽂힌 빛의 칼날은 사정거리의 한계까지 쭉 내뻗으며 이슈카의 머리를 꿰뚫어 버렸다.

"■■■■■■■■■■■■■■■■?!"

이슈카도 견디지 못하고 비명을 질렀다. 비명으로 그친 것은 워낙 몸이 커서 그 정도로 얇은 칼날로는 즉사에 이르지 못했기 때문이다.

그러나 그때 바로 공격이나 방어에 나서지 않았던 것이 이슈카의 실수였다. 대미지를 입으며 비명을 지른 짧은 순간에 신의 모습을 놓친 것이다.

눈을 꿰뚫던 빛의 칼날이 사라졌다. 이슈카의 눈이 다시금 신의 모습을 발견했을 때, 신은 『무월』을 왼손으로 옮겨 들고 오른 주먹을 힘껏 쥐고 있었다.

이슈카는 신의 몸이 신체 강화와는 다른 보라색 아우라에 뒤덮인 것을 깨달았다.

"머리가 날아가도 살아남을 수 있겠어?"

자신의 몸에 일어난 변화를 깨닫지 못한 신의 주먹이 생기 잃은 이슈카의 눈에 박혔다.

맨손 무예 스킬【지전(至伝) · 절가(絕佳)】.

무예 스킬 중에서도 굴지의 위력을 지닌 공격이 신의 주먹에서 뻗어 나왔다.

빛의 칼날에 관통된 눈이 파열되면서 머리가 순식간에 부풀어 올랐다.

이슈카의 머리에 박아 넣은 힘은 원형을 알아볼 수 없을 만큼 내부를 파괴하며 목숨을 끊었다. 이슈카의 HP 게이지는 순식간에 0까지 떨어졌다.

신의 주먹에서 뻗어 나온 힘은 이슈카의 머리를 파괴하는 것으로 끝나지 않았다.

머리가 부풀어 오르기 시작한 지 몇 초가 지났을 때 힘의 압력에 견디지 못한 이슈카의 머리가 파열되었다. 그 힘의 격류가 바닷물을 통해 다른 일행이 있는 곳까지 전해져왔다.

머리를 잃은 이슈카의 거대한 몸에서 힘이 빠져나갔다. 피가 솟구쳐야 할 상처 부위에서는 푸른 증기 같은 것이 흘러나올 뿐이었다.

†

"저기, 슈니. 신의 상태가 왠지 이상하지 않아?"

"……."

이슈카를 상대로 얼음 칼날을 휘두르는 신을 보며, 필마가 견디지 못하고 슈니에게 물었다.

슈니는 아무 대답도 하지 않았다. 『창월』을 쥔 손에 힘이 들어갔다.

물어볼 것도 없이 슈니 역시 알고 있었기 때문이다.

신과 싸우기 시작한 이슈카는 마치 다른 일행이 전혀 보이지 않는 것처럼 집요하게 신만을 노렸다.

동료들이 휩쓸리지 않도록 신이 배려해주기도 했지만, 그게 아니었더라도 적극적으로 공격해오지는 않았을 것이다.

그러자 신도 마침 잘됐다는 듯이 힘의 제한을 풀고 싸운 것 같았지만 그의 전투 방식은 슈니가 알던 것과 조금 달랐다.

아무리 높은 능력치를 갖고 있다 해도 그것이 어느 정도로 강한지 정확히 파악하기는 쉽지 않다.

어느 정도의 상대까지 혼자 상대할 수 있는지, 혹은 어느 정도의 상대가 호각이거나 더 강한지를 말이다.

공격보다 더욱 중요한 것이 방어였다. 직접 공격을 당해보지 않으면 모르기 때문에 예상은 할 수 있을지언정 실제로 얼마나 견뎌낼 수 있을지는 모르는 것이다.

그럼에도 신은 지금 방어를 전혀 고려하지 않고 싸우는 것 같았다.

"묘하군. 이런 상황에서 신이 웃으며 싸우다니 말이오."

필마와 마찬가지로 슈바이드도 의아하다는 듯이 말했다. 방패를 들고 계속 경계하면서도 그의 시선은 이슈카가 아닌 신을 좇고 있었다.

"쿠우, 뭔가 이상해."

유즈하도 눈썹을 찡그리며 신을 지켜보고 있었다. 카게로우도 그 말에 동의하는 것처럼 작게 울었다.

"이상해요. 신과 싸우는 이슈카에게서는 마기의 기척이 느껴지지 않아요!"

트라이포포비아와 싸울 때처럼 마기를 정화할 힘을 모으던 티에라가 당황하며 소리쳤다.

슈니의 표정이 한층 심각해졌다.

슈니도 조금은 마기를 감지할 수 있었다. 던전을 잠식한 짙은 마기를 생각하면 그 중심 공간의 주인인 이슈카가 멀쩡할 리가 없었다.

마기를 봉인하느라 약해졌거나 움직이지 못할 수는 있었다. 아니면 마기를 이기지 못하고 인베이드화되었을지도 모른다. 그것이 슈니의 예상이었다.

하지만 눈앞의 이슈카는 슈니가 알던 그대로의 모습과 능력을 보여주고 있었다. 마기 따윈 존재하지 않는 것처럼 신과 싸우고 있다.

"신⋯⋯."

명백하게 공격에 편중된 신을 보며 슈니는 당장이라도 뛰어가고 싶은 충동에 휩싸였다. 당장 옆으로 가서 이야기하고 싶었다.

그러나 그것을 실행에 옮길 수는 없었다.

신이 싸우는 상대는 몬스터의 한계점인 레벨 1,000의 괴물이었다.

필마를 구할 때 지맥의 빛을 받아 능력치가 상승되고 고대급 장비로 몸을 보호하고 있다지만 혼자서 뛰어들기에는 너무나 위험한 상황이었다.

"⋯⋯필마, 슈바이드, 셋이서 신에게 가요. 티에라는 유즈하, 카게로우와 함께 벽 쪽으로 물러나세요. 공격 범위에 들지 않도록 조심하고요."

"아니요, 저도 갈게요."

"위험할 텐데요."

"알고 있어요. 하지만 이슈카와 신에게서 마기와 다른 힘이 느껴지거든요."

이슈카에게서는 차가우면서 강한 힘이, 신에게서는 거칠면서 강한 힘이 느껴진다고 한다. 특히 신의 힘은 지금까지 한 번도 느껴보지 못한 종류라고 티에라는 단언했다.

"거친 힘이라. 지금 신의 상태가 이상한 것도 그 때문이오?"

"그런 건 나중에 생각하자. 그보다도 가는 건 좋다 쳐도 어떻게 갈 건데? 지금의 신은 아무리 우리라도 따라가기 힘들잖아."

능력치 제한을 푼 신의 움직임은 그들보다 훨씬 빨랐고 공격력도 훨씬 강력했다.

혼자서 이슈카와 정면으로 맞설 수 있는 정도였다. 슈니나 슈바이드와는 다른 차원이라 할 수 있었다.

그들이 신과 이슈카의 싸움에 끼어든다 해도 할 수 있는 것은 미끼 역할 정도였다.

"공격 대상이 늘어나면 우리를 신경 쓰지 않을 수 없을 거예요. 지금의 신에게는 충분한 지원이 되겠죠."

"전투에 개입하는 건 그렇다 쳐도, 신을 저대로 놔둬도 될까?"

"제가 혼자 가볼게요. 우리 중에서 제일 빠른 게 저고, 공격을 받더라도 쿠노이치의 스킬로 피할 수 있어요."

필마를 해방할 때 파워업되었고 지금은 일반적인 강화 부여도 되어 있었다.

거기에 엘프와 픽스에게만 허락된 정령 소환으로 신체 능력을 강화하면 슈니의 AGI는 한계치까지 높아진다. 회피가 뛰어난 쿠노이치라면 신이 있는 곳까지 가장 빨리 도달할 수 있었다.

"너란 애는 정말……."

"하지만 능력치를 생각하면 타당한 이야기이긴 하오. 신이 호전적으로 변한 것이 걱정이오만, 만약 무슨 일이 생기더라도 슈니라면 쉽게 당하진 않겠지."

슈바이드의 말에 모두가 고개를 끄덕였고 즉시 이동이 시작되었다. 선두는 슈바이드, 중간은 필마, 후방은 티에라와 유즈하, 카게로우였다.

슈니는 같은 속도로 나아가는 그들과 떨어져서 다른 경로를 통해 단숨에 신에게 접근하려 했다.

슈니의 눈앞에서 신이 물의 구체에 포위되었다. 이슈카의 【아쿠아 케이지】였다. 그것이 단순한 물방울이 아니라는 것은 슈니도 잘 알고 있었다.

신이라면 괜찮을 테지만 슈니의 가슴속에서는 잠시 가라앉았던 불안감이 다시금 고개를 들기 시작했다.

"저건……."

슈니가 물방울을 없애기 위해 스킬을 발동하려던 순간, 신이 【아쿠아 케이지】에서 뛰쳐나왔다. 『무월』에서 뻗어 나온 빛의 칼날이 이슈카의 눈 하나를 꿰뚫었다.

신은 그대로 이슈카에게 접근하며 주먹을 허리 높이로 겨냥했다. 그의 몸은 슈니가 처음 보는 아우라에 덮여 있었다.

그것을 본 슈니의 등줄기에 소름이 돋았다.

누가 가르쳐준 것도 아니지만, 슈니는 그 아우라에 덮인 신을 더 이상 싸우게 하면 안 된다는 것을 직감했다.

"신!"

하지만 슈니의 외침은 그에게 닿지 못했다.

신의 주먹은 이슈카에게 박혔고 슈니가 보는 앞에서 머리가 박살났다.

"크윽."

그 공격의 위력을 대변하듯이 바닷물에 힘의 파동이 전해졌다. 온몸에 울리는 힘의 격류에 슈니도 움직임을 멈출 수밖에 없었다.

"빨리…… 가야 하는데……."

슈니는 경직된 다리에 힘을 주며 다시금 물장구를 쳤다. 그러나 슈니가 신에게 가까워지는 것보다도 이슈카가 변화하는 것이 더욱 빨랐다.

머리가 날아간 이슈카는 움직임을 멈춘 상태였다. 잘려나간 목의 상처에서 푸른 증기가 흘러나오기 시작했다.

동시에 이슈카의 목의 단면에서 고드름 형태의 얼음이 빽빽하게 생겨나며 단면을 뒤덮었다.

그리고 그 얼음이 점차 형태를 바꾸기 시작했다.

얼음 가시가 한데 녹으며 새롭게 머리가 만들어졌다.

전체가 얼음으로 이루어진 것은 아니었고 눈동자와 뿔은 짙은 청자색이었다. 머리가 생겨난 것과 동시에 발톱과 비늘도 푸른 얼음에 덮였다.

신은 머리가 완전히 수복되기 전에 공격을 가했지만 이슈카는 거대한 몸에서는 상상하기 힘든 기민한 움직임으로 전부 회피했다.

"대체 무슨 일이—?!"

처음 보는 이슈카의 상태에 당황하던 슈니는 눈앞에서 무슨 일이 벌어지고 있는지를 뒤늦게 깨달았다. 즉시 속도를 늦추었지만 결국 딱딱한 물체에 부딪치고 말았다.

대미지는 없었지만 부딪친 곳을 돌아봐도 아무것도 보이지 않았다. 천천히 손을 뻗어보자 유리처럼 매끈한 감촉이 전해져왔다.

"이건…… 벽?"

슈니가 힘을 주어도 벽은 꿈쩍도 하지 않았다. 더욱 힘을 주었지만 깨질 기미는 보이지 않았다.

뒤쫓아온 다른 일행도 돌파할 수 없는 것 같았다.

싸움은 신이 유리한 것 같았지만 시간이 경과할수록 신의

몸을 덮은 아우라가 짙어지고 있었다. 그와 동시에 전투 방식
도 달라졌다.

"―방해하지 마세요!"

슈니는 힘을 담아 『창월』을 휘둘렀다. 전력을 다한 공격이
었다.

필마와 슈바이드도 신의 상태가 심상치 않다고 생각했는지
전력으로 스킬을 사용하기 시작했다.

"에잇! 어째서⋯⋯!"

『창월』의 칼날이 튕겨 나왔고 마법 스킬도 효과가 없었다.
칼날에서 전해지는 감촉을 통해 눈앞의 벽이 조금도 손상되
지 않았음을 알 수 있었다.

"⋯⋯지전(至伝)."

슈니는 다른 일행이 휩쓸리지 않도록 멀어지게 한 뒤에 비
장의 공격을 발동했다.

『창월』의 검신에서 얇고 긴 얼음 칼날이 형성되었다. 신이
사용한 【칠요의 태도】와 달리 수정 같은 맑은 칼날이 『창월』의
검신에서 이어져 나온 느낌이었다.

검술/물 마법 복합 스킬 【지전·유섬화(流閃華)】.

방어구를 포함한 모든 방어 수단을 무효화하고 이번 같은
장애물에도 높은 공격력을 발휘하는 스킬을 슈니가 주저 없
이 때려 넣었다.

"이럴 수가⋯⋯."

모든 힘을 쏟아부은 일격이었음에도 눈앞의 벽을 파괴할 수는 없었다.

"슈니……."

"같은 결과로군."

슈니와 마찬가지로 지전 스킬을 시험해본 필마와 슈바이드가 가까이 다가왔다.

유즈하와 카게로우도 벽을 향해 화염과 번개를 내쏘고 있었다.

티에라는 눈을 감은 채 무언가가 느껴지지 않는지 시험해보고 있는 것 같았다.

"이 벽은 대체 뭐지? 너무 단단하잖아."

"모르겠어요. 이 정도로 강력한 건 기억에 없으니까요."

게임 때의 이슈카에게는 이 정도의 벽을 만들어낼 능력이 없었다.

애초에 슈니, 필마와 슈바이드의 지전 스킬로 부술 수 없는 벽을 만들어낸다는 것 자체가 불가능했다.

"하지만 이걸 뚫어내지 못하면 신을 도우러 갈 수 없소이다."

슈바이드는 투명한 벽을 노려보며 말했다.

꿈쩍도 하지 않는 것을 보면 아무리 스킬을 때려 박아도 부수지 못할 것이 분명했다. 눈에 보이지 않는 탓에 얼마나 넓게 퍼져 있는지도 알 수 없었다.

"티에라 공이 무언가를 알아낸다면…… 둘 다, 저길 보시오!"

"티에라가? 어……?"

슈바이드의 말에 슈니가 고개를 돌리자 유즈하, 카게로우 앞에 티에라의 몸이 떠 있었다. 유즈하와 카게로우는 무언가를 할퀴듯이 앞발을 위아래로 움직이고 있었다.

그렇다. 티에라는 다른 멤버들이 돌파하지 못한 보이지 않는 벽을 뚫어낸 것이다.

"어째서……?"

"가자, 슈니! 벽을 통과할 방법을 알아낸 건지도 몰라!"

필마의 재촉에 슈니와 슈바이드도 다급히 티에라에게 다가갔다. 당황한 티에라는 슈니를 보고 황급히 입을 열었다.

"스승님! 왜, 왜인지는 모르겠지만 빠져나왔어요!"

"방법은요?! 어떻게 한 거죠?!"

"그게, 저기, 나이프로 베어보려 했더니 그대로 빠져나왔는데요……."

티에라 본인도 이유를 모르는 것 같았고 주인과 떨어진 카게로우가 필사적으로 벽을 할퀴고 있었다.

그리고 그 옆에서 똑같이 벽을 할퀴던 유즈하가 갑자기 벽을 쑤욱 빠져나갔다. 그와 동시에 카게로우도 벽을 통과했다.

"쿠웃?!"

"그룻?!"

빠져나올 줄 모르고 잔뜩 힘을 주던 두 신수는 앞으로 한 바퀴 구르고 말았다. 그리고 열심히 발버둥을 쳐서 간신히 원래 자세로 돌아왔다.

"……어, 들어왔네?!"

갑작스러운 사태에 당황한 유즈하가 몸을 부르르 떨었다. 유즈하의 몸에서도 신과 똑같은 보라색 아우라가 피어오르고 있었다.

"그건 신과 똑같은……? 유즈하, 괜찮나요?"

의아하게 여긴 슈니가 유즈하에게 물었지만 유즈하는 대답하는 대신 큰 소리로 울었다.

"쿠우…… KUOOOOOOOOOOOOOOOON!!"

유즈하의 몸이 빛나며 순식간에 몸이 거대해졌다. 빛이 가라앉자 그곳에는 원래의 모습을 되찾은 유즈하가 있었다.

슈니나 티에라와는 비교도 안 될 정도의 거대한 몸체와 최대 특징인 아홉 개의 꼬리까지. 그것은 틀림없이 엘레멘트 테일의 원래 모습이었다.

"어, 유즈……하……?"

갑자기 커진 유즈하를 보며 티에라도 당황한 표정이었다. 옆에 있던 카게로우도 티에라 옆에서 어쩔 줄 몰라 하며 울었다.

"……이 힘, 나에게까지 영향을 미치는가."

유즈하는 자신의 몸을 돌아보며 그렇게 중얼거렸다. 방금 전과 달리 전혀 앳되지 않은 목소리였다.

정신도 몸에 어울리게 성숙해진 것 같았다.

"걱정 마라. 너희를 다 기억한다. 힘을 빌려주마. 카게로우도 그렇게 경계하지 마라."

유즈하는 꼬리 하나를 사용해 티에라를 등에 태웠다. 그리고 천천히 신을 돌아보았다.

"뭐가 어떻게 된 건지 잘 모르겠지만 티에라와 유즈하를 믿어볼 수밖에 없겠어."

"……티에라. 잘 들어요. 저 아우라를 보면 알 테지만 지금의 신은 평소와 상태가 달라요."

슈니는 작게 심호흡을 하며 말했다. 자신이 갈 수 없는 이상 티에라에게 맡길 수밖에 없었던 것이다.

"네. 왠지 조금 무서워요. 그리고 신이 바뀌어버린 느낌이 들어요."

"아마 힘을 제어하지 못하는 것 같소이다."

이슈카와 싸우는 신을 보며 티에라와 유즈하도 그 말에 동의했다. 감각이 예민한 티에라는 슈니와 같은 것을 느낀 것 같았다.

유즈하는 눈을 가늘게 뜨고 무언가를 확인하려는 듯했다.

"유즈하는 저게 뭔지 알 수 있나요?"

"힘이라는 건 안다. 정체는 모르겠다. 신도 완전히 삼켜지진 않은 것 같다."

"이 벽 같은 걸 파괴할 방법은요?"

"시간을 들이면 할 수 있지만 당장은 무리다. 지금 이 모습도 일시적인 것. 완전하지는 않다."

"……알겠습니다. 우리는 여기서 더 이상 나아갈 수 없어요. 그러니 여러분에게 맡기겠습니다."

슈니는 감정을 억누르며 티에라와 유즈하에게 말했다. 지금 상황에서 굳이 벽을 파괴해달라고 떼를 쓸 만큼 이성을 잃은 것은 아니었다.

"……저 싸움에 끼어들겠다."

티에라는 침을 꿀꺽 삼키며 신 쪽을 바라보았다.

티에라가 그런 반응을 보이는 것도 당연했다. 지금 신과 이슈카는 티에라 정도는 즉사시킬 만한 공격을 서로에게 퍼붓고 있었다. 끼어들다가 잘못하면 죽을 수도 있는 것이다.

"—알겠습니다. 유즈하, 부탁해."

"음, 맡겨라."

몇 초 동안 조용히 고민하다가 각오를 굳힌 티에라는 유즈하에게 도움을 부탁했다. 함께 간다는 것은 위험에 뛰어드는 것이나 마찬가지였다. 유즈하는 즉시 준비에 들어갔다.

"다녀올게요!"

유즈하의 등에 올라탄 티에라는 신을 향해 이동했다.

슈니는 그런 그녀의 뒷모습을 바라볼 수밖에 없었다.

"아무것도 할 수 없는 건가요……."

슈니는 신과 싸우는 이슈카를 보고 싸움이 시작되기 전에 이슈카가 했던 말을 떠올렸다.

"인형…… 이 세계에서 태어난 존재…… 설마……!"

슈니는 생각했다. 이슈카가 말한 것은 전(前) 플레이어를 제외한 이 세계의 모든 존재를 가리키는 것인지도 몰랐다.

플레이어만이 적수가 될 수 있다는 것은 그들 중에서 오직 신만이 이슈카와 싸울 수 있다는 의미일 것이다.

"그렇다면 어째서……."

어떻게 티에라는 벽을 넘을 수 있었는지 슈니는 생각했다.

티에라는 이 세계의 주민이었고 플레이어가 아니었다. 플레이어에게서 태어난 것도 아니라고 들었다.

유즈하는 신의 파트너 몬스터였으니 신과 함께 싸우기 위해 벽을 통과한 것인지도 몰랐다.

카게로우 역시 마찬가지일 것이다. 티에라가 벽을 통과하지 못했다면 카게로우도 함께 남았으리라.

유즈하, 카게로우, 티에라 중에서 티에라만 이질적이었다. 태생적인 차이는 있을지언정 슈니와 같은 쪽에 선 인간이기 때문이다.

그럼에도 지금 티에라는 벽을 빠져나가서 신을 향해 날아가고 있다.

"어째서……."

그것을 지켜볼 수밖에 없는 슈니의 가슴속에서 다양한 의

문이 떠올랐다가 사라졌다.

어째서 저기에 자신이 없는 것일까?

어째서 자신이 신을 구할 수 없는 것일까?

자신이 있어야 할 곳에 다른 누군가가 있었다. 그렇게 생각하는 것만으로도 온몸이 부서지는 것 같았다.

─티에라가 신에게 특별한 존재이기 때문에?

마지막으로 떠오른 의문은 아무리 오랜 시간이 지나도 사라지지 않았다.

†

"피……는 아니로군."

이슈카의 목에서 흘러나오는 증기 같은 것을 보고 신은 자세를 풀지 않으며 중얼거렸다.

터져버린 머리는 녹은 것처럼 사라진 뒤였다.

너무나도 허무한 최후였지만 그것이 신이 계속 경계하는 이유였다.

지전 스킬의 위력은 강했다. 신의 능력치라면 이슈카까지 즉사시키기에 충분했을 것이다.

하지만, 하지만 납득이 가지 않았다. 그것을 감안해도 너무나 싱거웠다. {재미없었다}.

"……?! 잠깐, 내가 지금 무슨 생각을 한 거지?"

강적을 상대하면서 살기를 드러냈다는 것은 자각하고 있었다. 그러나 방금 든 생각은 전혀 다른 이유인 것 같았다.

마치 다른 누군가가 머릿속에 들어와 있는 듯했다.

"……역시 아직 쓰러뜨린 게 아니었군."

얼굴을 찡그리던 신 앞에서 이슈카의 목 위로 두꺼운 얼음 기둥이 여러 개 생겨났다. 얼음 기둥은 순식간에 하나로 뭉치더니 이슈카의 새로운 머리가 만들어졌다.

머리 전체가 얼음은 아니었고 뿔과 눈동자는 짙은 청자색이었다. 자신을 바라보는 눈에서 분명한 의지 같은 것이 느껴졌다.

"부활한다면 한 번 더 쓰러뜨릴 뿐이야."

신은 방금 전까지의 생각을 잊고 이슈카를 향해 몸을 날렸다. 물을 박차면서 폭발적인 추진력으로 이슈카에게 육박해 들어갔다.

그러나 이슈카는 신 주위의 바닷물을 얼리며 돌진을 방해했다.

신은 즉시 마법을 없애려 했다. 하지만—.

"안 없어지네? 그렇다면 부술 수밖에!"

마법이라면 효과가 약해져야 하지만 통하지 않았다. 이슈카의 특수한 스킬일 거라고 생각한 신이 선택한 것은 힘을 앞세운 돌파였다.

이미 몸의 절반이 얼어붙고 있었지만 팔과 다리를 휘저어 얼음을 깨뜨렸다. 저항력이 조금이나마 효과를 발휘했는지 표면만 얼어붙었을 뿐이었다.

얼음을 떨어낸 신에게 이슈카가 팔을 휘둘렀다. 그것을 본 신은 회피 행동을 취하기 전에 주변에『무월』을 휘둘렀다.

『무월』끝에서 무언가가 부서지는 소리가 났다. 그것은 바닷물에 녹아들며 색을 바꾼 이슈카의 비늘이었다.

【물거품의 사편(死片)】으로 불리는 스킬로, 이슈카의 기술 중에서 가장 많은 플레이어들을 바닷속에 매장한 공격이었다.

눈에 잘 보이지 않는 비늘이 꽤 단단한 데다 숫자도 많아서 제법 성가셨다. 보통은 플레이어들을 분리해서 각개격파하는 방식으로 사용되었다.

비늘의 강도를 잘 아는 신은 검술 무예 스킬【쇄인(碎刃)】을 발동하며 다가오는 비늘을 부숴나갔다. 하지만 비늘에 대처하기도 바쁜 신에게 이슈카의 발톱이 날아들었다.

"흠!!"

예리하게 빛나는 발톱 앞에서 신은 방어나 회피 대신 공격을 선택했다.

이슈카를 향해 몸을 빙글 돌리며 제자리에서 한 바퀴 회전했다. 그리고 오른 다리로 물을 박차 원심력을 담은 왼쪽 돌려차기를 때려 넣었다.

맨손/물 마법 복합 스킬【파도 때리기】였다.

하얀 거품 같은 것을 발산하며 뻗어나간 발차기가 이슈카의 발톱에 닿는 동시에 한 곳에 집중된 충격을 가했다. 위력이 한 곳에 모이며 이슈카의 발톱이 부서지는 파도처럼 산산조각 났다.

"크기가 다르니까 공격하기 힘들군."

신이 이슈카의 발톱을 파괴하긴 했지만 질량 차이도 크고 수중이다 보니 그 자리에 계속 머무를 수는 없었다. 대미지를 입지는 않았지만 뒤로 밀려나듯 후퇴했다.

그때 신의 귀에 익숙한 목소리가 들렸다.

"신!"

"칫, 방해를— 방해를? 아니, 그게 아니잖아…… 어, 저건?!"

무언가를 생각할 때마다 위화감이 뇌리에 들러붙고 있었다. 신은 그것을 떨쳐내기 위해 고개를 저으려다가 티에라가 타고 온 것을 발견했다.

이슈카 정도는 아니지만 신 일행보다는 훨씬 거대한 덩치였다. 지성을 간직한 눈동자, 강인한 네 다리, 그리고 가장 큰 특징인 아홉 개의 꼬리까지.

"유즈하……인 건가?"

파트너 계약을 한 상태였기에 티에라를 태우고 다가오는 것이 유즈하라는 것은 금방 알 수 있었다.

유즈하는 순식간에 신을 따라잡더니 몸을 앞으로 숙여 티에라를 밀어낸 후 이슈카 쪽을 돌아보았다.

"이쪽은 내게 맡겨라."

티에라는 그 말을 들으며 엄청난 기세로 신을 향해 밀려갔다. 티에라 혼자서는 낼 수 없는 속도였기에 양팔을 넓게 펼치고 있었다.

받아달라는 의미 같았다. 신은 당황하면서도 팔을 넓게 펼쳤다.

"─어?"

이제 곧 접촉하려는 순간에 티에라가 팔을 사용해 방향을 바꾸었다.

움직인 것은 불과 몇 세메르 정도였고 신에게 안기는 경로에서 신의 머리를 끌어안는 경로로 바꾼 것뿐이었다.

설마 티에라가 방향을 바꿀 거라고 생각하지 못했던 신은 이미 당황하던 터라 피하지 못했다.

결과적으로 신은 티에라의 가슴에 얼굴을 파묻고 말았다.

"떨어내소서, 깨끗이 하소서!"

"……?!"

티에라가 신의 머리를 끌어안은 채로 외쳤다.

신성 마법 스킬【정화의 언령(言靈)】이었다.

티에라가 세계수의 무녀였을 때 강령 전에 자신과 주변을 깨끗이 하기 위해 사용하던 스킬이었다.

사용자 본인을 중심으로 일정 범위 내의 상태 이상을 해제, 무효화하는 기술이다. 무녀 직업과 함께 사라져야 했지만, 신의 몸을 뒤덮은 아우라가 깨끗이 사라졌다.

아우라가 소멸한 것은 확인하고 나서야 티에라는 신을 놓아주었다.

"아…… 내가 뭔가 위험했던 거야?"

【정화의 언령】으로 아우라가 사라지자 신은 머릿속의 위화감이 없어진 것을 느꼈다.

싸우는 동안에는 금세 잊어버렸고 완전히 사라지고 나서야 위화감을 정확히 자각하게 되자 신은 깜짝 놀랐다.

"스승님도 처음 본다는 아우라가 몸에서 나왔어. 그리고 전투 방식도 거칠어졌고. ―사람 걱정 시키지 마."

티에라가 진지한 표정으로 말했다. 신은 순순히 고맙다는 인사를 했다.

"다른 녀석들은?"

"보이지 않는 벽 같은 것에 가로막혔어. 이유는 모르겠지만 나하고 카게로우, 유즈하만 들어올 수 있었어."

신이 다른 멤버들이 있던 쪽으로 고개를 돌리자 아무것도 없는 공간을 향해 스킬을 사용하는 모습이 보였다.

티에라의 말처럼 그들이 사용하는 스킬은 일정 거리까지 나아가자 무언가에 가로막히듯 멈추었다.

"잘은 모르겠지만 빨리 끝내버리는 게 좋겠군. 티에라는 물러나 있어. 나와 유즈하가 단숨에 처리할게!"

티에라는 신의 말에 고개를 끄덕이며 거리를 벌렸다.

한편 신은 이슈카를 돌아보았다. 그의 눈에 조금 전까지 보이지 않던 것이 드러나 있었다.

─【경계의 수호자 레벨 1,000】.

【애널라이즈】로 표시된 이름은 이슈카가 아니었다.

신의 뇌리를 스친 것은 이슈카가 말한 '마기마저 잠식하는 힘'이었다. 아마 이슈카의 의식은 이미 사라졌으리라.

경계의 수호자가 된 이슈카의 브레스를 유즈하가 다섯 마법을 동시에 사용해 상쇄했다. 신은 그 밑을 나아갔다.

둘은 조금만 밀려도 큰 대미지를 입는 공격을 서로에게 퍼붓고 있었기에 이슈카에게 들키지 않고 공격을 준비할 수 있었다.

신의 위치는 수호자의 턱에서 10메르 정도 밑이었다. 완전한 사각(死角)이라고 부를 수 있는 위치였다.

『나도 공격을 가할게. 조금만 더 그대로 붙잡아 줘.』

『알겠다.』

신은 유즈하에게서 돌아오는 어른스러운 목소리를 듣고 그것이 원래 엘레멘트 테일의 목소리라는 것을 떠올리며 『무월』을 반대로 잡았다.

그리고 수호자의 턱을 겨냥하며 스킬을 발동했다.

검술/어둠 마법 복합 스킬【허공 묶기】.

신은 어두운 아우라에 덮인 『무월』을 있는 힘껏 투척했다. 까만 섬광으로 변한 『무월』은 수호자의 턱을 비늘과 함께 꿰뚫으며 그 효과를 발휘했다.

"■ ■ ■ ■ ■ ■ ■?!"

『무월』이 박힌 충격으로 강제로 위로 들어올려진 수호자의 머리를『무월』에서 뻗어 나온 까만 띠가 휘감기 시작했다.

머리의 대부분을 덮은 띠가 더욱 늘어나더니 몸 전체를 구속해갔다.

수호자는 저항했지만 신의 상승된 능력치로 인해 구속력이 강화된 상태였다.

그래서 까만 띠를 찢는 것보다 새롭게 출현한 띠에 휘감기는 속도가 훨씬 빨랐다.

움직임을 완전히 봉인하지는 못했지만 몸을 꿈틀거리는 수호자는 이미 예전의 기동력을 발휘할 수 없었다.

"유즈하! 최대 화력으로!"

"맡겨라!"

신의 말에 대답하며 유즈하의 입안에 금색 빛이 모이기 시작했다.

그에 맞춰 신도 마법을 전개했다.

신의 주위에 일곱 속성의 힘이 담긴 구체가 출현했다. 빨강, 파랑, 갈색, 녹색, 노랑, 하양, 검정의 일곱 구체는 각각 1메르 정도의 크기였다.

신이 오른손을 앞으로 내밀자 그것들이 한 곳에 모이며 겹쳐졌다. 한데 겹쳐진 일곱 구체는 서로 뒤섞이며 유즈하의 빛과 동일한 금색으로 빛나기 시작했다.

7종 혼성 복합 스킬【엘레멘탈 오더】.

상대의 모든 속성에 약점과 똑같은 판정을 부여하는 직경 2메르 정도의 금색 섬광이 유즈하의 고유 스킬【완전한 재앙】의 브레스와 뒤섞이며 수호자의 머리를 꿰뚫었다.

"쓸어버리자!"

신과 유즈하는 스킬을 유지한 채로 발사 방향을 바꾸었다. 머리가 있던 위치에서 몸통을 따라 이동한 금색 섬광이 남은 수호자의 몸을 절단해나갔다.

잘린 몸체에서는 푸른 증기가 새어 나왔지만 그것마저도 결국 금색 섬광에 삼켜지며 소멸하고 말았다.

"보이는 범위 내에서는 쓰러뜨렸는데……."

사라진 머리까지 재생시키는 상대였다. 신은 만전을 기하기 위해 주변을 경계했다.

"신!"

그런 신에게 슈니를 포함한 다른 일행들이 달려왔다. 그들을 막던 보이지 않는 벽도 소멸한 듯했다.

"미안, 걱정 끼쳐서."

"아니요. 무사해서 다행이에요."

슈니는 안심한 듯이 가슴에 손을 모았다.

"그래서 이제 어떻게 되는 거야? 밖은 몰라도 이곳엔 마기가 안 보이는데."

"이슈카의 변화도 묘했소이다. 원래부터 저런 재생 능력을 갖추지는 못했을 거요."

이슈카가 사라진 쪽을 바라보며 필마와 슈바이드가 의문점을 언급했다.

"아무래도 안에 깃든 건 다른 존재 같았어. 경계의 수호자라는 이름으로 표시되던데."

"처음 듣는 이름이네요."

슈니의 말에 주변 멤버들도 고개를 끄덕였다. 성장한 원래 모습으로 돌아온 유즈하도 슈니처럼 모른다고 대답했다.

"무슨 일이 벌어진 건지 모르겠네. 나도 조금 이상해졌던 것 같고, 내가 이쪽에 온 원인하고 관계가 있는 걸 수도 있겠어."

이슈카는 뜻하지 않은 귀환이라고 말했다. 그것은 결국 신이 저항하지 않으면 원래 세계로 돌아갈 수 있다는 의미인지도 몰랐다.

물론 가능성에 불과했기에 시험해볼 생각은 없었다. 그보다도 신은 '경계'라는 말이 신경 쓰였다.

저쪽(현실) 세계와 이쪽(게임) 세계. 그 경계를 수호하고 있다는 것일까?

그것에 관해 다양한 의문이 떠올랐지만, 이곳은 게임의 세계였기에 그런 존재가 있어도 이상할 것은 없었다.

이곳에 존재하는 것은 저쪽 세계에서 사망한 플레이어들뿐이었다. 원래 죽어야만 넘을 수 있는 경계를 죽지 않고 넘은 것이 바로 신이지 않은가.

'나를 제거해야만 하는 이유라도 있는 건가?'

굳이 이슈카의 몸을 빼앗아 공격해온 것은 신이 재앙의 원인이 되는 존재이기 때문일까? 아니면 단지 이질적인 존재를 제거하려 했을 뿐일까?

"……모르겠군."

이슈카가 있던 곳을 바라보며 신은 한숨을 쉬었다. 다양하게 생각해봤지만 결국 모두 신의 상상에 지나지 않았다. 실제로 알 수 있는 것은 전혀 없었다.

"신, 저거."

"……마기를 억제하던 녀석이 사라져서 새어 나오기 시작한 건가?"

티에라가 가리킨 곳을 돌아보자 아무것도 없는 공간에서 까만 안개가 새어 나오고 있었다. 그 중심에는 직사각형의 무언가가 있었다.

안개 탓에 윤곽밖에 보이지 않았지만 그것은 신이 기억하는 것과 동일했다.

이슈카를 쓰러뜨리면 1,000레벨의 몬스터를 토벌한 증거로 증명서와 제작 재료, 무기 같은 아이템 카드를 얻을 수 있다. 마기의 근원은 그 아이템 카드에 깃들어 있는 듯했다.

"티에라, 부탁해."

"응, 맡겨줘."

신 일행은 마기가 퍼지지 않도록 억눌렀고 근원을 티에라가 정화했다. 수호자가 사라졌기 때문인지 마기는 놀랄 만큼 허무하게 소멸해버렸다.

"어라? 이건⋯⋯."

"왜 그래?"

정화가 끝난 아이템 카드 묶음을 본 티에라가 가장 위에 놓인 카드 무늬를 보고 생각에 잠긴 듯 중얼거렸다.

궁금해진 신이 티에라의 손을 들여다보자 가장 위의 카드에 무지갯빛으로 반짝이는 결정이 그려져 있었다.

아이템명은 『신수결정(神獸結晶)』이었다.

"이럴 수가⋯⋯ 이건 신수를 소환할 수 있는 아이템이야."

"어⋯⋯?"

원래 엘레멘트 테일이나 그루파지오처럼 신수로 불리는 몬스터는 길들일 수가 없었다. 그러나 티에라가 지금 들고 있는 아이템인 신수결정을 사용하면 일시적이나마 아군으로 불러낼 수 있었다.

신수결정은 신수를 쓰러뜨릴 때 매우 낮은 확률로 드롭되며, 쓰러뜨린 것과 동일한 몬스터를 불러낼 수 있었다.

일회용 아이템이었지만 다른 보스와 싸울 때 비장의 무기로 사용해서 전황을 뒤집을 수도 있었다.

불러내는 몬스터에 따라서 고대급 장비에 필적하는 가치를 지니고 있었다.

"……저기, 이걸 쓰면 이슈카가 부활하거나 하진 않을까?"

"소환된 몬스터는 일정 시간 뒤에 사라질 텐데……. 글쎄. 이번에 이슈카와 싸울 때는 정체를 알 수 없는 존재가 개입했던 것 같고."

이슈카가 사라졌다면 이 해역도 어떻게 될지 몰랐다. 부활해주는 것이 가장 바람직하긴 했다.

"시험해보면 알 수 있겠지. 만약 간섭할 수 있다면 내가 도와주겠다."

"괜찮겠어? 힘이 완전히 돌아온 건 아니잖아?"

"상관없다. 오히려 이곳의 주인이 사라진 게 더 문제다."

언제까지 지금 모습이 유지될지 모르는 유즈하가 재촉하자 신 일행은 일단 시도해보기로 했다.

"―와줘."

티에라가 신수결정을 높이 들며 키워드를 말했다. 그러자 결정이 부서지며 그곳에서 무지갯빛이 뿜어져 나왔다.

빛은 차츰 형태를 갖추었고 5초 뒤에는 이슈카의 윤곽을 이루었다. 이윽고 빛이 사라지자 그곳에는 방에 들어올 때 본 것과 똑같은 위용의 이슈카가 있었다.

"흐음, 과연 그렇군."

신수결정에서 출현한 이슈카는 아무것도 하지 않고 그곳에 가만히 있었다. 소환한 사용자의 지시를 기다리는 상태였다.

"어떻게든 될 것 같아?"

"잠시 기다려라."

유즈하는 그렇게 말하며 아홉 개의 꼬리 중 하나를 이슈카에게 뻗었다. 그리고 꼬리 끝을 이슈카의 뺨에 얹더니 움직임을 멈추었다.

그로부터 몇 초 뒤에 신 일행의 눈앞에서 유즈하와 이슈카의 몸이 빛나기 시작했다. 빛은 10초 정도 계속되다 사라졌다.

"이제 됐다."

유즈하는 그렇게 말하며 아기 여우의 모습으로 돌아왔다. 그러나 꼬리는 아직 아홉 개였다.

"조금 피곤하다. 안아라."

"응? 그, 그래. 고마워."

유즈하는 네 다리로 헤엄쳐서 신의 품에 들어왔다. 아기 여우의 얼굴이 왠지 모르게 만족스러워 보였다.

『아무래도 승리한 것 같군.』

"……?!"

안심하는 것도 잠시, 신 일행의 귀에 이슈카의 목소리가 들렸다.

"기억이 나는 건가?"

『저 소녀가 사용한 것은 내 혼의 결정. 백업이라고 하면 알아듣겠나?』

"설마 신수가 백업이라는 말을 쓸 줄은 몰랐어."

『지식의 파편에 남아 있을 뿐이다. 지맥의 더러움이 사라진 지금이라면 위의 부하들도 진정될 거다. 이번엔 신세를 졌군.』

이미 삼해마에게도 손을 써둔 듯했다. 이제 적어도 인어와 어인들이 당장 힘든 일을 겪지는 않아도 될 것이다.

『그대들에게도 보답을 하고 싶지만 이미 저기 있는 여우에게 힘의 일부를 빼앗겨서 말이다. 대단한 일은 할 수가 없다.』

"이봐, 유즈하. 너 이런 상황을 틈타서 무슨 짓을……."

"저 녀석을 여기에 잡아두고 지맥과 연결한 거다. 내가 있던 곳은 이미 지맥이 닫혀서 말이지. 이 정도는 봐줘라."

참고로 유즈하가 빼앗아간 힘은 시간이 지나면 원래대로 돌아온다고 한다. 그래서 이슈카도 비난할 생각은 없는 듯했다.

"뭐, 처음부터 뭘 얻기 위해 온 건 아니었고 유즈하가 조금이라도 원래대로 돌아왔다면 그걸로 된 거겠지."

신은 다른 동료들을 돌아보았지만 다들 같은 생각인 것 같았다.

"그러면 한 가지만. 이슈카를 지배했던 녀석에 관해 뭐 아는 거 없어?"

『흐음. 내가 기억하는 건 그대를 이 세계에서 제거하기 위해 노렸다는 것뿐이다.』

"이유는?"

『거기까진 모른다. 그러나 그 존재는 마기마저 범접할 수 없는 것이 분명하다. 내가 억누르던 마기를 연기를 흩트리듯 없애버렸으니 말이지.』

마기보다도 상위의 존재. 신은 그런 것을 전혀 알지 못했다. 그것은 다른 일행들도 마찬가지였는지 고개를 가로저을 뿐이었다.

『그 존재는 정체를 알 수 없다. 조심하라.』

"그래, 알았어."

신은 이슈카와의 대화를 끝내고 유즈하가 원래대로 돌아오자 알현실 밖으로 나왔다.

인어들을 구한다는 당초 목적에서 조금 벗어나긴 했지만 그럭저럭 좋은 결과를 얻었다고 신은 생각했다. 확신할 수는 없지만 자신의 머릿속에 들어왔던 힘도 나쁜 존재는 아니었다고 느꼈기 때문이다.

일행은 마기가 사라진 통로를 나아갔다.

이슈카가 부활하면서 인어들의 멸망은 피할 수 있었다.

티에라와 유즈하가 파워업되면서 파티의 전력도 강화되었다.

그러나 좋은 소식만 있는 것은 아니었다. 수호자와의 싸움에서 분명해진 사실이 있었다.

벽에 가로막힌 자와 막히지 않은 자. 양자의 마음은 극명하게 나뉘었다.

특히 슈니의 마음은 아무도 모르는 사이에 갈기갈기 찢어졌다.

일행은 각자 다양한 생각을 간직한 채로 던전 출구로 향했다.

신이 이슈카와의 싸움을 끝내는 것과 동시에 한 남자가 바르바토스에 찾아왔다.

그 남자가 슈니에게 커다란 시련을 안겨줄 거라는 사실은 당연히 아무도 예상하지 못하고 있었다―.

status | 스테이터스 소개

THE NEW GATE

이름 : **게젤드란**
종족 : 시 서펜트
등급 : 없음

●능력치

LV : 834
HP : ????
MP : ????
STR : 729
VIT : 718
DEX : 634
AGI : 752
INT : 638
LUC : 42

●전투용 장비

없음

●칭호

- ●삼해마
- ●해역의 통솔자
- ●해역을 뒤흔드는 자
- ●수호수
- ●서펜트 아종

●스킬

- ●푸른 뇌창(雷槍)
- ●바다를 뒤흔드는 포효
- ●뇌창 산탄
- ●수폭구(水爆球)
- ●외갑 강화
- etc

기타

- ●해왕의 종자

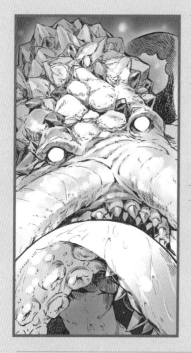

이름 : **마스큐더**
종족 : 크라켄
등급 : 없음

●능력치

LV : 837
HP : ????
MP : ????
STR : 834
VIT : 420
DEX : 692
AGI : 403
INT : 819
LUC : 44

●전투용 장비

없음

●칭호

- ●삼해마
- ●해역의 통솔자
- ●해역에 숨은 자
- ●수호수
- ●크라켄 아종

●스킬

- ●꿈틀대는 팔
- ●옷을 부수는 이빨
- ●산묵은폐(散墨隱蔽)
- ●고속 재생
- ●메일슈트롬

etc

기타

- ●해왕의 종자

이름 : **에오리오스**

종족 : 샤크 킹

등급 : 없음

● 능력치

LV : 840

HP : ????

MP : ????

STR : 603

VIT : 861

DEX : 578

AGI : 872

INT : 403

LUC : 40

● 전투용 장비

없음

● 칭호

- ● 삼해마
- ● 해역의 통솔자
- ● 해역을 가로지르는 자
- ● 수호수
- ● 샤크 킹 아종

● 스킬

- ● 끝을 향한 질주
- ● 폭발하는 침의 창
- ● 광란을 부르는
  마의 포효
- ● 해류 조작
- ● 외갑 강화

etc

기타

- ● 해왕의 종자

이름 : **트라이포포비아**
종족 : 언데드
등급 : 없음

●능력치

LV : 879
HP : 23404
MP : 9475
STR : 804
VIT : 311
DEX : 425
AGI : 257
INT : 649
LUC : 0

●전투용 장비

없음

●칭호

- ●혼백 집합체
- ●망자
- ●공허한 자

기타

- ●특이체

●스킬

- ●영원한 암흑으로의 초대
- ●데드맨즈 하울
- ●공허한 뼈의 손
- ●엷은 어둠의 도깨비불
- ●혼백 흡수

etc

이름 : **이슈카**
종족 : 에인션트 드래곤
등급 : 없음

●**능력치**

LV : 1000
HP : ????
MP : ????
STR : 999
VIT : 943
DEX : 830
AGI : 754
INT : 809
LUC : 58

●**전투용 장비**

없음

●**칭호**

● 해왕룡
● 창해의 패자
● 영역의 지배자
● 해마의 주인
● 폭풍우의 주인
etc

●**스킬**

● 왕마(王魔)의 파동
● 대해의 수인(水刃)
● 아쿠아 케이지
● 용각(竜角)의 호뢰
  (豪雷)
● 물거품의 사편(死片)
etc

●**기타**

● 신수(神獣)
● 왕마(王魔)

◆ 낭신은 언제나 옳습니다. 그대의 삶을 응원합니다. ─ 라의눈 출판그룹

더 뉴 게이트 11

초판 1쇄   2019년 4월 27일

지은이 카자나미 시노기   **일러스트** KeG   **옮긴이** 김진환
펴낸이 설웅도   **편집주간** 안은주
영업책임 민경업   **디자인책임** 조은교

출판등록   2014년 1월 13일(제2014-000011호)
주소   서울시 강남구 테헤란로78길 14-12(대치동) 동영빌딩 4층
전화   02-466-1283   **팩스**   02-466-1301

문의(e-mail)
편집 editor@eyeofra.co.kr   **마케팅** marketing@eyeofra.co.kr
경영지원 management@eyeofra.co.kr

ISBN   979-11-89881-06-1 04830
       979-11-963499-0-5 04830(set)

THE NEW GATE volume11
ⓒ SHINOGI KAZANAMI 2018
Character Design: KeG
Original Design Work: ansyyqdesign
Originally published in Japan in 2018 AlphaPolis Co., LTD., Tokyo.
Korean translation rights arranged with AlphaPolis Co., LTD., Tokyo,
through Tuttle-Mori Agency, Inc, Tokyo and AMO Agency, Seoul.